BIANCA.

AF274452

CATHY WILLIAMS

UN HOMBRE IMPOSIBLE

HARLEQUIN™

Cualquier forma de reproducción, distribución, comunicación pública o transformación de esta obra solo puede ser realizada con la autorización de sus titulares, salvo excepción prevista por la ley.
Diríjase a CEDRO si necesita reproducir algún fragmento de esta obra.
www.conlicencia.com - Tels.: 91 702 19 70 / 93 272 04 47

Editado por Harlequin Ibérica.
Una división de HarperCollins Ibérica, S.A.
Avenida de Burgos, 8B - Planta 18
28036 Madrid
www.harlequiniberica.com

© 2025 Harlequin Ibérica, una división de HarperCollins Ibérica, S.A.
N.º 499 - 23.5.25

© 2011 Cathy Williams
Un hombre imposible
Título original: Her Impossible Boss

© 2012 Cathy Williams
El heredero escondido
Título original: The Secret Sinclair
Publicadas originalmente por Harlequin Enterprises, Ltd.
Estos títulos fueron publicados originalmente en español en 2012

Todos los derechos están reservados incluidos los de reproducción, total o parcial. Esta edición ha sido publicada con autorización de Harlequin Books S.A.
Esta es una obra de ficción. Nombres, caracteres, lugares, y situaciones son producto de la imaginación del autor o son utilizados ficticiamente, y cualquier parecido con personas, vivas o muertas, establecimientos de negocios (comerciales), hechos o situaciones son pura coincidencia.
Sin limitar los derechos exclusivos del autor y del editor, queda expresamente prohibido cualquier uso no autorizado de esta edición para entrenar a tecnologías de inteligencia artificial (IA) generativa.
® Harlequin, Bianca y logotipo Harlequin son marcas registradas por Harlequin Enterprises Limited.
® y ™ son marcas registradas por Harlequin Enterprises Limited y sus filiales, utilizadas con licencia. Las marcas que lleven ® están registradas en la Oficina Española de Patentes y Marcas y en otros países.
Imagen de cubierta utilizada con permiso de Harlequin Enterprises Limited. Todos los derechos están reservados.

I.S.B.N.: 978-84-1074-474-5
Depósito legal: M-3615-2025
Impreso en España por: BLACK PRINT
Fecha impresión para Argentina: 19.11.25
Distribuidor exclusivo para España: LOGISTA
Distribuidores para Argentina: Interior, DGP, S.A. Alvarado 2118.
Cap. Fed./Buenos Aires y Gran Buenos Aires, VACCARO HNOS.

Capítulo 1

MATT ojeó el improvisado currículum que tenía ante sí y frunció sus sensuales labios. No sabía por dónde empezar. La variopinta lista de empleos, de duración asombrosamente corta, hablaba por sí sola. Al igual que el perfil académico, breve y ordinario. En circunstancias normales habría tirado la solicitud a la papelera sin molestarse siquiera en leer el perfil personal escrito a mano que figuraba al final del documento. Desgraciadamente, aquellas no eran circunstancias normales.

Finalmente posó su mirada en la chica que estaba encaramada en el asiento frente a él al otro lado del escritorio de caoba.

–Ocho empleos –se apartó del escritorio y se quedó en silencio mientras redactaba mentalmente lo que iba a decir a continuación.

Tess Kelly venía recomendada por su hermana y, no gozando él de una situación que le permitiera ser exigente, estaba entrevistándola para el puesto de niñera de su hija.

Por lo que podía ver, Tess Kelly no solo carecía por completo de experiencia relevante, sino que además parecía no estar muy dotada desde el punto de vista académico.

Ella le devolvió la mirada con sus enormes ojos verdes y se mordió el labio inferior. Puede que él tuviera las manos atadas, pero no por eso le iba a facilitar el proceso.

–Sé que no suena bien...

–Tiene usted veintitrés años y ha tenido ocho empleos. Creo que no soy injusto si digo que es una barbaridad.

Tess apartó la mirada de los fríos y oscuros ojos que la observaban. El escrutinio la estaba poniendo nerviosa. ¿Qué demonios estaba haciendo allí? Había llegado a Nueva York hacía tres semanas y estaba viviendo con su hermana mientras decidía qué hacer con su vida. Esas habían sido las palabras de despedida de sus padres en el aeropuerto antes de poner rumbo al otro lado del Atlántico.

–Tess, tienes veintitrés años –le había dicho su madre con firmeza–. Y todavía no tienes ni idea de qué quieres hacer con tu vida. A papá y a mí nos gustaría que sentaras la cabeza, que encontraras algo que hacer y a lo que te quieras dedicar más de cinco minutos... Claire conoce al dedillo el mundo de los negocios; ella podrá ayudarte. Además, te sentará bien pasar el verano en un lugar distinto...

Nadie le había comentado que parte del proceso incluía aceptar un trabajo de niñera. Nunca en su vida había trabajado con niños ni había demostrado interés en hacerlo. Y, sin embargo, ahí estaba, sentada frente a un hombre que le resultaba atemorizador. Desde el momento en que oyó su voz aterciopelada y lo vio apoyado en el marco de la puerta, inspeccionándola, sintió un escalofrío de aprensión. Había esperado encontrarse a un hombre gordo y de mediana edad. Al fin y al cabo, era el jefe de su hermana. Era el propietario y gerente de la empresa y, según Claire, no se andaba con chiquitas.

¿Cómo podía ser todo esto y tener nada más que treinta y tantos años? Además, no solo era joven, sino que además era increíble, verdadera, sensacionalmente guapo.

Pero su frialdad era aterradora y su perfecta estructura ósea indicaba que no sonreía jamás. Tess se preguntó cómo se las arreglaba su hermana para trabajar con él sin sufrir ataques de nervios.

—En cuanto a sus cualificaciones... No tiene nada que ver con su hermana. Claire posee una licenciatura *cum laude* y dirige el departamento jurídico de mi empresa. Usted cuenta con... a ver... el bachillerato terminado con una nota mediocre y un curso de formación en arte.

—Es que yo no soy Claire, señor Strickland —se defendió ruborizándose—. Claire y Mary sacaban muy buenas notas en el colegio y...

—¿Quién es Mary?

—Mi otra hermana. Es médico. Las dos han triunfado en la vida. Pero no todos tenemos las mismas aptitudes.

Tess, que era jovial por naturaleza, empezaba a odiar a aquel hombre. Desde sus primeras palabras: «llegas media hora tarde y yo no tolero la impuntualidad» hasta su infundada suposición de que ella era una fracasada. No la había expresado con esas palabras, pero estaba reflejada en la expresión desdeñosa de sus oscuros y glaciales ojos.

—Bueno, dejémonos de ceremonias y vayamos al grano. Está aquí porque no tengo elección. No sé qué le habrá contado Claire exactamente, pero le voy a explicar la situación. Mi exmujer falleció hace unos meses y desde entonces tengo la custodia de mi hija Samantha, que tiene diez años. Durante ese tiempo hemos visto pasar a tantas niñeras como trabajos ha tenido usted. En consecuencia, la agencia ha terminado por cerrarme las puertas. Tengo tres empleados en mi casa, pero ninguno es idóneo para este trabajo. Podría seguir buscando, pero francamente, se trata de un empleo de tres meses y va a resultar difícil encontrar a una niñera profesional dispuesta a aceptar un trabajo de tan poca duración. Lo importante en mi caso, señorita Kelly, es el tiempo. Trabajo muchísimas horas al día. No tengo ni el tiempo ni la capacidad de ocuparme de ella. Su hermana me habló de usted; dice que es una persona muy sociable. Por eso está aquí, a pesar de sus obvias limitaciones.

Matt volvió a repasar la cadena de acontecimientos que lo habían llevado a su situación actual. Divorciado durante ocho años, estaba bastante distanciado de su hija. Catrina, su exmujer, se había ido a vivir a Connecticut un año después de que les concedieran el divorcio y le había puesto tan difícil el visitar a la niña que padre e hija no habían desarrollado lazos afectivos. De pronto, seis meses atrás, Catrina había muerto en un accidente de coche, y Samantha, a la que nunca había llegado a conocer, había aparecido ante su puerta resentida, acongojada por la muerte de su madre y silenciosamente hostil.

Varias niñeras habían entrado y salido de la casa y él se hallaba en una situación desesperada.

—Lo siento muchísimo, Claire no me dio detalles. Qué lástima me da su hija —se lamentó Tess parpadeando para evitar que se la cayeran las lágrimas—. No me sorprende que le esté costando tanto acostumbrarse a su nueva vida.

Sorprendido por su emotividad, Matt abrió el cajón de la mesilla, sacó una caja de pañuelos de papel y se la tendió.

–Aunque usted no es, en mi opinión, la candidata ideal... –continuó temiendo que Tess se echara a llorar.

–Me imagino que le preocupa que haya tenido tantos empleos... –Tess estaba dispuesta a concederle el beneficio de la duda. Puede que fuera un hombre duro e intimidante, pero se encontraba en una situación difícil y quería, con razón, encontrar a una persona que no le fallara.

–Exacto. A Samantha no le conviene alguien que se marche al cabo de unos pocos días porque se aburre. ¿Sería capaz de hacer lo posible para que esto funcione?

–Sí, claro.

Lo miró. A pesar de su implacable expresión, no podía negar que era un hombre guapo, casi hasta el punto de resultar bello. Sintió una oleada de calor y apartó la mirada, incómoda, mientras retorcía el pañuelo entre sus dedos.

–Convénzame.

–¿Cómo dice?

–Puede que no tenga elección, señorita Kelly, pero en cualquier caso me gustaría que me convenciera de que no estoy a punto de cometer un error. Vale que su hermana la ponga por las nubes, y yo me fío de Claire, pero... –se encogió de hombros y se apoyó en el respaldo del asiento– quiero que me convenza.

–Yo no dejaría a nadie en la estacada, se lo aseguro, señor Strickland. Sé que piensa que no soy constante y seguramente mi familia estaría de acuerdo, pero quiero que sepa que me he hecho indispensable en muchos de mis trabajos. Creo que nunca he dejado a nadie colgado. En realidad, lo puedo afirmar con total seguridad. Cuando dejé el empleo de recepcionista en Barney e hijo, Gillian me sustituyó en seguida. Si le soy sincera, creo que todos se quedaron aliviados cuando decidí marcharme. Me pasaba la vida enviando a la gente al departamento equivocado.

–Trate de no irse por las ramas.

–Está bien. Lo que trato de decir es que puede usted confiarme el cuidado de su hija. No le fallaré.

–¿A pesar de que no tiene experiencia y de que pueda acabar aburriéndose en la compañía de una niña de diez años?

–No creo que los niños sean aburridos. ¿Usted sí?

Matt se sintió molesto. ¿Se aburría con Samantha? Tenía muy poca experiencia en el asunto así que no podía contestar. Su relación con su hija era, como mínimo, tensa. La comunicación era intermitente y parecía separarlos un abismo infranqueable. Se trataba de una niña malhumorada y poco comunicativa y él, por su parte, no era ningún sentimental.

–¿Cómo piensa ocuparse de ella? –preguntó saliendo de su breve pero intenso ensimismamiento para centrarse en Tess.

Tenía un rostro fascinante que no ocultaba nada. En ese momento, mientras reflexionaba su respuesta, tenía el ceño fruncido, los labios entreabiertos, la mirada distante. Tess Kelly no era el tipo de mujer que había imaginado. Claire era alta, brusca, eficiente e invariablemente enfundada en un traje de chaqueta. La chica que tenía ante él parecía no saber lo que era un traje sastre. En cuanto a su pelo... No llevaba una de esas melenas cortas y arregladas que estaban tan de moda. Al contrario, tenía el cabello largo. Increíblemente largo. En varios momentos había estado a punto de inclinarse para comprobar por dónde le llegaba exactamente.

–Bueno, supongo que la llevaría a los sitios típicos: museos, galerías de arte... Y también al cine y al zoo. Me encanta Central Park, podríamos ir allí. Seguro que echa de menos su casa y sus amigos, por lo que me encargaría de mantenerla ocupada todo el tiempo.

–¿Y qué hay de los deberes del colegio?

Tess parpadeó y lo miró, confusa.

–¿Qué deberes? Estamos en vacaciones.

–La educación de Samantha se vio gravemente interrumpida debido a la muerte de Catrina, como podrá imaginar. Su venida a Nueva York no ha hecho sino empeorar las cosas. No tenía sentido apuntarla a un colegio aquí teniendo en cuenta que no iba a poder asistir con regularidad, y los profesores particulares que le busqué se fueron como vinieron. En consecuencia, su formación está incompleta, algo que tiene que solucionarse de cara a los exámenes de admisión para el nuevo colegio, que tendrán lugar en septiembre.

–Esssstá bien... ¿y qué puedo hacer yo al respecto? –preguntó Tess mirándolo con expresión ausente.

Él chasqueó la lengua con impaciencia.

–Pues va a tener que encargarse de eso también.

–¿Yo? –se quejó Tess, consternada–. No puede pretender que me convierta en profesora particular. Usted ha visto mi currículum. ¡Si hasta se ha burlado de mi falta de cualificaciones!

La idea de tratar de enseñarle algo a alguien la horrorizaba. No era nada estudiosa. Se ponía nerviosa solo de pensar en libros de texto. Siendo la más pequeña de tres chicas había crecido bajo la sombra de sus inteligentes hermanas, y desde su más tierna infancia había lidiado con el problema renunciando a emularlas. Nadie podría acusarla de ser torpe si se negaba a competir. Y sabía perfectamente que jamás podría competir con Claire o Mary. ¿Cómo podía él esperar que se convirtiera en profesora, así de pronto?

–Lamento haberle hecho perder el tiempo, señor Strickland –dijo poniéndose en pie bruscamente–. Si parte del trabajo consiste en hacer de profesora me temo que voy a tener que rechazarlo. No puedo hacerlo. Claire y Mary son las listas de la familia, no yo. Nunca he ido a la universidad, ni he tenido ganas de hacerlo. Hice un curso de formación profesional en arte cuando tenía dieciséis años; eso es todo. Usted necesita a otra persona.

Matt la miró con los ojos entornados y la dejó hablar sin cortapisas. Finalmente, con mucha calma, le pidió que volviera a sentarse.

–Me hago cargo de su falta de competencias académicas. Usted odiaba el colegio.

–¡No lo odiaba!

Aunque en un principio no había deseado el empleo, se dio cuenta de que de pronto quería conseguirlo. La tragedia de la niña la había conmovido. La idea de que fuera tan joven y dependiente de un padre adicto al trabajo le había llegado al alma. Por primera vez quería formar parte de todo aquello.

–Simplemente no se me daban bien los libros.

–No siento mucho respeto por la gente que se da por vencida antes de intentarlo. No le estoy pidiendo que dé clases en la universidad, sino que ayude a Samantha en las asignaturas básicas: matemáticas, lengua, ciencia. Si está tratando de convencerme de que tiene interés en este empleo, no lo está enfocando bien.

–¡Simplemente trato de ser sincera! Si no quiere

emplear a más profesores, ¿por qué no la ayuda usted mismo a hacer los deberes? Usted dirige una empresa, seguro que tiene cualificaciones. ¿O quizá no necesita las matemáticas en su trabajo? Algunos niños no rinden con profesores particulares; puede que sea el caso de su hija.

—Samantha podría rendir perfectamente si estuviera dispuesta a esforzarse. Pero no es el caso. A lo mejor le vendría bien una enseñanza menos estructurada. Y no, yo no puedo ayudarla. Apenas tengo tiempo de dormir. Salgo de este apartamento a las siete y media de la mañana, antes de que viniera Samantha lo hacía una hora antes, y hago lo posible por regresar a las ocho cuando no estoy de viaje. Y me cuesta un gran esfuerzo.

Tess lo miró, horrorizada.

—¿Trabaja desde las siete y media de la mañana hasta las ocho de la noche? ¿Todos los días?

—Me relajo durante el fin de semana —repuso él con indiferencia.

Matt no conocía a nadie que considerara que aquel horario de trabajo fuera anormal. Los triunfadores de su empresa, y había varios, se ajustaban a horarios de locos sin protestar. Se les pagaban unos salarios fabulosos y punto.

—Lo siento. Pero me da usted muchísima pena.

—Perdone, ¿me puede repetir lo que ha dicho? —Matt no podía creer lo que acababa de oír. Si no hubieran estado hablando de algo tan importante, se habría reído a carcajadas. Nunca, jamás de los jamases, le había dado pena a nadie. Al contrario. Nacido en una familia rica y poderosa, se le habían abierto todas las puertas. No tenía hermanos, por lo que la tarea de ocuparse de la fortuna familiar había recaído exclusivamente sobre sus hombros, y no solo había conservado los billones sino que había tomado una serie de medidas que habían aumentado espectacularmente su valor.

–No se me ocurre nada peor que ser esclavo del trabajo. Pero me estoy yendo por las ramas. Me preguntaba por qué no ayuda a Samanta con los deberes usted mismo si piensa que las clases particulares no funcionan, pero veo que no tiene tiempo.

–Bien, me alegra que estemos de acuerdo.

–¿Le importa si le pregunto algo? –se aventuró Tess carraspeando–. ¿Cuándo le dedica tiempo a su hija con ese horario que tiene?

Matt se la quedó mirando, incrédulo. La franqueza de la pregunta lo había dejado descolocado. Además, no estaba acostumbrado a que las mujeres le hicieran preguntas de carácter personal.

–No sé qué tiene esto que ver con mi trabajo –dijo severamente.

–Pues mucho. No me cabe duda de que usted tiene un tiempo reservado para ella y no me gustaría importunar. Pero no veo claro cuándo le dedica ese tiempo especial si trabaja todos los días de siete y media a ocho y descansa solo un poco los fines de semana.

–No calculo el tiempo que paso con Samantha –respondió con frialdad–. Muchos fines de semana vamos a The Hamptons para que vea a sus abuelos.

–Qué agradable –comentó Tess sin mucha convicción.

–Y ahora que hemos aclarado ese punto, hablemos de su horario –dijo dando golpecitos en la mesa con el boli–. La quiero aquí cada mañana a las siete y media como muy tarde.

–¿A las siete y media?

–¿Algún problema?

Tess permaneció en silencio y él la miró con las cejas enarcadas.

–Me tomo su silencio como una negativa. Es una exigencia del puesto. Ocasionalmente, y en caso de emergencia, podría pedir a alguno de mis empleados domésticos que la sustituyan, pero solo puntualmente.

Tess siempre había sido puntual en sus trabajos si bien ninguno de ellos le había obligado a levantarse al alba. No le gustaba madrugar, pero le daba la sensación de que él eso no lo entendería.

–¿Todos sus empleados trabajan muchas horas? –preguntó débilmente y a Matt le dieron ganas de soltar una carcajada. Su rostro descompuesto era como un libro abierto.

–No les pago una fortuna para que estén pendientes del reloj –contestó con gravedad–. ¿Me está diciendo que nunca ha hecho horas extra?

–Nunca me ha hecho falta. Claro que nunca me han pagado una fortuna por nada de lo que he hecho. Tampoco me importa, pues el dinero no me interesa demasiado.

Aquello despertó la curiosidad de Matt, a su pesar. ¿Era aquella mujer del mismo planeta que él?

–¿De veras? –preguntó, escéptico–. La felicito. Es usted única en su especie.

Tess se preguntó si había sido un comentario sarcástico, pero al pasear la vista por el lujoso apartamento, en el que lo clásico combinaba sabiamente con lo moderno, y donde cada obra de arte, cada alfombra delataban la opulencia de su dueño, se percató de que seguramente se había quedado genuinamente perplejo ante su indiferencia por el dinero. Tampoco sentía mucho respeto por aquellos para los que el dinero es una propiedad. Como, por ejemplo, Matt Strickland. Aunque apreciaba que fuera inteligente y ambicioso, su lado duro y cortante la dejaba bastante fría.

Pero al mirar de refilón su atractivo rostro el corazón le latió a más velocidad de la normal.

–Se ha quedado callada. ¿Acaso desaprueba todo esto? –preguntó barriendo el aire con un gesto de la mano. Aquella mujer decía tanto con sus silencios como con sus palabras, lo cual no le disgustaba.

–Es muy cómodo...

–¿Pero?

–A mí me gustan más las casas pequeñas y acogedoras, como la de mis padres. Bueno, tampoco es tan pequeña, pues vivíamos cinco personas. Pero creo que cabría entera en una parte de este apartamento.

–¿Todavía vive con ellos?

Le entró la curiosidad. ¿Qué hacía una mujer de veintitrés años viviendo en casa de sus padres? ¿Una mujer de veintitrés años que además era increíblemente bonita? Sus enormes ojos verdes dominaban su rostro en forma de corazón. Su cabello largo era del color del caramelo y... Deslizó la mirada lentamente hacia los pechos rotundos, que rellenaban la camiseta. Entre esta y los vaqueros gastados que enfundaban unas piernas delgadas vislumbró un estómago liso.

Molesto por la distracción, Matt se puso en pie y comenzó a caminar de un lado a otro del despacho.

–Sí... de momento –balbuceó Tess, avergonzada de pronto.

–¿Nunca ha vivido sola?

La incredulidad que advirtió en su tono le hizo mirarlo con rabia. Decidió que era un hombre odioso. Odioso y crítico.

–¡Nunca he tenido necesidad de hacerlo! –exclamó–.

No fui a la universidad, ¿por qué iba a alquilar un piso cuando podía seguir viviendo en casa?

Se dio cuenta al oírse a sí misma de lo deprimente que sonaba. Veintitrés años y todavía viviendo con papá y mamá. Lágrimas de ira asomaron a sus ojos y parpadeó varias veces para impedir que cayeran.

–¿Y nunca ha sentido la necesidad de echar a volar y hacer algo diferente? ¿O se dio por vencida antes de desafiarse a sí misma?

Tess se había quedado pasmada ante su propia reacción. Nunca había sido una persona violenta, pero en aquel momento con gusto le habría tirado algo a la cara. Pero no lo hizo. Se quedó sumida en un silencio iracundo.

–No sé qué tiene que ver mi vida personal con este trabajo –contestó evitando mirarlo.

–Estoy tratando de hacerme una idea de qué tipo de persona es usted. Al fin y al cabo, va a estar a cargo de mi hija. No trae referencias profesionales y necesito asegurarme de que no va a suponer ningún peligro. ¿Quiere que le cuente las conclusiones a las que he llegado hasta ahora?

Tess se preguntó si tenía elección.

–Es usted perezosa. Está descentrada. Le falta confianza en sí misma y no parece importarle. Vive en casa de sus padres y no se le ha ocurrido pensar que a lo mejor a ellos no les gusta la situación tanto como a usted. Consigue empleos y los abandona porque no está dispuesta a esforzarse. No soy psicólogo, pero creo que su problema es que piensa que nunca fracasará si no se molesta en tratar de conseguir algo.

–Lo que ha dicho es horrible –dijo, aunque sabía que tenía parte de razón–. ¿Por qué me está entrevistando para este trabajo si tiene una opinión tan mala de mí? ¿O acaso ha terminado la entrevista? ¿Es esta su manera de decirme que no he conseguido el empleo? Pues entonces yo también le voy a decir lo que pienso de usted –tomó aire y se puso en pie, iracunda–. Es usted grosero y arrogante. Piensa que por tener mucho dinero puede tratar a la gente como le dé la gana. Creo que es espantoso que trabaje tantas horas en lugar de dedicárselas a su hija, que le necesita. Usted no sabe cómo entregarse a otra persona.

Su respiración se había vuelto entrecortada por el esfuerzo de expresar unos sentimientos que no sabía que albergaba. Lo peor era que no se sentía mejor consigo misma.

–¡Y no soy perezosa! –concluyó desinflándose como un globo–. Así que si eso es todo –añadió tratando de hacer acopio de algo de dignidad–, me marcho.

Matt sonrió y Tess se quedó tan atónita que permaneció clavada en su sitio.

–Tiene usted temperamento. Me gusta. Lo va a necesitar para lidiar con mi hija.

–¿Có-cómo?

Él le señaló la silla y se arrellanó en su asiento.

–Es saludable oír críticas de vez en cuando. No recuerdo cuándo fue la última vez que alguien levantó la voz en mi presencia.

«Especialmente, una mujer», podía haber añadido. Como si se le hubiera encendido una lucecita en la cabeza, reparó en las mejillas ruborizadas de Tess. Se le había soltado el cabello, que le caía desparramado por los hombros rozando sus pechos y llegando casi hasta la cintura. Trataba de recobrar la compostura, pero sus pechos seguían subiendo y bajando, agitados.

Se sorprendió al notar que el miembro se le endurecía. ¡Cielos, tenía novia! Una mujer inteligente y poderosa que entendía a la perfección las presiones de su trabajo porque ella tenía uno igual y estaban en la misma onda. Una mujer diametralmente opuesta a la criatura de ojos verdes que tenía delante. Vicky Burns era una mujer centrada, ambiciosa y altamente cualificada. ¿Por qué diablos estaba pensando en el aspecto de Tess Kelly sin ropa, cubierta tan solo por su largo cabello?

Escribió unos números en un trozo de papel y se lo tendió. Tess se inclinó hacia delante para tomarlo y a Matt se le fueron los ojos hacia su escote. Dando un suspiro de frustración, se frotó los ojos y giró su silla para quedar de cara al ventanal.

–Esto es demasiado, señor Strickland. No puedo aceptarlo.

–¡No sea ridícula! –enfadado consigo mismo por su desacostumbrada falta de autocontrol, Matt había adoptado un tono más cortante del que pretendía–. Es perfectamente razonable. Le estoy pidiendo que desempeñe un trabajo importantísimo y por ese dinero espero que haga horas extra. Una cosa más. Tendrá que vestir adecuadamente. Ropa más holgada. Le resultará más práctica con este calor, sobre todo si piensa realizar actividades al aire libre.

–Es que no tengo ropa holgada.

–Pues tendrá que comprársela. No le supondrá un problema insuperable, Tess. Le daré acceso a una cuenta que cubrirá todos los gastos relacionados con el trabajo. Úsela –se puso en pie, de nuevo en control de la situación–. Ahora ha llegado el momento de que conozca a mi hija. Está arriba, en su dormitorio. Le mostraré la cocina, para que se vaya familiarizando. Hágase un café mientras voy a buscarla.

Tess asintió. Tras la dura entrevista, la idea de conocer a Samantha no le resultaba tan intimidante.

El apartamento ocupaba dos plantas del edificio. Matt la condujo a una cocina tan moderna como opulento y antiguo era el resto del piso. Las encimeras de granito refulgían, desprovistas de trastos culinarios. Tess supuso que se metería en líos si trataba de guisar en aquella cocina de revista.

–Póngase cómoda –insistió él, mirándola con expresión de guasa–. No muerden. En los armarios encontrará té y café, y en la nevera... –indicó señalando un objeto camuflado entre el resto de mobiliario– debería de haber leche. Mis empleados se encargan de que haya de todo, especialmente ahora que Samantha vive conmigo. Si está de suerte, hasta encontrará galletas.

–¿No sabe lo que hay en su propia cocina?

Matt sonrió y Tess experimentó una visión desconcertante de lo que sería aquel hombre sin su manto de arrogancia. Alguien peligrosamente sexy.

–Terrible, ¿no le parece? Quizá podría incluir esto en su próximo discurso sobre mis defectos.

Tess sonrió débilmente. Comenzaba a oír en su interior remotas campanas de alarma, pero no era consciente del peligro que anunciaban.

Capítulo 2

BUENO, ¿qué te ha parecido? ¿Has conseguido el trabajo?

Claire la estaba esperando. Tess apenas había conseguido introducir la llave en la cerradura de la puerta principal cuando su hermana la abrió, llena de curiosidad.

¿Qué pensaba de Matt Strickland? Tess hizo un esfuerzo por describir en pocas palabras a un hombre que representaba todo lo que ella evitaba deliberadamente. Demasiado rico, demasiado arrogante, demasiado estirado. Cuando su mente comenzó a divagar en los extraños sentimientos que despertaba en ella, se frenó.

–¿Te puedes creer que no quiere que vaya a trabajar con ropa ajustada?

–Es tu jefe, tiene derecho a decirte cómo quiere que te vistas. ¿Acaso crees que a nosotras nos deja ir a la oficina en vaqueros rotos? –razonó Claire–. Bueno, sigue. ¿Cómo es su apartamento?

–Apenas he tenido tiempo de verlo –suspiró Tess–. Nunca he tenido una entrevista tan larga. Te puedo describir su despacho con todo lujo de detalles, eso sí. Ah, y la cocina. El apartamento es enorme, y sus gustos artísticos, algo dudosos. Había un montón de cuadros de paisajes y gente extraña.

–Serán miembros de su familia –reflexionó Claire–. Gente con clase.

–¿Tú crees?

–¿Qué te ha parecido la hija?

Matt Strickland era tan celoso de su intimidad que nadie sabía siquiera que tuviera una hija. De momento nunca la había llevado a la oficina.

Tess no tenía mucho que contar, pues no había llegado a conocer a la niña. Había esperado largo tiempo en la cocina hasta que Matt regresó de un humor de perros para decirle que Samantha se había encerrado en su habitación y se negaba a salir.

Tess había bebido un sorbito de té, se había servido distraídamente la quinta galleta y se había mirado los pies mientras reflexionaba sobre el hecho de que había al menos una persona sobre la faz de la tierra dispuesta a ignorar olímpicamente al poderoso y arrogante Matt Strickland.

–No debería poner cerrojos en las puertas –le había informado, pensativa–. En casa nunca nos dejaron tenerlos. A mi madre le aterrorizaba la idea de que se produjera un incendio y no pudieran entrar.

Él se había quedado mirándola como si le hablara en chino y Tess pensó que seguramente carecía de experiencia en todo lo relativo a criar a un hijo.

–Así que el lunes promete ser divertido –concluyó–. Samantha no tiene interés en conocerme y, además, tengo que estar allí a las siete y media. Ya sabes lo poco madrugadora que soy...

El comentario le ganó una mirada tan amenazadora de su hermana que optó por no quejarse más del asunto. Por supuesto que haría lo posible por levantarse al alba. Programaría el despertador y la alarma del móvil, aunque sabía que era muy capaz de seguir durmiendo aunque sonaran los dos aparatos al mismo tiempo. ¿Qué pasaría si eso ocurriera? Recordó las palabras que él había empleado para describirla.

Todavía estaba preocupada por ese asunto cuando, a la noche siguiente, sonó el teléfono del apartamento. Tess contestó y oyó la voz profunda y suave de Matt al otro lado de la línea.

–Se ha equivocado de hermana –dijo Tess tan pronto se hubo él identificado.

Como si fuera posible no reconocer esa voz...

–Claire se está dando un baño; le diré que ha llamado.

–He telefoneado para hablar con usted –le informó Matt con calma–. Solo quería recordarle que la estaré esperando mañana a las siete y media en punto.

–¡Allí estaré, no lo dude! Programaré varios despertadores para no quedarme dormida.

Al otro lado de la línea Matt sintió la tentación de sonreír. Pero no estaba dispuesto a reírle la gracia; tenía la sensación de que la mayoría de la gente le reía las gracias a Tess Kelly. Su calidez resultaba contagiosa. Pero en lo referente a su hija, hacía falta mostrar severidad.

–¿Hola? ¿Está usted ahí?

–Sí. Para ayudarla a ser puntual, haré que un coche pase a recogerla. Estará en su casa a las siete en punto. Se le ha olvidado darme su número de móvil.

–¿El mío?

–Necesito poder localizarla en todo momento. No olvide que está usted a cargo de mi hija.

Cuando colgó el teléfono se giró y se encontró con Claire observándola, sonriente.

–Lección número uno sobre cómo convertirse en adulta responsable. ¡Prepárate a ser responsable de otra persona! Matt es un hombre justo. Exige mucho a la gente que trabaja para él, pero da mucho a cambio.

—No me gustan los mandones —se quejó Tess automáticamente.

—Lo que a ti te gusta es la gente que no impone norma alguna y te deja hacer lo que te da la gana. ¡Cómo se nota que eres la hermana pequeña!

Tess, que antes no se habría sentido molesta por el comentario, frunció el ceño. ¿Acaso daba a entender que era una persona irresponsable? Sus padres la habían mandado a Nueva York para que su hermana la enseñara a madurar. ¿Era su manera de «echarla» delicadamente de la casa familiar? ¿Tendría razón Matt? Cuidar del hijo de otra persona, una criatura que había sufrido y que obviamente tenía problemas con su padre, no parecía un trabajo para una persona irresponsable. Matt Strickland le estaba dando la oportunidad, a pesar de no haber dado demasiadas muestras de merecerla.

Tess suponía que a la mañana siguiente se pondría a trabajar bajo las órdenes de alguno de los misteriosos empleados que él había mencionado, pero la realidad fue que, tras el cómodo trayecto en coche que aprovechó para disfrutar de las vistas de la ciudad, fue el mismo Matt quien le abrió la puerta.

Estaba vestido para ir a trabajar. Traje oscuro, camisa blanca y zapatos hechos a medida, una combinación que normalmente la habría repelido, pero que en aquel momento le pareció increíblemente sexy.

—No lo esperaba aquí —dijo Tess, sorprendida.

—Es donde vivo, ¿lo había olvidado?

Se hizo a un lado y ella pasó junto a él, extrañamente consciente de su propio cuerpo.

Ahora que se encontraba bajo menos presión tuvo la oportunidad de observar de cerca el entorno. Era más impresionante de lo que había imaginado. Sí, la vivienda era gigantesca y los cuadros deprimentes, por más que fueran de sus familiares, pero la decoración era exquisita. Matt no había caído en el minimalismo de sofás de cuero y superficies cromadas en todas partes, como hubiera cabido esperar. Al contrario, aquel lugar era opulento. Los suelos de madera lucían un tono oscuro y profundo, las alfombras eran antiguas y bien acabadas. El descansillo con galería daba a un inmenso espacio inferior y dos amplios ventanales ofrecían unas vistas increíbles de Manhattan.

–¡Caray! La última vez que estuve aquí no me fijé en el apartamento. Aparte del despacho y la cocina, claro –dijo con los ojos como platos, girando lentamente sobre sí misma–. Perdone, sé que es una grosería quedarse mirando así, pero no lo puedo evitar.

Por primera vez en mucho tiempo, Matt apreció los privilegios de los que disfrutaba desde la cuna.

–La mayoría de las cosas que hay aquí son heredadas. De hecho podría averiguar el origen de prácticamente cada una de las piezas. ¿Qué tal ha ido el trayecto?

–Estupendamente, gracias.

–¿Está lista para conocer a Samantha?

–Lamento no haberla conocido la última vez –se disculpó Tess sintiendo un brote de conmiseración.

Matt, que no quería perder el tiempo pues tenía la agenda repleta, se detuvo.

–Como le he dicho, ha pasado una época mala. A veces resulta difícil conectar con ella.

–Debe de resultarle muy triste. Lo normal es que

se hubiera refugiado en usted tras la muerte de su madre.

–Algunas situaciones no son tan simples –apuntó él fríamente–. Veo que no ha traído libros de texto. Espero que no haya olvidado que una de sus obligaciones es hacer de profesora.

–¿No esperará que empecemos el primer día?

–No creo que haya que dejar para mañana lo que se puede hacer hoy.

–Bueno, es que... pensé que sería mejor que nos conociéramos primero, antes de ponernos con las fracciones y los decimales.

–Me alegro de que haya abandonado su actitud derrotista y se haya puesto al día con el programa.

–¡No tengo una actitud derrotista, se lo aseguro!

Había meditado mucho en lo que él le había dicho sobre rendirse, y había llegado a la conclusión de que estaba muy equivocado. Siempre se había sabido capaz de hacer cualquier cosa. ¿Por qué si no había probado suerte en tantos trabajos?

Matt alzó la mano para hacerla callar.

–No importa. Los múltiples tutores que han pasado por aquí en los dos últimos meses dejaron varios libros. Los encontrará en el estudio; la mayoría están nuevos –añadió apretando los labios–. Espero que usted sea la excepción a la regla.

–Ya le advertí que no soy muy estudiosa...

–Ya he probado con los que sí lo eran –señaló Matt–, y ninguno ha funcionado. ¿Por qué insiste en infravalorarse a sí misma?

–No me infravaloro.

–Si usted misma se cataloga como estúpida, no se queje si el resto del mundo se muestra de acuerdo.

–¡Oiga, que yo no soy estúpida! Podría haber sacado buenas notas si hubiera querido.

–¿Y por qué no lo hizo? ¿Era más fácil fracasar por no haberlo intentado que competir con sus hermanas mayores y quedar por debajo? Está bien, retiro el comentario que hice sobre su pocas ganas de trabajar, pero si quiere demostrarme sus habilidades tendrá que tomar el toro por los cuernos. Deje de disculparse por su falta de éxito académico y empiece a darse cuenta de que lo único que me importa es que deseche la idea de que no puede ser profesora de mi hija. Que, por cierto, está en la cocina.

A Tess se le puso el vello de punta. Mientras él le explicaba los horarios de los múltiples empleados, que trabajaban por turnos con el fin de que no se acumulara ni un grano de polvo en el apartamento, Tess le dio vueltas a lo que acababa de oír. Se había pasado la vida haciendo lo que le daba la gana, sin escuchar realmente a sus padres cuando estos la instaban a echar raíces y centrarse. A su manera afable y bonachona, se había negado cabezonamente a adoptar un modo de vida que pensaba que no podía aguantar. Nadie había sido nunca tan brutalmente franco como lo había sido Matt, ni le había dado a entender que fuera una cobarde, que tuviera miedo de parecer un fracaso comparada con sus hermanas. Se dijo a sí misma que él no la conocía en absoluto, pero sus palabras resonaban en su cabeza como un panal de avispas furiosas.

Cuando se detuvo frente a la puerta de la cocina, estuvo a punto de tropezar con él. Ella pasó primero y vio a su pupila sentada a la mesa, encorvada sobre un tazón de cereales y jugando a llenar la cuchara de leche, alzarla y hacer caer el líquido en el tazón, sin importarle que la mitad cayera fuera salpicando la mesa de madera.

Tess no tenía claro qué había esperado encontrar. Lo que la pilló completamente por sorpresa fue la expresión de dolorosa confusión que advirtió en el rostro de Matt y, durante unos intensos segundos, sintió lástima por él.

Era un hombre duro e intransigente, y crítico hasta el punto de inspirar miedo, pero en lo referente a su hija no tenía ni idea de cómo actuar.

Ella tampoco, todo sea dicho. Nunca había tenido que lidiar con la mirada terca y reconcentrada de una niña de diez años.

–Samantha, mírame –se metió las manos en los bolsillos y frunció el ceño–. Esta es Tess, ya te he hablado de ella. Va a ser tu nueva niñera.

Samantha apoyó la barbilla en las manos y bostezó a modo de saludo. Llevaba una ropa carísima y anticuada. Pesadas sandalias marrones y una camisa de flores sin mangas que parecía de seda. ¿Seda para una niña de su edad? Su largo cabello estaba pulcramente recogido en dos trenzas rematadas por lacitos. Era morena, como su padre, y tenía las mismas facciones obstinadas.

Con el tiempo acabaría convirtiéndose en una belleza, pero en ese momento tenía el rostro triste y sombrío.

Tess carraspeó y se acercó a la niña.

–Hola, Samantha. No tienes por qué mirarme si no quieres –lanzó una risita nerviosa que fue recibida con una mirada de reojo–. Soy nueva en esta ciudad y... –discurrió intensamente en busca de algo que una niña de diez años pudiera tener en común con ella–. ¿Te apetece ir de tiendas conmigo? Mi hermana no lleva la misma ropa que yo y a mí me da miedo entrar en los grandes almacenes sola...

–Ha sido satisfactorio.

Cuando Matt la llamó al móvil para comunicarle que esperaba informes diarios sobre el progreso de la niña, Tess se quedó sin palabras. Los esperaba en su despacho a las seis en punto, una vez la hubiera relevado Betsy, la chica que entraba por la tarde para preparar la cena.

El mismo coche que la había recogido por la mañana pasó a buscarla al apartamento y la depositó, como si de un paquete se tratara, en su oficina en una de los mejores zonas de Manhattan.

Una vez vista su residencia, su lugar de trabajo no le impresionó tanto. Subió los veintipico pisos en ascensor y no se sorprendió al comprobar que su despacho ocupaba la mitad de una planta. Disponía de su propio salón de estar, sala de reuniones y una gigantesca oficina exterior con sillas y plantas en la que una señora de mediana edad se preparaba para marcharse a casa.

–Defina «satisfactorio».

Él se arrellanó en el sillón de cuero y colocó las manos tras la cabeza.

–Siéntese.

No podía creerse la facilidad con la que había roto el hielo con Samantha. La comparó con las otras niñeras, que sonreían fríamente y trataban de estrechar la mano de la niña.

Tess se encogió de hombros.

–Todavía queda un largo camino por recorrer, pero por lo menos no me ha mandado a paseo.

–¿Habló con usted?

–Le he hecho varias preguntas y ella me ha contestado a algunas.

Todavía la humillaba el bajo concepto que tenía Matt de ella, pero lo superaría, aunque solo fuera para demostrarle de lo que era capaz.

–Odia su ropa. Creo que eso nos ha acercado. Siento decirle que voy a tener que negarme a llevar ropa holgada como usted me pidió. No puedo ir a comprar trapitos modernos y juveniles para su hija y adquirir ropa sosa para mí misma.

–¿Trapitos modernos y juveniles?

–¿Sabía que nunca ha tenido un par de vaqueros rotos?

–¿Vaqueros rotos?

–Ni unas buenas deportivas, y no estoy hablando de las que se pone uno para la clase de gimnasia.

–¿Qué son unas buenas deportivas?

Matt la miró. Traía la cara sonrosada y brillante tras la calurosa caminata y llevaba el pelo recogido en una cola de caballo alta de la que escapaban algunos mechones color caramelo.

Era la antítesis de todas las mujeres con las que había salido, incluida su exmujer. Vicky, su novia, era guapa, pero de una manera controlada, inteligente, algo masculina: pelo corto y oscuro, pómulos marcados y trajes de chaqueta rematados con zapatos de tacón. Y Catrina, aunque no era una mujer trabajadora, venía de buena familia y siempre hacía gala de un glamour sutil y refinado consistente en jerseys de cachemira, perlas y elegantes faldas a la altura de la rodilla.

No le costaba creer que Samantha nunca hubiera poseído un par de vaqueros rotos o desgastados, o de ningún tipo. Que él recordara, tampoco los había tenido su exmujer. Se percató de que su imaginación había vuelto a descontrolarse y le ofrecía todo tipo de imágenes de la chica que tenía delante. Mientras ella parloteaba acerca de unas «buenas deportivas» él pugnaba por dejar de imaginársela sin aquellos vaqueros ceñidos y la exigua camiseta verde adornada con el logo de algún grupo de rock. Se trataba de un impulso primitivo que no tenía lugar en su mundo rígidamente controlado.

–Bueno, espero que no le importe que le haya comprado un par de cosillas. Deportivas, vaqueros, unas camisetas en el mercadillo...

–¿Le ha comprado prendas en un mercadillo?

–Son mucho más estilosas. Ay, por la cara que ha puesto, creo que no le hace mucha gracia. ¿Nunca ha comprado en un mercadillo?

Por alguna razón, aquella pregunta inocente alteró el ambiente entre ellos. Fue un cambio minúsculo, apenas perceptible, pero de pronto ella fue consciente de sus ojos oscuros clavados en su persona y de cómo su propio cuerpo respondía a su mirada.

–No he pisado un mercadillo en mi vida.

–Pues no sabe lo que se pierde. Una amiga mía trabajaba en uno los fines de semana antes de ponerse a estudiar joyería. Los conozco bien. Mucho de lo que venden es basura de importación, pero algunas cosas son buenas, hechas a mano. Hubo una época en que pensé dedicarme a eso... –explicó con las mejillas arreboladas por el entusiasmo.

–Eso ya no importa. Ahora está usted aquí –la cortó él bruscamente–. Dígame qué planes tiene para el resto de la semana. ¿Ha hablado con ella de los deberes?

–¡Todavía no... es el primer día! Pero cuando volvimos al apartamento, mientras Samantha se bañaba, le he echado un vistazo a los libros de los que me habló.

–¿Y bien?

Tess estuvo a punto de advertirle que nunca se le habían dado bien las ciencias, pero se lo pensó mejor.

–Supongo que podría hacerlo.

–¡Así me gusta! Ahora lo que tenemos que hacer es diseñar un plan de estudios.

–Le preocupa ir a un nuevo colegio. ¿No se lo ha comentado?

Matt se removió inquieto en el asiento.

–Espero que la haya tranquilizado. No tiene motivos para inquietarse –dijo tratando de eludir el hecho de que Samantha y él no habían mantenido una conversación profunda desde su llegada a Manhattan.

–Eso es trabajo suyo –repuso Tess mirándolo a los ojos. Nunca había sido amiga de discusiones, pero no estaba dispuesta a asumir la responsabilidad de algo que sabía que no le correspondía–. He estado pensando y...

–¿Debería preocuparme?

–Usted me ha impuesto toda una serie de normas...

Matt echó la cabeza hacia atrás y se rio. A continuación volvió a mirarla, serio de nuevo.

–Suele ocurrir cuando se trabaja para otra persona. Estoy corriendo un riesgo contratándola y usted está siendo recompensada con creces, así que no piense ni por un momento que puede evadirse de sus responsabilidades.

–No es eso lo que pretendo –repuso ella, acalorada–. Pero creo que si yo tengo que seguir ciertas normas, usted debería hacer lo mismo.

Matt la miró con expresión de incredulidad y volvió a soltar una carcajada.

–¿Qué es tan divertido?

–Lo que usted considera «normas» es, para la mayoría de la gente, la descripción del puesto de trabajo. ¿Era esa la actitud que mostraba usted en sus trabajos anteriores? ¿La de no estar dispuesta a trabajar a menos que su jefe estuviera dispuesto a acoplarse a sus exigencias?

–Por supuesto que no.

«Cuando las cosas empezaban a ponerse aburridas, me limitaba a dejar el trabajo», pensó, incómoda.

–Y tampoco estoy tratando de quebrantar las normas.

¿Qué tenía aquel hombre que la volvía tan contestataria?

–Está bien. Diga lo que tenga que decir.

–He elaborado una lista.

Una lista garabateada en el coche con ayuda de Stanton, el chófer, a quien le había preguntado qué cosas le gustaba hacer con sus padres cuando era niño.

Matt tomó la lista y la leyó y releyó con expresión de creciente desconcierto.

–«Lunes por la noche» –leyó en voz alta–, «Monopoly o Scrabble o cualquier juego de mesa previamente acordado. Martes por la noche, velada culinaria». ¿Qué demonios es una velada culinaria?

–Se trata de una noche en la que usted y Samantha cocinan juntos. Cualquier cosa, un pastel, galletas. Podrían echarle valor y elaborar un plato caliente. Un estofado, por ejemplo.

–¿Pasteles, galletas, estofados? –el tono de su voz daba a entender que creía que se había vuelto loca–. ¿No es ese su trabajo? Rectifico. No debería preguntarlo, sino afirmarlo. Todo lo que aparece en esta lista son cosas que debería hacer usted. Por si lo ha olvidado, mi trabajo me obliga a pasar muchas horas fuera de casa.

—Comprendo; es usted un adicto al trabajo y...

—No soy adicto al trabajo. Dirijo una empresa. Varias empresas. Lo crea o no, es algo que me quita tiempo.

Los miércoles tocaba «velada de cine». No recordaba la última vez que había visto un DVD. ¿Quién podía permitirse estar sentado frente al televisor durante horas? ¿Acaso era productivo?

—Tiene que sacar tiempo para estar con Samantha —repitió Tess con obstinación—. No se hace una idea de lo que le asusta empezar en el nuevo colegio. Todos sus amigos se han quedado en Connecticut. Le da miedo hacer amigos nuevos.

—Es comprensible, pero los niños son muy adaptables; está demostrado.

—Para usted es fácil decirlo —replicó negándose a ceder—. Todavía me acuerdo de lo intimidante que fue para mí llegar al instituto, y eso que conocía a algunos compañeros. Pero la idea de tener profesores y libros distintos...

—¿No se lo tomó como un reto? No, seguro que no. Pero esto no tiene nada que ver con usted. Usted no es Samantha. Estoy de acuerdo en que las cosas no le han resultado fáciles, pero estar rodeada de niños de su edad le hará bien. Mi intención no es, en absoluto, que se olvide de la gente de Connecticut...

—Creo que es así como lo ve ella.

Tess estaba perdiendo la esperanza de hacerle entrar en razón. Lo que para ella eran tonos de gris, para él era blanco y negro.

—¿Qué significa «noche de conversación»? —preguntó leyendo la lista.

—Ah, eso. Pensaba incluir una noche de juegos...

–Pensé que ya teníamos una noche en la que jugábamos a «Monopoly, Scrabble o cualquier juego de mesa previamente acordado».

–Me refería más bien a partidos. De rugby, por ejemplo. Bueno, en Estados Unidos, quizá no. De fútbol, de baloncesto, de béisbol. Claro que no le imagino aficionándose a ese tipo de cosas.

–Ah, a eso se refería... Entretenimiento para hombres que no son adictos al trabajo.

–No se lo está tomando en serio.

Él la miró inquisitivamente. ¿Se lo estaba tomando en serio? Ninguna de las niñeras anteriores le había impuesto una lista de tareas; no habían tenido el valor de hacerlo. De hecho, no podía recordar ningún empleado que hubiera tenido la osadía de decirle lo que debía o no debía hacer.

Por otro lado, ninguna de las otras niñeras parecía haber tenido tanto éxito el primer día.

–Está bien, lleguemos a un acuerdo –dijo echándose hacia atrás en el asiento y colocando las manos tras la cabeza en un gesto típico de macho dominante–. Tendré en cuenta algunas de sus sugerencias con tal de que usted esté presente.

–¿Cómo ha dicho?

–Eso de hacer galletas y pasteles... ¿Qué experiencia tengo yo? La asistenta se ocupa de esas cosas. Y si no, encargo comida para llevar de la máxima calidad.

–Basta con que siga la receta –señaló Tess.

Matt se puso en pie bruscamente y se dirigió hacia el ventanal, desde donde veía a gente del tamaño de una cerilla caminando apresuradamente por la calle y taxis amarillos que parecían de juguete.

–¿Le ha enseñado la lista a mi hija? –preguntó girándose para mirarla.

–Todavía no. La he escrito en el coche de camino hacia aquí. Me gustaría haberla pasado a ordenador, pero no he tenido tiempo.

–¿Cómo sabe que a ella le van a agradar estos proyectos?

–No son proyectos.

–Está bien. Ideas. Sugerencias. Ocurrencias. Llámelo como quiera. ¿Cómo sabe que va a estar dispuesta a pasarse dos horas delante de un juego de mesa, por ejemplo?

–Veo a qué se refiere.

–Lo dudo mucho –contestó él con irritación–. Los niños de hoy día prefieren pasarse las horas muertas delante del ordenador chateando con sus amigos. Samantha tiene un ordenador de última tecnología. Es una de las primeras cosas que le compré cuando vino a vivir conmigo.

–Lo haré –decidió Tess–. Si necesita que esté presente, lo haré.

–No es una cuestión de «necesitar» –replicó él frunciendo el ceño.

–A ciertos hombres les resulta difícil sacar tiempo para pasarlo con sus familias...

–Déjese de psicología barata, Tess.

Sus miradas se encontraron y, durante una décima de segundo, Tess se sintió mareada. No estaba acostumbrada a ese tipo de situaciones. Mostrarse firme ante algo y negarse a ceder. Decirle a un hombre como Matt Strickland, que era el jefe de su hermana por el amor de Dios, lo que debía hacer, cuando estaba claro que no aceptaba órdenes de nadie. Involucrarse tanto como para ir más allá del mero cumplimiento de las obligaciones que le imponía un trabajo que no había deseado en un principio.

–No es psicología barata –dijo débilmente–. Es la verdad. ¿Con qué actividad le gustaría comenzar?

–Ah, ¿es que puedo elegir? –Matt miró la lista–. ¿Se da usted cuenta de que si acepta tomar parte en estas actividades no tendrá mucho tiempo libre por las noches?

–No pasa nada.

–Por supuesto, le pagaré las horas extra.

–No me importa el dinero –murmuró Tess observándolo fascinada mientras leía la lista con el ceño fruncido, tratando de encontrar la opción más aceptable.

–Pero podría arrepentirse de comprometerse a algo que le va a quitar un tiempo que podría dedicar a ver Nueva York, salir y divertirse. ¿No le va a resultar un problema?

Él alzó la mirada repentinamente y Tess volvió a sentir la misma flojera, como si cayera libremente por el espacio.

–¿Por qué iba a suponerme un problema? –preguntó casi sin aliento.

–Porque es usted joven y me imagino que habrá venido aquí a divertirse. ¿Desde cuándo es divertido pasar tiempo con el jefe de uno y con su hija jugando al Scrabble?

Nunca lo ha sido, pensó Tess, confusa.

–Está bien –dijo él poniéndose en pie, gesto que ella imitó precipitadamente. El tiempo asignado a ella había concluido–. Lo primero, será recompensada económicamente, tanto si le gusta como si no. En cuanto a qué actividades prefiero le diré que llevo tantos años sin hacer ninguna de ellas que...

Sonrió con sincera jovialidad. Y durante unos electrizantes segundos dejó de ser Matt Strickland, el hombre que la empleaba, aquel que representaba todo lo que ella aborrecía, para convertirse en un hombre normal y corriente. Un hombre increíblemente sexy que hacía que la cabeza le diera vueltas.

–Usted elige. Yo estaré en casa mañana a las seis.

Capítulo 3

A VER si me aclaro. Ahora resulta que dispones de una cuenta ilimitada para gastos de vestuario y que tienes una cita con mi jefe.

–No es una cita –replicó Tess con irritación pero sin prestarle demasiada atención a Claire que, ataviada con un vestido ajustado verde y zapatos de tacón alto del mismo color, mataba el tiempo repatingada en la cama mientras esperaba al chico con el que llevaba año y medio saliendo, un ejecutivo de banca de inversión al que Tess había conocido y dado su aprobación, a pesar de que nunca lograba acordarse de su cara una vez salía de la habitación.

–¿Ah, no? ¿Y cuál es el plan? ¿Un restaurante íntimo? ¿Botella de Chablis a la luz de las velas? Nadie ha tenido nunca ni la más remota idea de lo que hace Matt Strickland en su vida privada y llegas tú y, en menos de tres semanas, tienes una cita con él.

Tess miraba la selección de conjuntos que había comprado aquel día, tratando de decidir si ponerse el vestido corto negro o el vestido corto rojo. Tras cinco segundos luchando con su conciencia, había capitulado vergonzosamente nada más entrar en los grandes almacenes de moda a los que había acudido en cuanto él le anunció que pensaba llevarla a cenar a un restaurante elegante para hablar de trabajo. De no ser por él, se dijo a sí misma, no tendría que gastarse el dinero en ropa adecuada para restaurantes que ella no solía frecuentar. Así que sí él insistía en pagar, ¿por qué no permitírselo?

Además, Samantha se lo estaba pasando bien. Habían llegado a un acuerdo: Tess hacía como si bostezara en las tiendas de juguetes y Samantha daba golpecitos en la enorme esfera de su nuevo reloj de Disney cuando entraban en las tiendas de moda para mayores. Luego iban a comer pizzas o hamburguesas a algún sitio que les gustara a las dos. Una comida nutritiva que las ayudaba a encarar con fuerzas la visita a algún centro cultural en nombre de la educación.

Tess había descubierto que en Nueva York existía un destino cultural para cada día del año. Ella, que siempre había considerado las instituciones educativas como algo mortalmente aburrido, empezaba a darse cuenta de que no estaban del todo mal, sobre todo cuando las recorría junto a una persona que pecaba de su mismo nivel de ignorancia. Aunque se tratara de una niña de diez años. Aprendían juntas y, había que reconocer que Samantha era bastante lista. De hecho Tess la había hecho responsable de las guías y su trabajo consistía en describir y contar la historia de todo aquello que miraban.

–Creo que me pondré el rojo.

–¿Qué más te da si no es una cita? –se burló Claire levantándose de la cama y recomponiéndose–. Y, por favor, no me vuelvas a decir que no es una cita. Apenas te he visto en las últimas tres semanas y ahora te vas con él a un restaurante. ¿No lo habéis hablado todo durante las partidas de Monopoly y vuestras veladas de cine?

–¿Ya han pasado tres semanas?

Así era. Cómo pasaba el tiempo. A pesar de las reservas que albergó en un principio ante la idea de involucrarse en la tensa relación que mantenía Matt con su hija, Tess se había metido de lleno en su vida. La noche de juegos, su primera noche, había resultado un éxito relativo. Pero desde entonces las cosas habían mejorado gracias al empeño que él ponía. Llegaba al apartamento antes de las siete sin falta y se lanzaba a todas las actividades con tanto entusiasmo que era difícil no dejarse arrastrar por él. Samantha, cautelosa en un principio, empezaba a mostrarse más distendida y a disfrutar.

–Tengo que darle informes –concluyó Tess–. Ya me gustaría no tener que ir. Un viernes por la noche preferiría salir por Manhattan con Tom y contigo. Bueno, quizá no con vosotros, pero con otra gente. Gente joven y divertida, artistas, escritores, poetas.

En otras palabras, la clase de gente con la que uno se lo debería de pasar genial.

–Todavía no he tenido la oportunidad de conversar con Matt acerca de Samantha. Esto es un asunto de trabajo, nada más. Me parece que he engordado. ¿Crees que he engordado? Este vestido me queda un poco ajustado.

–Tess... –titubeó Claire–. Dime que no vas a hacer ninguna tontería.

–¿Una tontería? ¿Como qué?

–No sé a qué se dedica Matt Strickland en su tiempo libre, pero si está donde está es porque es un hombre duro e implacable.

–¿Qué quieres decir?

–Que no te enamores de él.

–¡Por supuesto que no! –exclamó Tess volviéndose hacia su hermana–. El hombre de mis sueños no es un ejecutivo agresivo obsesionado por el dinero, ya lo sabes. El hombre de mis sueños es sensato y sensible, y cuando lo encuentre lo reconoceré.

–La vida no es tan simple.

–Me limito a hacer mi trabajo, y por primera vez en mi vida me gusta lo que hago. No sabes lo que es ver a Matt y a Samantha juntos. No es una relación perfecta, pero empieza a funcionar, y me gusta pensar que yo he tenido algo que ver. Todo el mundo está deseando que siente la cabeza y persevere en algo. Pues ya lo he encontrado. Me gusta trabajar con niños. Es algo positivo que he sacado de esta experiencia y te ruego que no lo confundas con otra cosa.

Era la primera vez que había estado a punto de discutir con Claire y se aplacó en cuanto vio la expresión de estupefacción en el rostro de su hermana.

–Sé cuidar de mí misma; no te preocupes por mí. No me estoy enamorando de Matt Strickland, simplemente lo estoy conociendo. Y lo hago por el bien de su hija.

Podía haber añadido que Matt Strickland comenzaba a tomar forma en su imaginación, que de pronto se había visto plagada de imágenes de su jefe: Matt con el ceño fruncido, concentrado en un libro de cocina para principiantes que Samantha y ella habían comprado tres días atrás. Matt exultante por haber conseguido comprar un hotel y cobrar una renta exorbitante en una partida de Monopoly. Matt bromeando vacilante mientras su hija le abría las puertas de su mundo en Connecticut enseñándole fotografías de sus amigos en el ordenador.

Aquella cena era puramente de trabajo, de eso estaba convencida.

Él le hablaría de aspectos que le preocupaban, le señalaría qué cosas podían mejorarse. No tenía por qué ponerse nerviosa ni preocuparse por lo que Claire había dado a entender.

Por primera vez Tess comenzaba a darse cuenta de lo protegida que había estado durante años por sus padres y hermanas. Ellos le habían permitido retirarse de la carrera académica. Claire y Mary habían consentido que abandonara los libros. ¿Habían sentido lástima por ella al darse cuenta de que le iba a resultar imposible alcanzar las expectativas que ellas habían marcado? ¿O habían disfrutado, a través de ella, de una vida distinta, sin responsabilidades? Con razón Claire dudaba que fuera capaz de valerse por sí misma en el mundo real, con todos sus peligros. La cuestión era que finalmente estaba madurando, aceptando responsabilidades. Nunca se había sentido tan preparada para lidiar con lo que la vida pudiera depararle.

Con la confianza en sí misma recuperada, Tess se puso el vestido rojo, se encaramó en unas sandalias de cuña alta y dio un paso atrás para examinar su reflejo en el espejo.

No solía analizar demasiado su imagen, pero esta vez le agradó lo que vio. Nunca sería alta y delgada, pero no estaba nada mal. Su pelo suelto brillaba y su rostro rebosaba de salud gracias al sol veraniego. Tanto Claire como Mary tenían la típica complexión irlandesa: cabello oscuro, piel pálida y pecosa y los ojos verdes, marca de la casa. Tess, sin embargo, tenía un tono de piel más cálido y el sol le había aclarado la cabellera que, sin llegar a ser rubia, presentaba matices acaramelados.

Mientras Claire deambulaba por la casa dispuesta a reanudar la conversación, Tess aguardó a que el chófer de Matt la llamara al móvil y abandonó con prisas el apartamento tras detenerse brevemente en la cocina para anunciar que salía.

Durante las tres semanas anteriores se había acostumbrado a que la llevaran en coche a todas partes. Había dejado de sentirse como un miembro de la realeza dentro de la limusina y apenas se fijó en las calles que recorrían hasta que el coche se detuvo finalmente frente a un restaurante elegante: el tipo de establecimiento en el que no le habrían dejado entrar si se hubiera presentado con su atuendo habitual, vaqueros y camiseta. Stanton, el chófer, rodeó el vehículo para abrirle la portezuela.

Dentro, un pequeño recibidor comunicaba con una amplia sala de reluciente parqué y mesas circulares cubiertas por manteles de lino almidonados y confortables sillas de piel. El concurrido restaurante estaba lleno de gente elegante y glamurosa que parecía sacada de una película de Hollywood. Matt, que la esperaba en un íntimo rincón bebiendo una copa, parecía sentirse cómodo en aquel ambiente.

El cuerpo de Tess comenzó a hacer unas cosas extrañas mientras unas gotitas de sudor asomaban a sus labios. Durante unos segundos perdió la capacidad de respirar y el corazón comenzó a latirle con tanta fuerza que pensó que iba a salírsele del pecho. Se le bloqueó la mente, que quedó vacía de todo pensamiento. Incluso el murmullo de las conversaciones y el repiqueteo de los cubiertos quedó atenuado, como en un segundo plano.

Llevaba una chaqueta negra que le quedaba como un guante y una camisa blanca que destacaba los rasgos aristocráticos de su rostro. Estaba tan guapo que Tess estuvo a punto de perder el equilibrio mientras se dirigía hacia él encaramada en sus tacones.

De pronto se dio cuenta, avergonzada, de que la había pillado mirándolo embobada y compuso una radiante sonrisa al tiempo que lo saludaba con la mano.

–No pensé que fuéramos a reunirnos en un lugar tan elegante –dijo con voz alegre y cantarina tratando de llevar la conversación hacia el territorio neutral del trabajo lo antes posible y distraer su mente de la visión del pecho musculoso que se adivinaba bajo los dos botones superiores de la camisa y la fina capa de vello oscuro y rizado que rodeaba la correa plateada del reloj.

Matt apartó la mirada de ella para pasearla por el suntuoso establecimiento en el que tan a gusto parecía encontrarse.

–Hacen una comida buenísima, es lo que más me gusta de este sitio. Los franceses saben cómo preparar un buen filete.

–Que no estará tan bueno como los espaguetis a la boloñesa que hizo su hija hace unos días. No sabe lo que nos costó encontrar todos los ingredientes; todo tenía que ser perfecto: los champiñones, las chalotas, carne de la máxima calidad.

Tess estaba parloteando sin ton ni son. Se preguntaba por qué se había puesto tan nerviosa. Había visto a Matt Strickland suficientes veces durante las dos últimas semanas como para no alterarse en su presencia. Pero seguía teniendo el pulso a cien y la boca seca a pesar de los dos tragos de vino que se había bebido de golpe.

–Por no hablar del tiempo que tardamos en encontrar el libro de cocina adecuado –prosiguió–. Creo que Samantha revisó todos lo que encontró en tres librerías distintas. Hasta quiso convencerme de que le comprara una máquina para hacer pasta, ¿se lo puede creer? Yo le dije que era mejor que fuera pasito a pasito. Por cierto, tiene usted una cocina increíblemente bien equipada, con todo nuevo y reluciente... –su voz se apagó ante el desconcertante silencio de él–. ¿Por qué está tan callado? Pensé que me había convocado aquí para hablar de Samantha.

–Es que una vez que empieza a hablar no hay quien la pare. Siempre tengo curiosidad por ver dónde acaba.

Tess trató de tomárselo como un cumplido, pero no lo consiguió. Sonrió, nerviosa.

–Me hace sonar como una niña –dijo, incómoda mientras él inclinaba la cabeza hacia un lado como si considerara la observación.

–Quizá esa es la razón por la que es tan buena niñera –señaló él con cara de guasa, aunque Tess no conseguía ver el lado divertido del asunto–. Las que me envió la agencia no se parecían en nada a usted. Eran bastante sargentonas. Samantha se negaba a obedecer, las toreaba y ellas acababan por presentar su dimisión. Yo entonces pedía a la agencia que me mandaran a una todavía más estricta. Ahora me doy cuenta de que me equivoqué de estrategia. Debería de haber intentado encontrar a alguien que se pusiera a su nivel.

–¿Cuántas tuvo?

–Cinco, y una solo duró tres días. Trataron de imponerle disciplina, pero no funcionó.

–Yo le impongo disciplina –interrumpió Tess, a la defensiva.

–¿Ah, sí? ¿Cómo?

–Si no le gusta como hago las cosas...

–No sea ridícula, Tess. ¿No la acabo de felicitar por lo bien que lo está haciendo? Ha conseguido muchísimo en cuestión de semanas.

–Pero no quiero que piense que la razón de mi éxito

es dejarle hacer lo que le viene en gana. Usted me dio permiso para comprarle ropa nueva, ¿recuerda que se lo pedí? Cuando vaya a la nueva escuela le resultará más fácil integrarse si lleva la misma ropa que sus compañeros. Yo se lo dije y usted me dio el visto bueno. Así que fuimos de compras y, sí, algunas cosas las compramos en mercadillos, pero es que nunca había estado en uno y le encantó la experiencia...

–¿A qué viene todo esto?

–Pues, pues... –lo que en teoría iba a ser una conversación profesional se le estaba yendo de las manos y ella era la única culpable. ¿Era de extrañar que él la estuviera mirando como si le faltara un tornillo?

La había felicitado por su trabajo y ella le correspondía poniéndose a la defensiva. Se daba perfecta cuenta de que su reacción se debía a que no quería parecer inmadura ante él y no entendía por qué le importaba.

–Porque no se trata de que Samantha se lo pase bien todo el tiempo. He tenido que ganármela, y es mucho más fácil ganarse a un niño ofreciéndole un incentivo. Pero también hemos estudiado juntas.

–Lo sé.

–¿Ah, sí?

–Me lo ha dicho ella.

A Tess no se le pasó por alto el gesto de serena satisfacción que iluminó su rostro y se recordó a sí misma que aquella era la razón por la que le gustaba tanto el trabajo. Había contribuido a suavizar la relación entre Matt y su hija. Y si este le daba unas condescendientes palmaditas en la espalda y la felicitaba por ser lo suficientemente inmadura como ganarse a su hija, pues qué se le iba a hacer.

–Así que estaba equivocada –dijo echándose hacia

atrás mientras un camarero colocaba las cartas frente a ellos y vertía más vino en sus copas–. ¿Cómo se siente al respecto?

–Hemos repasado conceptos básicos nada más –murmuró Tess, sonrojándose.

–Ya es mucho si tenemos en cuenta que al principio estaba convencida de que era incapaz de entender las matemáticas y las ciencias.

A Tess la recorrió una oleada de placer que la dejó acalorada y aturdida. Era consciente de que él tenía la mirada perezosamente fijada en ella, pero no se atrevía a sostenérsela.

–Bueno, tampoco es que me vaya a poner a estudiar una carrera –repuso ella riendo sofocadamente.

Claire le había dado una charla sobre la crueldad de aquel hombre, pero él le estaba mostrando una cara que no conocía. Claire no conocía al hombre completo; para ella no era más que un tipo que daba órdenes y esperaba ser obedecido.

–Pero hacer algo de lo que no se creía capaz debe de haber reforzado su confianza en sí misma, ¿no?

Sus miradas se encontraron y, durante unos embriagadores segundos, imaginó que aquellos profundos ojos oscuros podían ver lo más íntimo de su ser.

Cuando el camarero fue a tomarles nota, la voz le temblaba. Su esperanza de que la conversación avanzara por otros derroteros fue recibida por un silencio expectante.

–Siempre he tenido mucha confianza en mí misma –acabó por decir–. Le puede preguntar a cualquiera de mis hermanas. Mientras ellas hincaban los codos, yo me lo pasaba genial con mis amigos –le daba la impresión de que él no acababa de creerla. Y su escepticismo era contagioso, porque ella comenzaba a no creerse a sí misma–. Ahora no salgo mucho por las noches, debido a mi horario de trabajo, pero normalmente tengo una vida social muy intensa.

–¿Y lo echa de menos?

–No estamos aquí para hablar sobre mí.

–En cierto modo, sí –señaló él con suavidad–. Usted pasa más tiempo con mi hija que yo. Para mí es importante saber cómo se siente; no me gustaría que acumulara resentimiento hacia mí. Durante las últimas dos semanas ha pasado la mayoría de las noches en mi apartamento. ¿Le molesta? ¿Preferiría pasar el tiempo con sus amigos?

Él observó cómo jugueteaba con el pie de la copa de vino. Tenía las mejillas sonrojadas. Su largo y espeso cabello color caramelo cubrían sus hombros como una cortina de seda. En aquel ambiente suntuoso y formal parecía muy muy joven. Y él se sintió de repente muy muy viejo.

Miró a su alrededor y confirmó que no había nadie con apariencia de tener menos de cincuenta años. Solo la gente adinerada podía permitirse los altísimos precios del establecimiento; él era una excepción, pues a pesar de ser rico no llegaba todavía a los cuarenta. Había crecido en una torre de marfil que nunca había tenido que abandonar. Pensó, desconcertado, que debía de haber salido algo más aunque solo fuera por curiosidad de ver lo que había afuera.

Molesto por haber sucumbido a un momento de introspección pasajera, Matt frunció el ceño y Tess, advirtiendo el cambio en su expresión, se puso inmediatamente en guardia.

¿Iba a decirle que no tenía que seguir yendo a su casa por las noches? Quizá anhelaba pasar más tiempo con Samantha a solas y ella empezaba a estorbar.

Quizá debía de ser ella la que sugiriera volver al horario habitual...

Comprobó, consternada, que no tenía la más mínima gana de hacerlo. ¿Cómo había llegado a esa situación? ¿Por qué eran Matt Strickland, su hija y su complicada vida familiar tan importantes en su propia vida?

Los pensamientos se arremolinaron en su cabeza mientras una serie de platos aparecían frente a ellos: mariscos y patatas exquisitamente dispuestos que Tess hubiera devorado gustosamente en otras circunstancias.

–Puede reducir mi jornada laboral, si así lo desea –se oyó decir con voz débil.

–No era eso lo que le estaba preguntando –replicó él impaciente. Se había acostumbrado a su infinita jovialidad y su repentino abatimiento le hacía sentirse como un ogro–. Usted es mi empleada, y yo tengo ciertas obligaciones como jefe.

Tess detestó esa apreciación profesional. Se dio cuenta de que no deseaba que él tuviera obligaciones con ella como jefe. Pero cuando comenzó a pensar en lo que realmente deseaba volvió a sentirse desorientada y confundida.

–No me gustaría que en un futuro usted me acusara de haberme aprovechado.

–¡Yo nunca haría algo así! –se defendió ella, horrorizada.

–Se ha negado a cobrar un sobresueldo...

–Porque ya me paga usted lo suficiente. Me gusta quedarme por las noches y ayudarlo con Samantha.

–Pero su vida social se resiente, ¿no cree?

–No vine aquí a cultivar mi vida social –explicó ella con firmeza–. Vine a intentar sentar la cabeza y eso es lo que estoy haciendo –su calidez habitual había vuelto y le sonrió–. Por fin he encontrado algo que me encanta hacer. Creo que se me dan bien los niños; no me aburro con ellos. Le sorprenderían los comentarios tan ingeniosos que hace Samantha sin darse cuenta. Puedo dejar la vida social para cuando vuelva a mi país.

Lo cual era algo que no planeaba hacer en un futuro próximo.

–¿Y allí sale con alguien en particular?

–¿Qué quiere decir?

–Es usted una joven atractiva –dijo él encogiéndose de hombros y apartando el plato, que fue recogido por un camarero segundos después–. ¿Ha dejado algún corazón roto?

–¡Cientos de ellos! –respondió ella con alegría. La verdad es que tenía muchos amigos varones, pero no mantenía una relación seria con ninguno en particular.

–¿Esa es parte de la razón por la que ha venido aquí?

–¡No! –protestó ella, incómoda.

–Porque ningún chico merece la pena. No a su edad.

–Tengo veintitrés años, no trece –apuntó por si acaso a él se le había pasado por alto, como ella sospechaba pues nunca, ni un solo momento, lo había pillado mirándola con interés sexual. Mientras que ella, Tess sintió que algo terrible y poderoso se agitaba en su interior, sí que lo había mirado así a él. Pequeñas imágenes salieron de su caja de Pandora: él mirándola mientras se reía, él levantando las cejas con expresión divertida y esbozando una media sonrisa, un gesto que le hacía sentir escalofríos.

Incómoda en su propia piel, Tess trató a duras penas de ordenar sus pensamientos mientras su inocente comentario quedaba flotando en el aire, retándolo a él a que empezara a mirarla de otra forma.

Como si alguien hubiera cortado las riendas de su rígido autocontrol, Matt se vio asaltado por una serie de perturbadores pensamientos. Parecía joven, con aquel rostro fresco y expresivo, algo raro en el duro y belicoso ambiente en que él se movía, pero no tenía trece años. Ni parecía una adolescente, especialmente con el traje que se había puesto aquella noche, que dejaba espacio en su imaginación para todo tipo de interesantes ideas. Tuvo que hacer un esfuerzo supremo para no caer en la tentación de intentar llevársela a la cama.

¡Pero era la niñera de su hija! ¿Qué demonios le estaba pasando? Se dio cuenta de que no era la primera vez que le daba vueltas a esa idea. Qué impropio de él. El trabajo y el placer eran como el agua y el aceite y no debían mezclarse. Nunca lo había hecho y no iba a empezar ahora. Tess Kelly no trabajaba entre las cuatro paredes de su oficina, pero seguía siendo una empleada como tantas otras.

Y aunque no fuera así, Tess Kelly no cumplía ninguno de los requisitos que él exigía en una mujer. Tras el horror que había sido su matrimonio con una mujer que en teoría los cumplía todos y en la práctica ninguno, su lista de condiciones en lo que concernía a las mujeres era bastante estricta.

Era imperativo que estuvieran tan centradas en sus carreras como él, que fueran independientes, con profesiones exigentes que lo eximieran a él de la responsabilidad de darle sentido a sus vidas. Catrina, al igual que él, venía de una familia con dinero y su vida había girado en torno a fiestas para recaudar fondos para la beneficencia, almuerzos y otras muchas actividades que lo dejaban a él con la sensación de que su deber era proporcionar un repertorio inagotable de distracciones.

Nunca se había visto en la necesidad de trabajar y, aunque hubiera tenido que hacerlo, no habría sabido cómo. Y durante aquellas horas vacías en las que él trabajaba sin parar habían germinado la amargura y el resentimiento.

Catrina había deseado un marido rico al que le gustara divertirse, y él no encajaba en esa descripción. Después de aquella experiencia Matt había tenido mucho cuidado en no salirse de los límites que él mismo se había impuesto.

De pronto se acordó de Vicky, con quien había estado en contacto esporádicamente y por correo electrónico, pues se encontraba en el extranjero, en Hong Kong concretamente, tanteando los mercados asiáticos. Volvería en un par de días. Matt trató de recordar su rostro, pero tan pronto le vino a la mente su cuidada y corta melena y su personalidad equilibrada y controlada, la imagen de una chica alegre y expansiva de cabellos castaños y pecas en la nariz se superpuso a la de la mujer que afirmaba estar deseando verlo.

Frunció el ceño con irritación, pero no por mucho tiempo. La vaga sensación de malhumor no tardó en desvanecerse.

–Dígame qué planes tiene para los próximos días –dijo apartándose de la mesa y haciendo una seña al camarero para que les llevara café.

–¿Planes? –Tess, todavía sumida en sus tumultuosos pensamientos, tardó unos segundos en caer en la cuenta de que habían cambiado completamente de tema–. Pues pensaba ir a algún museo con Samantha y poco más. Puede que mañana termine un poco antes y salga con mis amigos, ahora que me ha metido la idea en la cabeza.

–El viernes podríamos ir al zoo.

Aquello era una interesante novedad. En vez de dejarse llevar estaba aportando ideas propias. El rostro de Tess se iluminó de pura alegría al tiempo que asentía con aprobación. Ella se haría a un lado y observaría a padre e hija en la distancia, recordando que su relación con ellos era puramente laboral.

Matt la estudió cuidadosamente mientras una idea comenzaba a tomar forma en su cabeza: invitaría también a Vicky. Verlas juntas, una junto a otra, pondría punto final a esas alocadas e inútiles fantasías. Puede que Vicky y él no estuvieran destinados a una relación larga y duradera, pero su presencia serviría como recordatorio de lo que él buscaba en el sexo opuesto.

Una vez satisfecho con su plan, y sintiéndose de nuevo en control de la situación, pidió la cuenta.

Capítulo 4

DURANTE los dos días siguientes Tess tuvo tiempo de sobra para reflexionar sobre sí misma. La conversación con Matt le había hecho caer en la cuenta de que ciertos aspectos de su personalidad, de los que ella había estado siempre muy segura, tenían una base algo endeble. Siempre se había considerado un espíritu libre mientras que sus hermanas habían sido el desgraciado blanco de las ambiciones de sus padres. Estos no habían ido a la universidad. Su madre había sido camarera de comedor del colegio vecino, mientras que su padre tenía un empleo en el departamento de contabilidad de una empresa de electricidad. No obstante, ambos eran inteligentes, y en otras circunstancias, habrían estudiado y hecho realidad sus sueños. Pero las cosas no habían sido así y, en consecuencia, se habían tomado un interés desmesurado en el éxito académico de Claire y Mary.

Desde pequeña, Tess se había marcado un camino del que no se había desviado. No permitió que sus padres se hicieran ilusiones acerca de sus capacidades, convencida como estaba de que la vida le gustaba demasiado como para desperdiciarla encerrándose en una habitación llena de libros. Le gustaba probar esto y aquello, vivir nuevas experiencias. Se negaba a atarse a nada, siempre orgullosa de su sed de libertad.

El punto de vista de Matt había empañado su superficial concepción de las cosas. Se preguntó si su actitud despreocupada no estaría enraizada en un miedo profundo a competir. Si no intentaba conseguir algo no podía fallar, como le había dicho el primer día, y ella nunca había intentado nada, por lo que nunca se había preparado para el fracaso. Se había sentido ofendida ante el comentario de que le faltaba confianza en sí misma, pero en el fondo sabía que no había sacado el máximo partido a sus cualidades. ¿Podría ser que, dentro de la chica mona, popular y despreocupada hubiera otra nerviosa y asustada que disimulaba su inseguridad tratando de aparecer ante el mundo como la antítesis de sus hermanas? ¿Que hubiera cultivado una vida social, estando siempre disponible para los demás, dispuesta a echar una mano, porque así se demostraba a sí misma que valía tanto como sus dos inteligentes hermanas?

A Tess no le gustaba el derrotero que estaban tomando sus pensamientos, pero no podía controlarlos; uno generaba otro, como si estuvieran encadenados.

Por primera vez no tuvo ganas de compartir confidencias con Claire. Al contrario, se alegró de que se hubiera marchado de vacaciones con Tom y de que no volviera hasta la semana siguiente.

El viernes por la mañana, mientras se arreglaba para la expedición al zoo, abordó otro tema que la había estado incomodando últimamente, la otra pistola cargada con la que Matt la había apuntado. ¿Por qué había abandonado de repente su vida social? Había llegado a Manhattan desde Irlanda dispuesta a divertirse mientras decidía qué tipo de trabajo querría buscar a su vuelta. ¿Cómo había llegado a una situación en la que sacrificaba voluntariamente su vida social por un empleo? ¿Por qué la idea de salir y pasárselo bien con gente de su edad la dejaba indiferente? Le caía bien Samantha y le encantaba los pequeños cambios que detectaba en su personalidad a medida que pasaban los días; era como ver a una mariposa emergiendo de su capullo. Pero, aparte de eso, disfrutaba de la compañía de Matt porque este le gustaba.

Tess había tardado en reconocerlo porque nunca le había gustado nadie de verdad. No se había preguntado por qué lo miraba de reojo ni por qué reaccionaba su cuerpo de esa manera cuando estaban juntos. Allí mismo, mientras se ponía una camiseta de rayas blancas y azules y se cepillaba el pelo antes de recogérselo en una coleta, sintió que su cuerpo hormigueaba ante la idea de verlo. Él era la razón por la que se había olvidado de su vida social. Él era la razón por la que pasaba las noches en su apartamento, sentada con Samantha en el sofá viendo la tele mientras Matt hacía como que la veía con el periódico en una mano y una copa en la otra.

Tess sintió una corriente de excitación dentro de sí. Se sentía poderosamente atraída hacia aquel hombre y era una sensación deliciosa aunque no fuera correspondida. Porque nunca lo había sorprendido mirándola de reojo y no podía imaginárselo sintiendo por ella lo que ella sentía por él. Pero era igualmente excitante. ¿Y quién sabía lo que le depararía el futuro?, pensó con el optimismo con el que afrontaba la mayoría de las situaciones.

Pasó mucho calor en el trayecto hacia Pelham Parkway, pero afortunadamente se había puesto unos pantalones de lino frescos y unas chanclas. Aquel iba a ser un día largo. El parque era gigantesco, uno de los zoos urbanos más grandes del mundo. Había quedado con Matt en enviarle un mensaje de texto en cuanto llegara para acordar un punto de encuentro. Pero el haber tomado conciencia de sus sentimientos hacia él hizo que, en su lugar, contactara con Samantha y se dirigiera hacia un lugar en el que esperarlos.

Mientras caminaba sintió hambre y se compró un perrito caliente gigante. Acababa de darle el primer bocado cuando apareció Samantha corriendo hacia ella. La niña ya no iba vestida tan remilgadamente como antes. Llevaba unos shorts vaqueros, alpargatas planas y una camiseta que anunciaba un musical para adolescentes.

–Dale un bocado –dijo Tess ofreciéndole el perrito caliente a Samantha mientras se ponía en pie–. No voy a poder terminármelo.

–Pensé que ibas a dejar la comida basura –replicó Samantha aceptándolo sonriente– para mantener la línea.

–Empiezo el lunes; lo he apuntado en la agenda.

–Será mejor que vayamos, nos están esperando.

«¿Nos están esperando?»

–Vicky estaba cansada y quería descansar, y eso que ha estado sentada en el trenecito veinte minutos.

Samantha hizo una mueca mientras Tess trataba de registrar un nombre que nunca había oído mencionar y que no significaba nada para ella. ¿Sería un familiar?

Siguió apresuradamente a Samantha y unos minutos después llegaron a una cafetería de las muchas que había desperdigadas por el parque. Estaba a reventar. Había muchos niños comiendo helados y los bebés, demostrando más sentido común que los adultos, protestaban en sus sillitas porque tenían calor y querían irse de allí.

Sus ojos encontraron automáticamente a Matt y sonrió al comprobar que presentaba el aspecto que ella esperaba al imaginárselo fuera del ambiente de comodidad y bienestar al que estaba acostumbrado. Era un hombre habituado al aire acondicionado en verano y a empleados que hacían sus compras para evitarle la incomodidad de tener que lidiar con las multitudes. Que él mismo hubiera sugerido una excursión al zoo y aceptado las molestias inherentes a la misma, era una verdadera señal de lo decidido que estaba a involucrarse en la vida de su hija.

Le costó apartar la vista de él. Estaba guapísimo con sus pantalones color tabaco y el polo azul marino. Matt se quitó las gafas de sol que llevaba y Tess se estremeció al sentir sus ojos puestos en ella mientras se abría paso entre la muchedumbre.

Él había cambiado por completo su concepto de la atracción sexual. Hasta entonces había pensado, equivocadamente, que como él representaba un tipo de personalidad que ella no consideraba atractivo, su cuerpo permanecería indiferente ante él. No había tenido en cuenta que su cuerpo tenía voluntad propia.

Cuando Samantha llegó junto a su padre Tess se fijó en la persona que estaba sentada junto a él. Una mujer muy atractiva con una melenita cuidadosamente cortada a la altura de la barbilla que sostenía remilgadamente una taza entre las manos y ocultaba toda expresión facial tras unas gafas de sol. Una chaquetita de seda de color amarillo pálido le cubría los hombros.

Matt hizo ademán de ponerse en pie para saludarla, pero su acompañante permaneció sentada, si bien se colocó las gafas sobre la cabeza mostrando unos ojos fríos color café.

—Tess... te presento a Vicky.

Matt estaba estresado. Estaba resultando una mañana difícil. Samantha se había disgustado al descubrir que Vicky se había apuntado a lo que iba a ser una agradable salida para los tres. Aunque Matt pensó que era saludable que la niña se diera cuenta de que Tess no formaba parte de la familia, no pudo evitar sentir que los progresos que había hecho con su hija se habían visto en cierto modo menoscabados por su decisión de incluir a Vicky en la excursión.

Él mismo había tenido una reacción decepcionante al verla. Su interés por ella no se había reavivado; al contrario, su presencia le irritaba.

Apenas conocía a Samantha, pero había intentado inmediatamente establecer una relación con ella. Matt se dio cuenta de que su hija se había encerrado en su caparazón y lo culpaba por la desagradable situación creada. La mañana estaba resultando una pesadilla, y ahora que veía a Tess junto a Vicky comenzaba a hacer comparaciones odiosas.

–¡Así que tú eres la niñera! –la saludó Vicky sonriendo con frialdad–. Matt me ha hablado de ti en sus correos electrónicos. Ha sido una bendición que aparecieras cuando lo hiciste. Esta muchachita estaba siendo supertraviesa con las niñeras, ¿verdad, cariño? Eres muy joven, ¿no?

¿Correos electrónicos? A Tess no le hacía mucha gracia que hablaran de ella a sus espaldas y comenzaba a entender que aquella chica era la novia de Matt. La idea de que tuviera pareja la había dejado atónita, pero cuanto más lo pensaba más natural le parecía. Los hombres como Matt Strickland estaban rodeados de mujeres al acecho. Era rico e increíblemente guapo. De pronto su tonto enamoramiento le pareció increíblemente ingenuo.

Aquella mujer era mucho más el tipo de Matt. Era lista y competente y, a medida que pasaba el día, estaba cada vez más claro que no había nada que aquella mujer no hubiera logrado o estuviera a punto de conseguir.

Vicky no paraba de hablar. Bromeaba con Matt, que sonreía forzadamente y no contribuía apenas a la conversación. Aleccionaba a Samantha sobre cada uno de los animales que encontraban, sin inmutarse ante el silencio hostil de la chiquilla. Informó a Tess de todos los títulos que había obtenido y de su progreso profesional, desde que empezó como ejecutiva junior de una empresa hasta que alcanzó su puesto actual como consejera delegada de una de las compañías más poderosas del país. Era espabilada y segura de sí, y había llegado más lejos en su carrera de lo que la mayoría de las mujeres pudieran soñar.

Matt seguramente no haría comentarios jocosos sobre sus gustos televisivos. Mantendría con ella interesantes discusiones sobre la coyuntura económica y la política mundial.

Tess aguantó educadamente dos horas y media antes de anunciar que se marchaba. Samantha, al igual que ella, llevaba un buen rato languideciendo. Una sombra de la exuberante chiquilla que había sido la semana anterior.

Matt pensó, frustrado, que aquello estaba resultando un desastre. ¿Qué demonios pretendía Vicky? Había monopolizado la conversación, hablado de sí misma sin parar y tratado de ganarse a Samantha por todos los medios.

—Pero si acaba de llegar —comentó frunciendo el ceño mientras Tess manoseaba nerviosa el cierre de su mochila—. ¿Qué es eso de que se va?

–Tengo cosas que hacer.

–Su jornada de trabajo no ha terminado; todavía no son las cinco y media.

Vicky entrelazó su brazo con el suyo y se apoyó sobre él, provocándole una irritación considerable.

–Podríamos irnos de aquí y hacer algo –intervino Samantha con su voz infantil–. Tess podría llevarme a casa, ¿verdad, Tess? Y de camino podríamos parar a comer una hamburguesa y patatas fritas –añadió recordando que en algún momento del día Vicky había soltado una perorata sobre los peligros de comer comida basura mientras veía cómo desaparecía el último bocado de perrito caliente en la boca de Samantha.

–Se irá cuando nos vayamos nosotros –dijo él con voz áspera mirando a su hija, que le lanzó una mirada adusta y porfiada–. Y no quiero protestas, Samantha. Soy tu padre y harás lo que yo te diga.

Los ánimos estaban caldeados y el calor sofocante no ayudaba. Tess se preguntó con amargura si Matt no habría preferido quedarse en casa con su novia. ¿Pero no se daba cuenta de que su relación con Samantha era todavía muy frágil y que regañarla así no iba sino a desmantelar lo que habían conseguido construir?

Sintió que les había fallado a los dos. Trató de convencerse de que la relación entre padre e hija no era problema suyo: ella no era más que un barco en la noche que pasaba momentáneamente por sus vidas. Pero al ver a Samantha al borde de las lágrimas en medio de la muchedumbre se sintió de pronto muy desgraciada.

–Estaré en el trabajo puntual el lunes por la mañana –dijo con jovialidad–. O quizá podríamos hacer algo mañana, si te apetece... –la sugerencia iba dirigida a

Samantha, pero Vicky se apresuró a intervenir, apretando suavemente el brazo de Matt.

–Ya nos arreglaremos –replicó con voz gélida–. Acabo de llegar de un viaje por el Lejano Oriente. Me gustaría pasar el fin de semana sola con mis chicos. Además, ¿no tienes nada mejor que hacer que pasar el sábado con una niña de diez años?

Aquellas palabras le sirvieron para recordarle que tenía que tomar las riendas de su vida. Matt le había hecho un comentario parecido. ¿Habrían bromeado a su costa en sus correos electrónicos? La niñera patética sin vida propia en una de las ciudades más excitantes del mundo.

El trayecto de vuelta al apartamento de su hermana se le hizo largo y tedioso. Lo bueno era que allí no habría nadie a quien dar explicaciones sobre su deprimente estado de ánimo. Lo malo era que en el fondo le apetecía llorar sobre el hombro de alguien.

No podía dejar de pensar que había hecho el idiota deseando a un hombre que no mostraba ningún interés en ella. Era muestra de su propia vanidad el que nunca se le hubiera pasado por la cabeza que él pudiera tener pareja. No parecía haber ninguna mujer a la vista y él no había nombrado a ninguna, por lo que había sacado sus propias conclusiones, que habían resultado ser erróneas.

Un poco después de las ocho sonó el zumbido del timbre. Claire tenía portero automático en el apartamento, que era un sistema excelente de evitar visitantes no deseados. Se les podía ver por una pequeña cámara de televisión y uno podía dejar que sonara el timbre hasta que captaban el mensaje y desaparecían.

El corazón le dio un vuelco cuando vio la cara de Matt. Parecía impaciente e irritado y Tess se propuso ignorarlo, pero se vio a sí misma descolgando el auricular para preguntarle qué quería.

–A usted. Necesito hablar con usted.

–¿Sobre qué? Pensé que iba a pasar el fin de semana jugando a las casitas con su novia –se llevó la mano a la boca nada más hablar–. Perdóneme, estoy cansada. ¿No puede esperar hasta el lunes?

–No, no puedo. Ábrame.

–¿Qué es tan importante que no puede esperar? –insistió–. Estaba a punto de irme a la cama.

–No son todavía las nueve y es viernes por la noche. No está a punto de irse a la cama. Ábrame.

–¿Qué es lo que quiere? –fue lo primero que le preguntó al abrir la puerta. Matt llevaba la misma ropa que aquella mañana en el zoo. Ella, sin embargo, se había puesto unos pantalones de pijama negros y una camisetilla. No llevaba sujetador. Cruzó los brazos sobre el pecho y retrocedió unos pasos, siguiéndolo con la mirada mientras él entraba en el apartamento y se dirigía a grandes zancadas hacia la cocina.

–Creo –dijo abriendo la nevera y sacando una cerveza, que abrió tras encontrar un abrebotellas en uno de los cajones–, que necesito beber algo.

–Oiga, no puede presentarse aquí y...

–Su hermana está fuera, ¿no? ¿Visitando a los padres de su novio, si no me equivoco?

–¿Con quién está Samantha, con su novia?

Matt se bebió un cuarto de la botella de un solo trago mirándola fijamente. Tess sintió la tensión recorriéndole la espina dorsal. ¿Qué querría? Cada vez que se acordaba de la emoción con la que se había vestido pensando en él aquella mañana volvía a sentirse desbordada por la humillación.

–Lo de hoy no ha ido como yo lo planeé –afirmó

Matt terminándose la cerveza y considerando la posibilidad de abrirse otra. Pero ya había bebido demasiado, y su chófer había tenido que llevarlo hasta el apartamento de Tess. ¿Pero para qué estaba el alcohol si no era para suavizar las situaciones incómodas? Había cometido un tremendo error pidiéndole a Vicky que los acompañara. Un inmenso error de cálculo. Algo muy difícil de digerir para un hombre que casi nunca los cometía. Se sirvió otra cerveza dirigiéndole una mirada desafiante a Tess, que lo observaba muda de asombro.

–No –convino Tess, tirante–. Si lo que quería era pasar tiempo con su novia una salida en grupo no era lo más oportuno. ¿O acaso pensó que yo serviría de amortiguador entre ella y su hija?

Matt inclinó la cabeza hacia atrás para dar otro trago y volvió a fijar los ojos en ella.

Atrapada en su oscura y absorta mirada, Tess sintió un incómodo hormigueo en la piel, que le recordó lo débil que había sido al perder la cabeza por aquel hombre. La intensidad de su silencio le resultó odiosa. Era como si él se hubiera metido en su cabeza y estuviera sacando a la luz todas sus dudas y debilidades. Ya la había obligado a enfrentarse a defectos de los que no había sido consciente.

Se apartó de él y se desplomó en una de las sillas de la cocina.

–Me ha dado la impresión de que Vicky no ha tratado mucho a Samantha.

–Apenas –convino Matt.

–¿Cuál era el plan? ¿Hacer que la niñera preparara el terreno para jugar a la familia feliz?

–Nunca he considerado a Vicky como posible miembro de una familia feliz –repuso dejando la botella en la encimera y dirigiéndose hacia una silla en la que desplomó indolentemente su cuerpo, relajado bajo la influencia del alcohol.

—Eso no es asunto mío –murmuró Tess.

—El caso es que me he dado cuenta yo solito –dijo con una breve carcajada mientras estiraba las piernas y se metía una mano en el bolsillo del pantalón.

—No sé de qué me habla. ¿Ha estado bebiendo?

–¿Qué le hace pensar eso? –la miró fijamente con una expresión burlona que hizo que Tess sintiera frío y calor al mismo tiempo. Aunque apartó apresuradamente la mirada, siguió sintiendo los ojos de él observándola como nunca lo había hecho antes, de un modo pausado y sin prisas que la hizo estremecer.

—He dejado que esta relación se me vaya de las manos –explicó Matt–. Mientras yo pensaba que vivíamos una aventura sin importancia, ella estaba haciendo planes.

–¿Qué tipo de planes? –Tess estaba fascinada y quería saber más. Matt nunca había soltado prenda acerca de su vida privada, pero aquel no era el Matt que ella conocía. Estaba descubriendo un lado de él que hasta entonces había estado oculto y se moría de curiosidad.

–¿Se lo está pasando bien? –rio él con suavidad haciéndola sonrojar.

–¡Por supuesto que no! Es usted el que ha venido aquí, no lo olvide. Y si quiere hablar, por mí no hay problema.

—La verdad es que no he venido a hablar de Vicky –murmuró echándose hacia atrás en la silla–. Usted me distrae, me hace perder el hilo de lo que quería decir.

—Yo no le hago perder el hilo de nada –replicó ella

con brusquedad. Pero el calor que la quemaba por dentro le resultó delicioso.

–Tiene razón, es el efecto de la bebida. Trataré de no desviarme. Mi hija ha vuelto a las andadas –explicó apoyando los codos sobre los muslos y cerrando los ojos con los pulgares.

Su lenguaje corporal era un claro signo de abatimiento y Tess no vaciló en acercarse a él, pero se quedó unos instantes sin saber qué hacer, hasta que finalmente arrastró la silla hacia ella para sentarse a su lado. ¿Debía darle unas consoladoras palmaditas en la espalda? Confusa, optó por sentarse sobre sus propias manos.

–¿Qué quiere decir?

–Pues que... se ha encerrado en su habitación en cuanto hemos vuelto a casa –contestó pasándose la mano por el pelo.

–¿Y no ha intentado hablar con ella?

–¡Claro! Entré en su dormitorio, pero estaba tumbada en la cama de espaldas a mí y con los auriculares puestos. ¡No podía obligarla a mantener una conversación!

–¿Qué hizo?

–Me tomé un par de whiskys, uno detrás de otro. En el momento me pareció buena idea.

–¿Y Vicky?

–La mandé a casa. La cuestión es que he vuelto al punto de partida. Es como si el camino recorrido no hubiera servido para nada.

–¡Eso no es verdad!

–¿No? ¿Me puede explicar entonces por qué ha reaccionado así?

–¡Tiene diez años! No es capaz de procesar las cosas igual que un adulto. Ha sufrido una desilusión; seguramente pensó que le tendría a usted todo el día para ella sola...

–Dirá «que nos tendría a los dos».

–No –repuso ella con firmeza–. A usted. No contaba con que apareciera su novia ni con que esta fuera tan posesiva

–Yo tampoco –musitó entre dientes.

Vicky había hecho grandes planes: un trabajo para los dos en el Lejano Oriente, la niña convenientemente enviada a un internado... ¡Si hasta había tanteado posibles adquisiciones que él podría hacer mientras vivieran en Hong Kong! Se había quedado horrorizado y furioso, y se culpaba a sí mismo por haber bajado la guardia. Pero la relación con su hija era lo que más se había resentido a causa de su descuido y no sabía qué hacer para salvar la situación.

–Samantha no...

–No hace falta que se ande con pies de plomo. Ya he estropeado las cosas. Creo que puedo soportar oír lo que tiene que decir.

–¡No lo ha estropeado! Es solo que Samantha... Verá, creo que no entiende por qué le ha visto tan poco a lo largo de los años

–¿Eso le ha dicho?

–Ha hecho comentarios ocasionales. No quiero que piense que nos hemos sentado a contarnos confidencias; creo que los niños de su edad no hacen eso, no saben cómo hacerlo. Es una idea que me he ido formando con el tiempo.

–¿Se la ha ido formando? ¿Y qué opina al respecto?

–¿Qué quiere que le diga? Usted nunca me ha hablado de su matrimonio y, de todas maneras, estaría fuera de lugar que yo mantuviera esa conversación con su hija. Eso es algo que tiene que hacer usted. Y espero que lo haga, con el tiempo.

–Dios mío, qué desastre.

Parecía abatido y ella puso una vacilante mano sobre su hombro. Cuando él la agarró Tess pensó que era para rechazar educadamente su gesto de compasión, pero él, en lugar de soltarla, se puso a juguetear distraídamente con sus dedos con el ceño fruncido.

–Catrina y yo éramos la pareja ideal en teoría. Nuestras familias se conocían. Nos movíamos en los mismos círculos y procedíamos del mismo ambiente. Se podría decir que nos entendíamos bien, y nos tuvimos que entender todavía mejor cuando Catrina se quedó embarazada. A mí no me sentó mal. Era joven, pero no me importaba casarme, y eso hicimos. Con toda la pompa y ceremonia que el dinero puede pagar. El matrimonio empezó a ir mal casi inmediatamente. Catrina era una vividora y yo, un adicto al trabajo. Ella no entendía por qué me esforzaba en ganar dinero; en su opinión mi trabajo debería haber consistido en llevar una vida mundana: pasar los meses de invierno esquiando, las vacaciones de verano en la casa que sus padres tienen en las Bahamas, aprender a jugar al golf. Una vida como la suya.

Tess trató de imaginarse a Matt aprendiendo a jugar al golf y disfrutando de unas largas vacaciones, pero no lo consiguió. Él seguía jugueteando con su mano, lo que despertaba unas sensaciones extrañas en su cuerpo. Aunque deseaba concentrarse al cien por cien en lo que él contaba, parte de ella estaba pendiente del hormigueo que recorría sus pechos, la humedad que se extendía entre sus muslos, la cálida sensación en el estómago que le hacía desear cerrar los ojos y lanzar un profundo suspiro.

–Cuanto más se quejaba ella más me encerraba yo en mi trabajo. El divorcio se perfilaba en la distancia. Pero creo que no habríamos dado ese paso si yo no hubiera descubierto que el que fue padrino de mi boda estaba dedicándose a los deberes con los que yo no cumplía.

Tess pensó en lo duro que debía de haber sido para un hombre tan orgulloso como Matt.

–Mi relación con Samantha ha estado marcada por el divorcio –le lanzó una sonrisa torcida–. ¿Se le ocurre qué puedo hacer?

Capítulo 5

NO LO entiendo. ¿El juez no les dio la custodia compartida?

–Una mujer despechada tiene muchas herramientas a su disposición para salirse con la suya en un tribunal –respondió Matt–. Cancelaba caprichosamente los fines de semana. Perdí la cuenta de las veces que fui hasta Connecticut para descubrir que Catrina se había llevado a la niña de viaje a Dios sabe qué lugar dejando que fuera una desconcertada criada la que me explicara, en mal inglés, por qué no podía ver a mi hija ese fin de semana. Le llevaba juguetes que tenía que dejar en una casa vacía y nunca llegaba a averiguar si llegaban a manos de Samantha o no.

Los ojos de Matt centellearon con amargura. Era un hombre que no solía confiar en nadie y Tess sospechaba que se arrepentiría de haber compartido confidencias con ella, pero aun así le acarició el rostro con mano temblorosa mientras su mente vagaba por unos derroteros que no podían traer nada bueno.

Había hecho tantos esfuerzos por convencerse de que lo que sentía por Matt no era más que lujuria que no se había percatado de que sus sentimientos por él eran mucho más profundos. Hacía tiempo que había dejado de ser una mera espectadora de los problemas de otra persona. No había renunciado a su vida social porque le gustara Matt Strickland y quisiera pasar tanto tiempo como pudiera en su compañía, como si fuera una adolescente obsesionada. Había dejado a un lado su propia vida porque sin darse cuenta se había visto absorbida por la de él. Al principio lo había considerado el tipo de hombre que se aprovecha de todo y de todos los que tiene alrededor, pero poco a poco había empezado a vislumbrar aspectos de una personalidad más compleja y absorbente.

Había sido testigo de cómo controlaba su inclinación natural a imponerse a los demás con el fin de progresar en la relación con su hija. Se había sentido embaucada por una gracia y una inteligencia mucho mayores de lo que había imaginado, seducida por los destellos de humanidad que mostraba cuando bajaba la guardia. Se había enamorado de aquel hombre, con sus virtudes y sus defectos, y el tiempo que había pasado ignorando la realidad no había servido para protegerla, al contrario, la había vuelto terriblemente vulnerable.

Volviendo la vista atrás Tess se daba cuenta de que el amor había estado acechándola, listo para capturarla y volver su mundo del revés. Matt Strickland la había arrollado. Ella, que esperaba encontrar una relación serena y comedida, no estaba preparada para la potencia y el caos del verdadero amor. Había esperado que el hombre del que se enamorara fuera amable y sensible y se sentía completamente vulnerable ante un hombre que le había robado violentamente, y de improviso, el corazón.

Este le latía a mil por hora. No sabía qué hacer, tal era su inexperiencia. Nunca se había acostado con ningún hombre, algo que no le parecía extraordinario. Simplemente, no le había llegado el momento, y ella lo aceptaba con toda naturalidad.

–Mi relación con Samantha se enfrió –continuó él

con pesar–. Nada de lo que yo hiciera, cuando por fin conseguía verla, parecía contrarrestar los efectos de la separación y solo Dios sabe lo que Catrina le contaría a mis espaldas. Y justo cuando pensaba que habíamos hecho progresos... ¡pasa esto!

–Y ha venido aquí... –murmuró Tess.

–¿Adónde si no? Usted conoce la situación mejor que nadie.

Él la miró a los ojos y Tess comenzó a respirar con dificultad. De pronto, la atmósfera entre ellos cambió. Tess notó que se había quedado muy quieto. No conseguía pensar a derechas ni tampoco apartar la mirada de aquel rostro oscuro e increíblemente bello. Lo deseaba tanto que sintió un dolor físico.

Se inclinó hacia él y le dio un casto beso en la mejilla. El contacto le produjo una descarga tan intensa que estuvo a punto de retroceder, tambaleándose.

–Todo se arreglará –susurró con voz ronca–. Samantha ha tenido un día decepcionante, pero eso no afectará a la relación que ha forjado con ella.

Tess se estaba perdiendo en la intensidad de su mirada y, gimiendo levemente, hizo algo inconcebible. Le colocó la palma de la mano sobre el pecho y de nuevo se inclinó hacia él. Solo que esta vez no lo besó en la mejilla, sino en los labios. Una exquisita corriente de placer la recorrió impidiéndole analizar lo que estaba haciendo.

No se le ocurrió pensar que estuviera haciendo el ridículo; había actuado impulsivamente y no se arrepentía.

Cuando él la tomó por la nuca y la atrajo hacia sí, Tess sintió que se derretía, como si aquel fuera el momento que justificara toda su existencia.

Él no había ido a su apartamento buscando eso. ¿O

sí? Tess fue la primera persona en la que pensó cuando las cosas se pusieron feas. Había llamado a la empleada doméstica, a la que esperó junto a la puerta, y en cuanto esta llegó él fue en busca de Tess... ¿para qué? ¿Qué esperaba que ocurriera? ¿Había sucumbido inconscientemente al deseo de llevársela a la cama? Quedar con Vicky había sido un desastre total y absoluto. No solo desde el punto de vista de su hija. Al verla junto a Tess se había dado cuenta de pronto de que no recordaba qué había visto en aquella mujer.

Su escultural belleza le parecía ahora angular y nada atrayente. Tess era suave, su rostro expresivo y transparente, mientras que Vicky era una mujer dura y ambiciosa. Sus monótonos monólogos sobre el mercado de Hong Kong lo aburrían e impacientaban.

¿Había acudido al apartamento de Tess impulsado por algo más que una simple necesidad de desahogarse?

El hecho de que hubiera necesitado desahogarse le sorprendía.

Los labios dulces y húmedos de Tess lo estaban volviendo loco, pero hizo un intento por controlar la situación.

–¿Qué está pasando aquí? –la apartó, y su determinación se derrumbó al sentir el cuerpo tembloroso de Tess entre sus brazos–. No deberíamos estar haciendo esto.

–¿Por qué no?

–¡Por muchas razones!

–¿No se siente atraído por mí?

–Esa no es una de ellas –su boca la buscó con un ansia que provocó en Tess una explosión de placer como nunca había conocido.

–¡La cocina no es lugar para hacer el amor! –gruñó

Matt tomándola en sus brazos y caminando hacia el dormitorio. Abrió por error la puerta de la habitación de Claire antes de llegar a su destino, dos segundos más tarde.

La depositó sobre la cama, y ella se quedó mirándolo mientras corría las cortinas y se quitaba el cinturón de un tirón. Recuperada de la embriaguez que le producía el contacto con su cuerpo, reparó en su virginidad. No había planeado aquella situación y no sabía cómo hacerle frente. Lo único que sabía era que ya no había marcha atrás. Y no le importaba. ¡Estaba enamorada de él! No pensaba hacer caso de ninguna vocecita interna que tratara de advertirla de las consecuencias. Todos los actos tenían consecuencias. Si detuviera el curso de los acontecimientos tendría que vivir para siempre con las consecuencias de dicha acción, preguntándose cómo se habría sentido al entregarse a aquel hombre grande y poderoso que le había robado el corazón.

Optimista por naturaleza, jugueteó con la idea de que aquello podía llevarles a cualquier sitio, ¿quién sabía?

Matt se quitó la camisa y Tess contuvo el aliento al apreciar la belleza musculosa de su cuerpo, las ondulaciones de los tendones, la definición de su torso. Se llevó la mano a la cremallera y ella estuvo a punto de desmayarse de la excitación. La ropa le resultaba un incordio, pero no se atrevió a quitársela.

Avanzó lentamente hacia Tess, que retrocedió y miró hacia otro lado mientras oía abrirse la cremallera y el ruido de los pantalones cayendo al suelo. Parpadeó varias veces mientras él se bajaba la cremallera. Cuando volvió a mirarlo, tímidamente al principio, se quedó hipnotizada por su poderoso y erecto miembro.

Sentada sobre la cama, introdujo los dedos bajo la camiseta.

–He imaginado esto muchas veces –masculló Matt entre dientes.

–¿De verdad?

–¿Por qué te sorprende? Eres increíblemente sexy, debes de ser consciente del efecto que tienes sobre los hombres... No, no hagas nada. Quiero quitarte la ropa poco a poco –dijo esbozando lentamente una sonrisa antes de subirse a horcajadas sobre ella.

Ella lo fascinaba y no podía aguantar un segundo más. La cubrió con su cuerpo y la besó apasionadamente, con el ansia de un adolescente excitado, mientras introducía una mano bajo sus pantalones de seda. El tacto de su satinada piel estuvo a punto de hacerle perder el control y tuvo que hacer un supremo esfuerzo para no ponerse en evidencia.

No llevaba sujetador. Se había fijado en ello en cuanto entró por la puerta. Acarició sus senos a través de la delgada tela de la camiseta, sintiendo cómo llenaban sus manos, cómo se le endurecían los pezones.

Quería hacerlo lentamente, tomarse su tiempo, y le sorprendió darse cuenta de que llevaba semanas fantaseando inconscientemente sobre aquello. Se incorporó y le quitó la camiseta con una sola mano.

–¡Dios mío, eres preciosa! –dijo con voz ronca al tiempo que se metía un pecho en la boca y jugueteaba con el pezón con la punta de la lengua mientras ella gemía.

Tess, que hasta entonces había pensado que a Matt le era totalmente indiferente, se encontraba en el séptimo cielo. Él la deseaba, pensaba que era preciosa. De momento era suficiente. Enredando las manos en su pelo le empujó la cabeza hacia abajo para que pudiera lamerle mejor el pezón. Matt forcejeó con sus pantalones y se incorporó ligeramente para quitárselos.

El efecto que tenía sobre ella era electrizante. Sintiendo que su cuerpo había sido diseñado para ser acariciado por aquel hombre lo arqueó al tiempo que gemía con impotencia mientras él continuaba explorando sus pechos con la boca. Tess deslizó las manos por sus hombros y palpó los músculos en tensión.

No conseguía estarse quieta. Cuando alzó su cuerpo desnudo y el miembro erecto de él la rozó sintió algo parecido a una explosión.

Tess había tenido novios, pero ninguno le había afectado de aquella manera. Nunca había sentido el deseo de entregarse a ellos como quería hacerlo en aquel momento con Matt. Había disfrutado con sus besos e inexpertas caricias, pero lo que estaba sucediendo ahora era algo completamente diferente.

Él le separó las piernas con una mano mientras su miembro comenzaba a culebrear entre los muslos de Tess, que estaba al borde de la histeria.

—Háblame –le ordenó con ansia y Tess lo miró, confundida.

—¿Sobre qué?

—Sobre lo mucho que me deseas. Quiero que me lo digas...

Riendo calladamente, le demostró exactamente lo que quería. Le habló de lo mucho que la deseaba y de lo que iba a hacer con ella al tiempo que apretaba su erección contra sus muslos separados. Tess se estaba volviendo loca.

—Te quiero dentro de mí, ahora mismo... –gimió ella pensando que no podría soportarlo más.

—Todavía no he terminado de saborearte.

Comenzó a trazar un camino a lo largo de su cuerpo, paladeando el sabor salado de su sudor. Era tan apasionada como él y eso le gustaba. Era pródiga en el amor, como con todo. Tal y como él había esperado, no se guardaba nada para sí. Su personalidad era franca, abierta, generosa. Y así era también su forma de hacer el amor.

Se detuvo brevemente al llegar a sus muslos y, apoyado sobre sus manos, admiró el montículo suave y femenino rebosante de humedad. La fragancia dulce y almizclada que despedía estuvo a punto de hacerle perder el control sin ni siquiera haberla tocado. Algo que tenía toda la intención de hacer, con sus manos, sus dedos, su boca, hasta que ella le rogara que parara.

Sopló suavemente, haciéndola estremecer. Tess estaba descubriendo una faceta de ella misma hasta entonces desconocida; no habría podido detenerse aunque hubiera querido. Nunca había sentido la excitación provocada por un hombre, pero claro está, nunca había conocido a un hombre como Matt.

Él separó suavemente los delicados labios de su feminidad e introdujo su lengua entre ellos emitiendo un leve gemido de placer. Tess abrió la boca y se cubrió la cara con un brazo. La sensación era tan exquisita que se había quedado sin respiración. Sintió una deliciosa flojera en todos los músculos de su cuerpo y se dejó llevar por las sensaciones que le provocaba esa boca suave y persistente que no dejaba de saborearla.

Aquella cabeza oscura entre sus piernas era lo más erótico que había visto en toda su vida. Los movimientos de su boca eran cada vez más exigentes y ella no podía estarse quieta, su cuerpo estaba perdiendo el control. Pero antes de que llegara al éxtasis, Matt se levantó jadeante.

–Necesito –masculló tembloroso– un preservativo.

–Por favor –gimoteó ella. No podía dejarla así ahora para ir a buscar protección. Sus periodos siempre habían sido regulares. No había riesgo de embarazo y necesitaba que la penetrara sin más dilación. Su cuerpo se lo estaba pidiendo a gritos.

–No te preocupes, lo tengo todo bajo control –jadeó ella.

Matt no precisó más estímulo pues tampoco estaba seguro de si tenía preservativos. Era muy cuidadoso y siempre llevaba protección, pero su vida sexual con Vicky había sido esporádica y, en cualquier caso, ella tomaba la píldora. Se dio cuenta, inquieto, de que si ella no le hubiera dado luz verde por no tener preservativos no habría podido contenerse, tal era la necesidad que sentía de tomarla. Nunca en toda su vida se había sentido tan fuera de control. Para alguien tan disciplinado como él era extrañamente emocionante librarse de las ataduras y dejarse llevar.

La penetró con tanta intensidad que la hizo gritar de dolor. Confuso, Matt salió de su cuerpo. Sabía que su miembro era grande... y ella parecía tensa. ¿Podría ser que...?

–¿Eres virgen? –preguntó con incredulidad, y Tess apartó la cabeza.

El dolor inicial estaba desapareciendo, dejando en su lugar la angustiosa necesidad de sentirlo de nuevo en su interior.

–Sigue, Matt... Por favor, te necesito...

–Mírame –dijo con voz ronca–. Lo haré con cuidado.

Le sostuvo la mirada mientras se movía, lento pero seguro, a un ritmo que la dejó sin aliento. Aunque la había acariciado en lugares inimaginables, tenerlo en su interior era el gesto más íntimo de todos. Tess le rodeó la cintura con los brazos y su cuerpo se vio sacudido por los movimientos rápidos e intensos de Matt. Sintió su descarga física justo en el momento en que perdía el control de su propio cuerpo y lanzó un grito al tiempo que le clavaba las uñas en la espalda. Nunca había experimentado nada tan maravilloso como los espasmos que acompañaron a su eyaculación.

Amaba a aquel hombre y tuvo que hacer un esfuerzo para no confesárselo. Guardó para sí el delicioso secreto y se estremeció por última vez sonriendo de satisfacción antes de caer desmadejada.

Matt se despegó de ella y la miró tendido sobre un costado.

—Dime qué tal ha estado...

—¿Qué quieres que te diga? —murmuró Tess con voz soñolienta—. Ha sido increíble —y mirándolo con preocupación, añadió—: ¿Y a ti... qué te ha parecido?

—Ha sido alucinante. He sido el primero.

—Lo siento.

—No tienes que disculparte —sonrió y le acarició la cara. Una virgen. Una virgen de veintitrés años. No sabía que existieran—. Me ha gustado. ¿Por qué yo?

Tess suspiró profundamente.

—Supongo que porque me excitas muchísimo. La verdad es que no entiendo por qué; no eres mi tipo de hombre, pero cuando estás cerca me pierdo por completo.

—Te habrás dado cuenta de que a mí me pasa lo mismo —le confió Matt, vacilante. Su cuerpo, endureciéndose de nuevo en tiempo récord, confirmó su confesión—. Debería de haberme controlado, pero...

Tess sintió su agitación en el muslo desnudo y una embriagadora sensación de poder la invadió. A duras penas trató de reconstruir los acontecimientos que los habían llevado a la cama. Él había ido al apartamento a hablar de Samantha. ¿Había bebido? No parecía tan sereno como era habitual. Era la primera vez que lo veía bajando la guardia, y su inesperada vulnerabilidad, combinada con la aceptación de sus propios sentimientos hacia él, habían resultado ser una mezcla peligrosa.

Había dejado de ser la chica que se mantenía al margen mientras sus amigas se acostaban con chicos a los que más tarde trataban de evitar, o cuyas llamadas esperaban languidecientes junto al teléfono, para convertirse en la mujer que se había echado en los brazos de un hombre simplemente porque no había podido resistirse.

–¿Por qué dices que tendrías que haberte controlado? –preguntó, ansiosa–. ¿Me he aprovechado de tu situación?

Matt la miró, sorprendido.

–Cuando dices esas cosas me haces sentir muy viejo. Y no te preocupes, estoy acostumbrado a que las mujeres se aprovechen cruelmente de mí. Encuentro que lo mejor es relajarse y dejarse llevar.

–Me estás tomando el pelo.

–Me gusta tu falta de cinismo. Cuando llegué aquí estaba desesperado. Tú me relajas, y eso me gusta.

Tess decidió no analizar demasiado el comentario. Lo tomaría en su sentido literal, porque nunca se había sentido tan maravillosamente completa en toda su vida.

Le llevó la mano hacia su seno y él sonrió traviesamente antes de empujarla contra el colchón y colocarse encima de ella.

–Aprendes rápido –dijo con voz satisfecha.

Esta vez hicieron el amor rápida e intensamente. A

Matt le gustaba dar placer. Sabía dónde tocarla y cómo estimular su cuerpo. Tess, desprovista de inhibiciones, se había convertido en una alumna aplicada deseosa de aprender. Quería darle tanto placer como él le daba a ella. Se daba cuenta, con horror, de que quería mucho más de lo que él probablemente imaginaba, pero de momento se conformaba con lo que él estaba dispuesto a ofrecerle.

Cuando terminaron, saciados ya, tenían los cuerpos empapados de sudor. Matt tendría que irse pronto. Hablaría con Samantha por la mañana, le dijo. Tess descansaba junto a él; sus curvas adaptadas perfectamente al cuerpo de Matt, como si hubieran sido creadas para ese propósito.

Su confesión de que iba a resultar una tarea difícil la hizo sonreír.

–Hablar no es tan difícil –musitó, satisfecha y adormilada–. La comunicación es clave en toda relación. Sé que suena a frase hecha, pero es así. Quizá... esa es la razón por la que tu relación con Vicky no funcionó –continuó, tentativa.

Matt se encogió de hombros.

–Las razones por las que mi relación con Vicky no ha funcionado no importan.

Tess pensó que a ella sí le importaban. Él se había casado con la mujer ideal y no había funcionado. Había mantenido un romance con la sustituta perfecta y esto tampoco había resultado bien. Si conseguía determinar por qué esas relaciones no habían llegado a buen puerto ella podría, quizá, evitar los errores cometidos por las otras.

Se negaba a aceptar que la conexión física y emocional más maravillosa que había sentido en su vida estuviera destinada a una vida corta.

–Parece muy agradable –insistió Tess–. Y seguro que tenéis muchas cosas en común.

–Mira –dijo Matt incorporándose y mirándola cara a cara–. Déjalo, Tess. No tiene importancia. Como te dije, bajé la guardia con Vicky y ella empezó a hacerse ilusiones.

Estaba claro que quería dar por terminada la conversación.

–Es comprensible –dijo ella tratando de sonar jovial. No se le daban bien los juegos.

Matt escrutó su rostro, tan dulce y vulnerable, y sintió una punzada de intranquilidad.

–Vicky quería un final feliz y eso no entraba en mis planes. Ya estuve casado y mi matrimonio no fue precisamente un lecho de rosas. Lo único bueno que salió de aquel desastre fue mi hija. No pienso repetir la jugada. Te lo cuento porque no quiero que te hagas ilusiones tú tampoco.

–¿Ilusiones descabelladas como las de Vicky?

Matt le estaba dando una opción: seguir el camino que él le indicaba o tomar el otro. Si había pensado que el atisbo de vulnerabilidad indicaba debilidad estaba muy equivocada. Sus oscuros ojos la miraban con gran seriedad y Tess tomó una decisión sin más dilación. Tomaría lo que Matt le ofrecía. Se había enamorado de él y no podía dejarlo sin más. Se había entregado a él por completo y si aquello no salía bien tendría que aprender a aceptarlo.

–Supongo que es porque está en la treintena y su reloj biológico le está metiendo prisa. ¡A mí sin embargo no me pasa eso! Tengo veintitrés años y la vida todavía tiene grandes aventuras que depararme. Así que no pienses que voy a exigirte nada, porque no es el caso.

Sería desastroso que él descubriera sus sentimientos. Una noche de pasión seguida de una mujer que le confesaba amor eterno sería su peor pesadilla y le haría poner los pies en polvorosa. Ella dejaría de ser la mujer capaz de relajarle para convertirse en una arpía necesitada y posesiva que exigía más de lo que él estaba dispuesto a darle.

–Además, como te he dicho, no eres el tipo de hombre del que me enamoraría –confió.

–¿Ah, no?

–¡No! Puede que no tenga mucha experiencia, pero no soy tan tonta como para confundir la lujuria con el amor.

–¿Y por qué has perdido conmigo tu virginidad?

–Porque quería hacerlo. Nadie me había excitado tanto como...

–¿Como yo? –intervino él suavemente–. Te creo. La lujuria puede ser muy potente. Abrumadora, incluso. Y tú viniste a Nueva York buscando aventuras. ¿Por qué si no ibas a tomar la píldora? Eres joven y guapa. ¿Te aburrías en tu país?

Tess perdió el hilo de la conversación. Se preguntó si debía confesarle que no estaba utilizando ningún anticonceptivo, pero asegurándole que no había riesgo alguno. El murmullo grave y seductor de Matt parecía venir de muy lejos. Su mente clarividente estaba sacando sus propias conclusiones: Tess había ido a Manhattan en busca de aventuras. Estaba inquieta y aburrida. Tomaba precauciones, no porque estuviera desesperada por perder la virginidad, sino para estar preparada en caso de que se presentara la ocasión. Quizá se había quedado deslumbrada por Manhattan, por todas las cosas y personas que la ciudad ponía a su disposición. Lo comprendía perfectamente. Él era un hombre con un apetito sexual saludable. Entendía que, con veintitrés años, la virginidad fuera para ella una carga más que un tesoro que había que conservar hasta que llegara el hombre perfecto. ¡Si eso de las almas gemelas era un cuento chino!

Tess escuchaba, distraída, afirmando y negando cuando correspondía. Para ser un hombre tan inteligente se le daba muy bien sacar conclusiones erróneas, pero comprendió que tenía que hacerlo. Tenía que analizarla e introducirla en una categoría que no amenazara su metódica vida. No parecía en absoluto sorprendido por que ella hubiera decidido perder su virginidad con él, tan convencido estaba de su propio magnetismo sexual.

Sus conclusiones equivocadas y descabelladas hipótesis tenían cierto sentido. No acababa de reconocerse a sí misma en esa descripción de mujer que sabía lo que quería, buscaba aventuras sexuales y tenía el sentido común de tomar anticonceptivos con el fin de poder mantener con él una relación sin ataduras.

Todo habría sido mucho más fácil si hubiera sido ese tipo de mujer, se lamentó. En cambio, ahí estaba, sin saber exactamente en qué se había metido.

—El lunes —dijo él besándola con tanta habilidad que le hizo olvidar lo precaria que se había vuelto, de pronto, su vida— volveré sobre las seis. Llevaremos a Samantha a cenar a algún sitio. Espero que vuelva a estar de humor para hablar. Y después...

Tess sintió una corriente de excitación recorriéndole las venas como una toxina y dejó de preguntarse si estaría equivocándose.

Capítulo 6

TESS miró en el espejo la imagen de la mujer en la que se había convertido en cuatro gloriosas semanas. Se habían producido cambios pequeños, pero ella no tenía dificultad en advertirlos. Matt Strickland la había convertido en una mujer. Había madurado de manera imperceptible. Ahora vestía de otra manera. En lugar de deportivas, calzaba zapatos planos y se ponía camisetas menos ajustadas.

–No quiero que te miren otros hombres –le había dicho él con una posesividad que le había producido escalofríos–. ¿Te sorprende? Cuando llevas esas camisetas apretadas los hombres te miran y a mí me entran ganas de matarlos. Y ni se te ocurra ir a ningún sitio sin sujetador. Esa visión es privilegio exclusivo mío.

Había sustituido las camisetas por tops de seda más holgados que le daban una apariencia sofisticada y glamurosa. Le gustaba su nueva imagen. Matt afirmaba no ser celoso pero en una ocasión en que ella se quedó mirando distraídamente a un hombre que pasaba junto a ellos él le indicó, con una risa forzada, que quería que ella solo tuviera ojos para él.

Tess atesoraba aquellos fugaces momentos. Tenían que significar algo. Él no hacía esfuerzo alguno por ocultar cuánto la deseaba. A veces, mientras cenaban con Samantha, ella levantaba la vista y se lo encontraba devorándola con la mirada. Ella sentía dolor en los pechos y humedad entre sus muslos con solo mirarlo, pero sabía que tenía el mismo efecto poderoso sobre él. Matt le había contado que las reuniones de trabajo se habían convertido en un tormento pues a veces le bastaba pensar en ella para experimentar una erección.

A Tess le encantaba oír ese tipo de cosas que parecían indicar que su relación iba a algún sitio, aunque era lo suficientemente prudente como para no mencionarlo.

No le había contado nada a Claire, ni a sus padres ni a ninguna de sus amigas, cuyas vidas le parecían ahora tan lejanas. Al principio pensó que le costaría trabajo mantener el secreto. Nunca había conseguido ocultarle nada a Claire, que era muy capaz de sonsacarle cualquier cosa ante la más mínima sospecha, pero las cosas habían sido fáciles.

Tom le había pedido que se casara con él y Claire vivía en un universo paralelo. Pasaba la mayor parte del tiempo en su casa y los fines de semana visitaban a sus padres en Boston, donde un organizador de bodas trabajaba febrilmente en el mágico evento que tendría lugar seis meses después. Ni siquiera sus padres sospechaban algo, pues ellos también estaban demasiado ocupados para pensar en otra cosa que no fuera su contribución al Gran Día.

Conversaciones interminables sobre menús y distribución de las mesas, revistas de novia por doquier... Cosas que le daban ganas de gritar pues no sabía adónde iba su relación clandestina con Matt.

El tiempo pasaba. Tenía un billete de vuelta a Irlanda para principios de septiembre. Podía cambiarlo sin problemas. Sus padres habían vivido en América durante años antes de regresar a Irlanda y las tres niñas habían nacido en Estados Unidos. Tess tenía la doble nacionalidad, pero no había tenido ocasión de decírselo a Matt, pues este no hablaba del futuro. Y ella tampoco.

Pero tenían que hacerlo.

Por eso aquella noche estaba poniendo un esmero especial en arreglarse. Samantha estaba en los Hamptons aquel fin de semana, por lo que tendrían el apartamento para ellos solos. Sería la oportunidad ideal para hablar de «eso» que había entre ellos y que no tenía nombre.

Emplearía todas sus armas femeninas. ¿Acaso no era lícito, en el amor y en la guerra?

Llevaba un precioso y largo vestido amarillo pálido con mucha caída y escote palabra de honor y unas delicadas sandalias con tiras amarillas.

Durante los veinticinco minutos que duró el trayecto planeó lo que iba a decir y cuándo decirlo. Pensar en ello la ponía nerviosa. Se preguntó si seguiría siendo tan alérgico al compromiso como hacía tiempo había afirmado ser, pero luego se dijo que no importaba: ella podía quedarse en Manhattan y cuidar de Samantha sin exigirle anda. Las palabras «suspensión de la ejecución» le vinieron a la mente, pero las desechó rápidamente pues no podía permitirse caer en el pesimismo tan pronto.

No obstante, mientras subía en el silencioso ascensor a la última planta de su bloque de apartamentos, era un manojo de nervios.

Matt le había dado una llave de su piso y, aunque la había usado alguna vez, no se sentía cómoda haciéndolo. Se la había dado para facilitar su trabajo como niñera de Samantha, demostrándole una gran confianza. Pero en esa ocasión, como hacía siempre, llamó al timbre y aguardó aferrando nerviosamente el bolso.

Cuando él abrió la puerta le dio un vuelco el corazón, como siempre, y durante unos segundos se quedó sin palabras.

Siempre la dejaba anonadada. Lo veía casi todos los días, había hecho el amor con él innumerables veces, había observado, fascinada, la agilidad y el poderío de su cuerpo desnudo y, sin embargo, cada vez que posaba sus ojos en él era como si lo viera por primera vez. La dejaba sin aliento y por más que le asegurara que ella tenía el mismo efecto devastador sobre él, no lo creía. Comparada con las mujeres que Matt tenía a su alcance, no era más que una chica mona pero corriente.

Pero no iba a pensar en eso. Aquella noche quería ser positiva.

La manera en que la miró de la cabeza a los pies la estremeció. Sonrió con timidez.

–¿Te gusta? –preguntó al tiempo que entraba en el lujoso apartamento y giraba sobre sus pies, meciendo suavemente el vestido.

Él enterró los dedos en su pelo y la atrajo hacia sí.

–Pareces una diosa –murmuró–. Una criatura exquisita, etérea.

Deslizó el dedo por su hombro desnudo y el cuerpo de Tess reaccionó, excitado. Sus pezones se endurecieron, sus pechos le dolieron de expectación. Se mareó al pensar en su boca lamiéndole los pezones hasta dejarla sin respiración.

Pero lo apartó con suavidad y se dirigió a la cocina, que despedía un olor delicioso.

–¿Estás cocinando? ¡Menuda sorpresa! –bromeó

tratando de crear cierta distancia entre ellos, pues no quería comenzar la velada en la cama.

–Ya sabes que no cocino.

Estaba increíblemente apetecible, allí sentada, tan frágil y delicada. Era el contrapunto exótico a la dura masculinidad de su cocina. Con gusto la habría inmovilizado contra la pared y la hubiera tomado allí mismo sin más preámbulo, pero ella se había vestido para impresionarlo y decidió saborear anticipadamente la excitación de desnudarla.

–He encargado a mi proveedor de comida a domicilio habitual unos solomillos y... –se acercó hacia ella, tanto que Tess pudo aspirar su aroma, y destapó la olla– ...una salsa, no me preguntes de qué.

Metió un dedo en la salsa y se lo dio a probar a Tess.

–Pruébala y dime de qué es –murmuró, tan excitado que su erección comenzaba a resultar dolorosa. La miró con ardorosa satisfacción mientras ella le lamía el dedo con su rosada lengua.

–Coñac y pimienta, creo. Y no entiendo por qué no puedes cocinar para mí de vez en cuando –dijo simulando un suspiro de desilusión–. Eres un cocinero estupendo. Has preparado unos platos deliciosos con Samantha. ¿Te acuerdas de aquel risotto?

–Te tengo que corregir. Samantha ha preparado unos platos deliciosos; yo me limito a cumplir órdenes.

–¿Desde cuándo has cumplido tú órdenes?

Se había relajado lo suficiente como para sonreír, pero la tensión seguía atenazándola.

–Puedes ponerme a prueba –se apoyó en la encimera, acorralándola–. Dame órdenes, brujilla mía –le murmuró al oído antes de mordisquearle el cuello provocándole una oleada de placer–. ¿Quieres que me ponga de rodillas, te levante ese vestido tan sexy que llevas y te vuelva loca con mi boca? ¿Umm? O podemos hacer algo un poco más atrevido... creo que de postre tenemos natillas.

–¡Para! –rio Tess, azorada, apartándolo débilmente pues se había formado una imagen mental que le estaba costando desterrar–. No vamos a hacer nada de eso.

–¿Estás segura? Me ha parecido advertir la tentación en tus ojos... Déjame comprobar que no te gusta la idea...

Al diablo con la idea de no precipitarse y darle tiempo de lucir el vestido. Apoyándose en la encimera con una sola mano, metió la otra bajo la falda y comenzó a subirla poco a poco sin dejar de mirarla a los ojos.

–No tienes autocontrol, Matt Strickland –protestó ella débilmente.

–Mira quién fue a hablar. Tú no te quedas corta en ese sentido –palpó sus suaves muslos y apartó la tela al tiempo que introducía los dedos bajo la tira de encaje de sus braguitas y los enterraba en su interior.

Tess cerró los ojos sintiendo que se derretía. ¡No estaba jugando limpio! Su boca buscó la de él, pero tras un fugaz beso él se apartó y susurró con voz aterciopelada–: No. Quiero ver tu cara al llegar al orgasmo...

–Está bien, tú ganas –gimió ella–. Pero vayamos a la cama a... hacer el amor... aaaah.

No pudo terminar la frase. Su cuerpo comenzó a moverse como si tuviera voluntad propia. Ella echó la cabeza hacia atrás mientras él continuaba masajeándola, alternando movimientos rápidos e intensos con otros suaves y delicados. Tess se sentía tan floja como una muñeca de trapo. Sus mejillas se tiñeron de carmín y su respiración se hizo trabajosa, hasta que finalmente estalló en un orgasmo estremecedor que la hizo gritar. Matt le cubrió entonces la boca con la suya para imbuirse de su salvaje gemido.

–Qué estupenda manera de comenzar la velada –murmuró él cuando Tess hubo descendido de las más altas cimas del placer.

En circunstancias normales Tess se habría mostrado de acuerdo. Matt conocía métodos asombrosos de excitarla. Pero aquella noche tenía planes, y tan pronto como se hubo alisado el vestido, volvió a sentirse nerviosa como un ratoncillo.

Se percató, sin ánimo de criticar, de que él estaba completamente ajeno a su estado de ánimo. Seguramente su partida no se le había pasado por la cabeza. Durante semanas Tess había albergado la esperanza de que lo que tenían lo hubiera dejado con ganas de más. Compartían muchas cosas. Aunque era duro y compulsivo en el trabajo, con ella se mostraba tierno y detallista y con Samantha demostraba infinita paciencia y una capacidad extraordinaria para encajar las críticas. ¿Sería capaz de dejarla marchar sin mirar atrás? En su subconsciente había decidido que no, pero viéndolo silbar jovialmente mientras trajinaba con las cacerolas comenzó a tener dudas.

Si tanta atención le prestaba, ¿cómo no se había dado cuenta de que aquella noche estaba más callada de lo normal?

Se había puesto a hablar del trabajo. Lo hacía a veces, a pesar de que una vez había comentado irónicamente que no sabía por qué se molestaba, pues cada vez que lo hacía a Tess se le ponían los ojos vidriosos.

Tess aceptó la bebida que él le ofrecía y se sentó en una de las sillas de piel que rodeaban la mesa de la cocina. Matt era un desastre en la cocina. Llevaba un paño de cocina sobre el hombro y todos y cada uno de los utensilios de cocina parecían estar fuera de su sitio, y eso que no estaba haciendo más que calentar una serie de platos. Mientras removía, levantaba tapaderas y le daba sorbitos al vino la miraba de vez en cuando. Y a pesar de lo ansiosa que estaba sintió una corriente de calor al advertir la posesividad de su mirada.

–¿Las echas de menos? –preguntó bruscamente al tiempo que él ponía teatralmente frente a ella un plato de comida–. Hablo de las largas jornadas de trabajo. Durante semanas has estado volviendo a casa a una hora decente para pasar tiempo con Samantha, ¿pero echas de menos el trabajo que habrías podido hacer en la oficina?

Matt, que estaba rellenado las copas, se detuvo momentáneamente y la miró. Se sintió extrañamente incómodo, pero desechó la sensación pensando que estaba malinterpretando algo.

Ella estaba más callada de lo normal, pero se había derretido, como hacía siempre, ante sus caricias. Su capacidad de sentir placer parecía no tener límites, algo que lo excitaba sobremanera.

–Qué pregunta tan extraña. Trabajo muchas horas después de que Samantha se vaya a la cama. Estoy satisfecho.

–¿Quiere eso decir que has reorganizado tu vida?

–¿Adónde quieres ir a parar con esta conversación? –preguntó tratando de que la vaga irritación que sentía no se reflejara en su voz. Se había acostumbrado a su carácter fácil y poco exigente. Le agradaba que ella estuviera siempre dispuesta a hacer lo que él quería y a lo largo de las semanas había descubierto que nunca había estado tan cómodo con una mujer. Pero aquella noche estaba mostrando una insistencia que amenazaba seriamente con estropear el ambiente.

–No tiene por qué ir a ningún sitio –respondió ella cortando el solomillo. Estaba perdiendo el apetito–. Era una simple pregunta, nada más.

Matt echó la silla hacia atrás y dejó la servilleta sobre el plato a medio terminar–. No he reorganizado mi vida. Estoy tratando de encontrar un equilibrio.

–¿Quiere eso decir que tu vida estaba desequilibrada antes?

–Significa que Samantha es una realidad a la que tengo que hacer frente. Al principio pensé que podría seguir haciendo mi vida normal si contaba con empleados que cubrieran mis ausencias. Esa opción resultó no ser viable. Ha sido necesario hacer sacrificios y ha merecido la pena. Si soy o no capaz de mantener este nivel de constancia está todavía por ver. Habrá momentos en los que tenga que viajar al extranjero y tendré que buscar a alguien que se quede por las noches. A mi madre le encantaría pasar unos días aquí, por lo que no veo problemas insalvables. ¿Satisface eso tu curiosidad?

–Te agradecería que no actuaras como si yo fuera un incordio. Estoy simplemente tratando de mantener una conversación contigo.

Tess se sorprendió ante su reacción, pero no podía contener la ansiedad que se estaba acumulando en su interior. Tiempo atrás no habría tenido problema alguno en decir lo que pensaba. Pero ahora sentía que debía andarse con pies de plomo. Un paso en falso y se desplomaría la fortaleza que había construido alrededor de Matt, Samantha y ella misma, como el castillo de naipes que era en realidad.

Le estaba resultando difícil actuar con su optimismo habitual.

–¿Qué ocurre, Tess?

–A veces me gusta pensar que entre nosotros hay algo más que sexo...

El silencio que se cernió sobre ellos se volvió sofocante. Tess no se atrevía a mirarlo, y se conformó con jugar a hacer dibujos con el tenedor en la salsa de coñac, que apenas había probado.

Alzó la mirada cuando él comenzó a retirar los platos de la mesa y tuvo que contenerse para no lanzarse hacia él diciéndole que era todo una broma. Sabía que se había embarcado en la relación con la condición de no exigirle nada y de momento había mantenido su palabra. Pero se había enamorado de él profundamente, dando por hecho que el tiempo se encargaría de poner las cosas en su sitio y de darle una oportunidad a su relación.

Cuando se puso en pie para ayudarlo le flaquearon las piernas. Sintió alivio cuando él le pidió que lo esperara en el salón.

Estaba tan absorta en sus pensamientos que no se dio cuenta de que él estaba en el umbral de la puerta hasta que no habló.

–¿Decías...? –preguntó sentándose junto a ella en el sofá.

Tess no reconocía en el hombre que la miraba con desconfianza al Matt que había reído con ella y la había acariciado con tanta delicadeza unos minutos antes.

–Decía que me gustaría pensar que lo que hay entre nosotros no es solamente sexo –se alisó el vestido con las manos–. Quisiera saber si yo te importo.

–¿Qué clase de pregunta es esa? Si no me importaras no mantendría una relación contigo.

–Soy como Vicky, entonces. ¿Es eso lo que quieres decir? Te importo lo mismo que te importaba ella.

–No me gusta comparar a las mujeres con las que me acuesto.

–¿En qué nos diferenciamos? –insistió Tess, obcecada.

Matt la miró con irritación. No le gustaba sentirse acorralado y, siendo un hombre que nunca había tenido que dar explicaciones de sus actos, se sentía furioso ante el interrogatorio al que estaba siendo sometido.

–Para empezar, Vicky nunca ha tenido una relación con mi hija.

–Pero si dejamos a Samantha fuera de la discusión...

–¿Cómo puedo dejarla fuera? Es parte de mi vida.

–Sabes a qué me refiero –insistió ella tercamente. La conversación había llegado tan lejos que no le quedaba más remedio que seguir, fuera cual fuera el resultado.

–No, no lo sé.

Matt no podía creer que la velada que con tanta ilusión e impaciencia había aguardado se hubiera venido abajo a causa de una serie de extrañas preguntas y exigencias irracionales. La idea había sido disfrutar de una deliciosa cena, paladear un vino excelente, charlar sobre las cosas de las que siempre charlaban y, finalmente, perderse juntos en la cama. Que ella hubiera decidido desbaratar sus planes lo ponía de un humor de perros.

–Bueno, pues te lo voy a explicar con detalle. Sé que no te gusta planear el futuro. Soy consciente de ello. Lo único que te gusta planificar con antelación es tu vida laboral. Puedes proyectar fácilmente los próximos cincuenta años si se trata de trabajo.

–Eso no tiene nada de malo –masculló él rehuyendo el tema de conversación–. Las empresas no funcionan tomando decisiones sobre la marcha. Hay que poner unos cimientos y actuar según unos planes.

–Lo entiendo. Lo único que quiero saber es si en tu vida personal también piensas poner cimientos y actuar según unos planes. ¿Dónde estamos nosotros como pareja? Necesito saberlo, Matt, porque me voy del país dentro de un par de semanas y...

Sintiéndose arrinconado, Matt se negó a aceptar que le obligaran a seguir un determinado camino. Se había embarcado en una aventura con ella sin reflexionar demasiado en la naturaleza temporal de su relación. Ella tenía que marcharse y, al no estar acostumbrado a las relaciones largas, la cuestión no le afectaba demasiado.

Él había dejado claro lo que quería y ella se había mostrado de acuerdo. ¿Acaso no había ido a Estados Unidos para vivir algo distinto? ¿No tomaba la píldora para poder tener aventuras sin compromiso? Pensó en su carácter alegre, vacilante y fácil de contentar, que tan encantador le resultaba, y le pareció, de pronto, que la imagen de chica experimentada soltándose el pelo en la gran ciudad no encajaba en absoluto con Tess. Fue como si se le hubiese caído una venda de los ojos. Él la había deseado y había tomado de ella lo que había querido negándose a ver la verdad.

–¿Qué quieres que diga?

–Yo... podría quedarme si quisieras. Lo he estado pensando y no tengo un trabajo esperándome en mi país. Me gusta trabajar aquí, con Samantha. Sé que cuando empiece el colegio no me necesitará durante el día, pero eso no importa. Podría buscar alguna otra cosa. Tengo la doble nacionalidad, así que no debería de resultarme difícil...

Su voz se quebró y Tess se pasó los dedos por el pelo antes de mirarlo.

–No viviría en este apartamento –el sonido de su orgullo desapareciendo por el sumidero le sonó tan alto como un bocinazo en los oídos–. A Claire no le importaría que me quedara con ella. Casi nunca está en casa; pasa casi todo su tiempo libre con Tom. Seguro que hasta le haría un favor, pues cuidaría de la casa mientras ella está fuera.

–Esto no fue lo que acordamos, Tess.

El tono aterciopelado de su voz hizo que se le formara un nudo en la garganta. La iba a dejar y quería suavizar el golpe. Pero lo hiciera con suavidad o con brutalidad, el hecho era el mismo.

–Ya lo sé. Nunca quise liarme contigo.

–Porque no era tu tipo de hombre.

–Exacto, pero... –alzó la mirada con valentía y tragó saliva con dificultad– ...lo hice, y ahora me gustaría saber si tenemos alguna oportunidad de estar juntos.

No tuvo el valor de confesarle que se había enamorado de él. Matt no quería oír lo que ella estaba diciendo; lo podía leer en su cara.

–A pesar de que no sea lo que acordamos.

Matt se había quedado inmóvil. Una serie de imágenes pasadas se le agolparon en la mente, como si fuera una proyección apresurada de diapositivas. Su mujer, su matrimonio, su decisión de no volver a verse jamás en una situación así. Las mujeres con las que había salido desde entonces no habían sido más que barcos en la noche, y le gustaba que fuera así. Había tomado la decisión de no aceptar compromisos que no pudiera cumplir. Por ideal que pudiera parecerle una mujer no tardaría en perder el halo y sacar a la luz todas las necesidades y expectativas que acabarían arrastrándole por el suelo.

Además, ¿era Tess la mujer ideal?

Nunca había durado mucho en sus trabajos, aparte del actual. Se había pasado la vida yendo de un lado a otro sin propósito alguno, satisfecha de vivir a la sombra de sus hermanas. No era independiente y se le daba fatal todo lo que requiriera un poco de sentido práctico. Su personalidad era tan diametralmente opuesta a la suya que a veces se quedaba maravillado de que pudieran mantener una relación.

Sí, aquellas diferencias resultaban encantadoras en ese momento, pero a la larga acabarían irritándolo, de eso estaba convencido. Además, no le gustaba nada el hecho de que le estuviera dando un ultimátum. O le pedía que se quedara, o tendría que verla marchar. A Matt no le gustaban los ultimátums. Sobre todo en su vida personal.

–Todavía vas a estar aquí un tiempo –se oyó decir con brusquedad–. ¿Por qué estropearlo pensando en el futuro? ¿Por qué no disfrutar de lo que tenemos?

No podía prometerle nada.

–¿Qué sentido tiene? –gritó Tess, angustiada.

–En otras palabras –intervino Matt con voz firme–, no ves razón para estar aquí a menos que te pida matrimonio.

–Ya te he dicho que no quiero casarme.

–¡Venga, Tess! ¿Me estás diciendo que vas a buscar un trabajo a tiempo parcial y te vas a quedar viviendo con tu hermana solo para verme de vez en cuando?

–Yo no veo las cosas así –murmuró ella en un tono apenas audible.

–Soy lo suficientemente sincero como para decirte que estarías cometiendo un grave error.

Sintiéndose ahogado de pronto, Matt se puso en pie y comenzó a recorrer de un lado a otro la habitación.

Tess había efectuado pequeños cambios en el apartamento desde que lo frecuentaba. Había un marco con flores secas que había hecho con Samantha. Se había llevado algunos de sus CDs, que ahora descansaban en el aparador. Había revelado y enmarcado algunas fotografías y las había dispuesto en el antepecho de la ventana. Matt miró con irritación aquellos detalles íntimos a los que había acabado acostumbrándose y que ella había introducido sin permiso.

–Nos lo pasamos bien juntos y me gustaría que siguiéramos haciéndolo hasta que te vayas. Pero si tú no quieres, allá tú.

Se quedó escuchando su silencio, inconmovible. Estaba poniendo fin a la relación, no porque fuera un hombre cruel, sino porque tenía mucha más experiencia que ella y sabía que podían cometer un grave error.

Tenía que predicar con el ejemplo, y eso haría. Le resultaba desagradable, pero no podía darle falsas esperanzas. Más falsas esperanzas. Porque era obvio que ella llevaba más tiempo especulando sobre la situación de lo que dejaba ver.

Con la decisión ya tomada, él se giró para mirarla. Desechando un momentáneo instante de pánico, apretó los dientes.

–Vas a tener que ser fuerte para escuchar lo que te voy a decir, Tess. No estamos hechos el uno para el otro. Tienes razón cuando dices que tu hombre ideal es lo opuesto a mí. Tengo muchísima más experiencia que tú y créeme cuando te digo que te sacaría de quicio.

–Lo que estás diciendo es que te sacaría de quicio yo a ti –se sentía furiosa consigo misma por haber revelado sus sentimientos de esa manera, y con él por tratarla como a una cría–. Te parece muy bien acostarte conmigo, pero no te parezco lo suficientemente buena como para tener una relación conmigo.

Sus mejillas se habían teñido de un tono oscuro de carmesí.

–¡Que seas o no suficientemente buena no tiene nada que ver con esto! –bramó él perdiendo el control.

Ella estaba buscando su bolso, que encontró en la cocina.

–Todavía me quedan un par de semanas de trabajo –anunció alzando la barbilla–. Me gustaría verte lo menos posible durante ese tiempo.

–Eso es fácil de arreglar –repuso él con rabia–. Desde este momento, ya no trabajas para mí.

Furioso, observó como ella avanzaba hacia la puerta y se detenía agarrando el pomo de la puerta.

–¿Te importa si por lo menos vengo a despedirme de Samantha? –preguntó entrecortadamente.

Matt asintió en silencio, lo que significaba que no había nada más que decir.

Había ido horrible, catastróficamente mal, pero vaciló unos instantes antes de decidir que aquello no tenía arreglo.

Finalmente, salió por la puerta y la cerró con firmeza tras de sí.

Capítulo 7

TESS estaba en la cama tratando de tener pensamientos positivos y de convencer a Claire de que estaba mejorando.

Por primera vez en dos meses, se sentía a la deriva. Le había dicho a Claire que había atrapado un virus. Llevaba varias mañanas levantándose con una vaga sensación de náusea. Las mañanas de cinco interminables días durante los cuales no había tenido noticias de Matt, ni un mensaje de texto ni una llamada de teléfono.

No tenía ganas de hacer nada. Se marcharía del país en poco más de una semana y lo único que quería hacer era hibernar, acurrucarse como un topo en algún sitio oscuro, cálido y seguro y dormir hasta que el recuerdo de Matt se hubiera desdibujado en su mente consciente y ella pudiera recuperarse y continuar con su vida.

Se dio cuenta de que había permitido que él se convirtiera en el eje de su universo. En cuestión de un par de meses había sacrificado su independencia, y ahora que había cortado el cordón umbilical caminaba torpemente como si le faltara oxígeno. Echaba de menos a Matt. Echaba de menos a Samantha, con quien hablaba a diario. La había visto dos días antes, cuando su aspecto había sido tan lamentable que su explicación de que no se sentía demasiado bien había resultado completamente creíble.

Claire se había mostrado compasiva en un principio, pero manteniendo las distancias.

–No puedo permitirme el lujo de pillar algo –había dicho a modo de disculpa–. Mi vida es demasiado ajetreada en estos momentos.

Tess comenzaba a pensar que aquel malestar era psicológico. Todo lo que comía, lo devolvía. Si seguía así, tendría que volver a Irlanda en una ambulancia aérea.

Sin embargo, pasados cinco días, Claire empezaba a perder la paciencia.

Tess estaba en la cama con los ojos cerrados diciéndose a sí misma que sus náuseas eran producto de su mente, cuando la puerta del dormitorio se abrió de golpe.

–¡Son casi las diez y media!

Claire se había puesto uno de sus típicos conjuntos veraniegos para ir de compras: un vestidito corto de seda que le habría costado un riñón y unas complicadas sandalias estilo gladiador. Llevaba en la mano un sándwich del tamaño de un ladrillo.

Tess trató de ocultarse bajo el edredón.

–¡Es imposible que sigas mala, Tess!

–Sabes que nunca me ha gustado madrugar –replicó apartando los ojos del sándwich pues le daba ganas de devolver.

–Es sábado, y te vas a venir de compras conmigo. No puedes pasarte el resto de los días aquí tirada autocompadeciéndote por una infección de estómago. Cuando vuelvas a Irlanda te darás de bofetadas por haber desperdiciado tus últimos diez días. ¿Tengo que recordarte que en casa no hay nada que hacer?

–Voy a hacer ese curso de magisterio del que te hablé.

Tras cinco años de ir a la deriva sin centrarse en nada, había averiguado lo que quería hacer con su vida. Por lo menos había sacado algo positivo de su estancia en Manhattan.

–Sí, lo que tú digas –continuó Claire sin prestarle demasiada atención–, pero te vas a levantar de la cama y te vas a venir de compras conmigo, porque esta noche tenemos una fiesta. Y ya te he conseguido la entrada, así que ni se te ocurra decirme que no puedes venir porque te duele la tripa. Vamos a comprarte algo glamuroso y te lo vas a pasar genial.

El tono de Claire dejaba claro que no aceptaría un no por respuesta.

–Te doy media hora, Tess, para que te vistas y te prepares a quemar Manhattan.

Tess no tenía ni idea de adónde irían aquella noche. Pasó el día siguiendo obedientemente a Claire, haciendo un esfuerzo heroico por mostrar entusiasmo por la ropa que ponían ante ella y la obligaban a probarse.

Cuando a las cinco y media regresaron al apartamento recibió instrucciones de organizarse y cambiarse rápidamente pues a las siete vendría a buscarlas un taxi. También tenía que poner buena cara, pues no había nada peor que una aguafiestas.

Tess obedeció porque sabía que su hermana tenía razón. Tenía que seguir adelante con su vida. No podía seguir autocompadeciéndose indefinidamente. Matt nunca le había prometido nada. Jamás le había dado indicación alguna de que su relación duraría una vez finalizara su estancia en América. Ella era la que había malinterpretado su relación, la que se había lanzado de cabeza a algo que no tenía sentido y la que había construido ingenuamente castillos en el aire.

Si lo pensaba con lógica, Matt y ella eran polos opuestos. Él era el producto sofisticado, competente y seguro de sí de un entorno caracterizado por el lujo y el poder. No solo se había criado en un ambiente privilegiado, sino que además había multiplicado su fabuloso patrimonio diversificando la poderosa empresa de su padre. Y lo había hecho porque así era su naturaleza: demasiado inteligente para quedarse quieta.

Comparada con él, Tess era como un pececillo nadando al lado de una ballena. Cuando reflexionaba con serenidad no le quedaba más remedio que reconocer que su relación estaba abocada al fracaso. Aunque él hubiera estado locamente enamorado de ella, que no era el caso, le habría resultado complicado comprometerse con alguien de una extracción social tan diferente.

No le quedaba más remedio que seguir adelante.

Una vez vestida se sintió más segura de sí. Por lo menos se veía guapa, por lo que ya tenía una batalla ganada.

Claire llamó a su puerta a las seis y media y, tras inspeccionarla cuidadosamente durante veinte minutos, le dio el visto bueno.

Había acabado comprándose un vestido largo de hombro caído verde oscuro que se ajustaba alrededor del busto y caía suelto hasta el suelo. Podía haberle dado un aspecto informe, pero no era el caso.

—Tienes suficiente pecho para que te siente bien —afirmó Claire con aprobación—. Y el color te favorece.

Era un estilo que exigía no llevar sujetador y Tess recordó la reacción posesiva de Matt a la idea de salir a la calle sin él. En su momento le había resultado emocionante y le había hecho sacar conclusiones erróneas.

Tardaron cuarenta minutos en llegar a un edificio que, como le explicó Claire, era una conocida galería de arte que unos pocos privilegiados podían permitirse alquilar. Una gran cantidad de gente vestida de gala hacía cola en el exterior y mostraba sus entradas a los dos porteros.

La fiesta estaba muy animada. La galería de arte era supermoderna: un vestíbulo blanco y luminoso daba entrada a dos salas enormes. En una de ellas, una banda tocaba un jazz melodioso y en la otra, los invitados se relacionaban unos con otros. El lugar rezumaba lujo y opulencia. Las paredes de las salas que comunicaban con el vestíbulo eran de un color gris pizarra y estaban adornadas con grandes y modernas obras de arte. La iluminación consistía en miles de focos que, para alivio de Tess, daban una luz tenue y matizada. Nunca había visto nada igual y, durante unos instantes, consiguió olvidar su tristeza.

Tom las estaba esperando, y tanto él como Claire se esforzaron por presentarla a sus amigos, pero pasados quince minutos Tess advirtió que su hermana se estaba cansando de hacer de niñera. Así que decidió darse una vuelta para admirar las obras de arte y acabó sentándose en la sala donde tocaba el grupo de jazz para escuchar la música.

Se sentó a una mesa situada al fondo de la sala y dejó la copa de champán frente a ella. Estaba escuchando una canción sobre amor no correspondido cuando oyó una voz familiar que la dejó paralizada en el acto de llevarse la copa a los labios.

Se giró e hizo ademán de levantarse. En un segundo se dio cuenta de que no había conseguido superar lo de Matt. Llevaba un atuendo formal rematado con una pajarita de color rojo, la única nota de color que destacaba sobre el traje negro y la camisa blanca.

–¿Qué haces aquí? –preguntó Tess, aturdida.

–Yo podría hacerte la misma pregunta.

La había visto por detrás, entrando en la sala donde estaban los músicos. Debía de haber al menos trescientos asistentes a la fiesta. No solo estaban llenas las salas de la planta baja, sino que en el primer piso había varias salas con empleados y clientes importantes. La había visto por pura casualidad, ya que estaba pasando la mayor parte del tiempo arriba: prefería la comodidad de los sillones de piel al bullicio de la planta baja.

Pero en cuanto vio la melena color caramelo cayendo por la esbelta espalda mientras avanzaba entre la multitud la reconoció en seguida. Durante unos confusos instantes perdió el hilo de lo que le decía uno de los directores de su oficina en Boston. A continuación, se excusó y la siguió.

Le irritaba no haber sido capaz de quitársela de la cabeza. Aun convencido de que había hecho lo correcto, ella se infiltraba en su mente una y otra vez, como un ruido de alta frecuencia que jamás lo abandonaba y le hacía perder la concentración en los momentos menos apropiados.

No habían pasado más que unos días, y el hecho de que Samantha no parara de hablar de ella empeoraba los efectos de su ausencia. La niña había aceptado la marcha de Tess, pues sabía que su estancia tocaría a su fin algún día. Para Matt era un alivio comprobar que su hija había mejorado mucho a lo largo de los últimos meses y que se había adaptado sin problemas a la joven estudiante que había sustituido a Tess. Pero seguía hablando de ella todos los días. Matt se había visto obligado a insinuar que Tess podría volver de visita, quizá para las vacaciones de Pascua, quizá antes.

Tenía que apretar los dientes cada vez que la niña le enseñaba las fotos que se habían hecho juntas. Escuchaba y asentía cuando le decía lo mucho que le hubiera gustado a los abuelos.

¡No había podido olvidarla porque no se lo habían permitido! No era sorprendente, pues, que la siguiera y observara atentamente mientras ella se sentaba a la mesa sosteniendo una copa de champán con una mano y apoyando la barbilla en la otra mientras seguía con el pie el compás de la música.

Si había sido tan estúpido como para preocuparse por ella ahora comprobaba, con el ceño fruncido, que no había tenido motivos. Parecía feliz, y además estaba guapísima. Estaba claro que había ido allí a ligar. ¿Por qué si no llevaba un vestido que dejaba al descubierto los hombros y moldeaba sus contundentes senos a la perfección?

Tess se había quedado absolutamente paralizada al ver a Matt. Era como si su mente febril lo hubiera invocado.

–He ve-venido con Claire –tartamudeó antes de recordarse a sí misma que estaba en proceso de recuperación y que no tenía por qué ponerse nerviosa en su presencia. Pero estaba tan guapo... ¿Habría ido con alguien? Aunque la respuesta fuera negativa, seguro que se marchaba acompañado. Era el centro de todas las miradas, lo cual no era de extrañar teniendo en cuenta que superaba en altura a todos los hombres de la fiesta.

Parecía estar de mal humor y Tess pensó, desalentada, que sabía el porqué. Había acudido a una fiesta para toparse con la última persona a la que deseaba ver, justo cuando pensaba que ya se había desembarazado de ella.

–¡No esperaba verte aquí! –exclamó con una risa

forzada–. ¡Qué coincidencia! Manhattan es un pañuelo. Mary dice que en Londres pasa lo mismo: sale a tomar una copa y, cuando menos se lo espera, se encuentra con algún conocido.

–Déjate de historias, Tess. Tenías que saber que yo estaría aquí –dijo él bebiéndose el whisky de un trago y depositando el vaso vacío en la mesa a la que ella estaba sentada. Se metió las manos en los bolsillos. ¿Pensaba que iba a quedarse allí charlando amigablemente con ella? Pues no, no estaba de humor.

–¿Por qué iba yo a saberlo?

–Porque esto es un evento de empresa. De mi empresa, para más señas. Así que no me digas que creías que no asistiría a mi propia fiesta, porque no me lo trago.

–Así que se trata de tu fiesta... Claire no me lo dijo.

Su hermana no sabía con detalle por qué había dejado de trabajar para Matt. Tess le contó que había atrapado un virus, y que quedaba tan poco tiempo para su marcha que Matt le había dado el resto de los días libres para recuperarse y disfrutar de la ciudad. Seguramente Claire se imaginó que Tess estaría al tanto de la fiesta y, como esta no le había preguntado nada, se había limitado a decirle que se trataba de un evento formal.

Matt frunció los labios mientras miraba sus generosos pechos pugnando por salirse del vestido.

–¿Has venido para demostrarme algo? –preguntó con voz áspera–. Sabías que yo iba a estar aquí y pensaste que sería una buena oportunidad de echarme en cara lo que me estoy perdiendo, ¿verdad? Pues que sepas que no funciona.

De pronto sintió la necesidad de tomarse otra copa. Miró a su alrededor con el ceño fruncido y, como por arte de magia, apareció un camarero con una gran bandeja redonda llena de bebidas. Hubiera preferido un whisky, pero tomó una copa de vino y se bebió la mitad de un trago.

Tess no había comprendido sus últimas palabras.

–No sabía que ibas a estar aquí –protestó con sinceridad–. Claire no me dijo que se trataba de un evento de la empresa.

Comenzaba a captar el significado del ofensivo comentario y sintió que empezaba a temblar de rabia.

–Y aunque hubiera sabido que estabas aquí, que no es el caso, jamás habría venido a mostrarte lo que te estás perdiendo.

–¿Ah, no? ¿Y por qué te has puesto ese vestido? ¡Por no hablar del hecho de que no llevas sujetador!

El comentario le provocó unas sensaciones horribles y pensó en lo fácil que le resultaba afectarla sin ni siquiera tocarla.

–¡No me he vestido pensando en ti!

Sus pezones se erizaron a su pesar y se imaginó que él se habría dando cuenta gracias a esos ojos penetrantes que todo lo veían.

–¿No? Pues como te he dicho, el truco no te va a funcionar. Lo he visto demasiadas veces y ya no surte efecto. Tú y yo ya no estamos juntos, así que lo mejor que puedes hacer es seguir con tu vida.

–¡No me puedo creer que seas tan arrogante, Matt Strickland! No sé qué es lo que vi en ti.

–No me costaría mucho esfuerzo recordártelo.

Su mirada había cambiado de pronto. Tess se quedó sin aliento. Lo último que necesitaba en ese momento era esa mirada ardiente. ¿Disfrutaba poniendo a prueba su débil voluntad? ¿Demostrándole que todavía ejercía control sobre ella? Su frustración era tal que sintió deseos de echarse a llorar.

Por su parte, Matt estaba disfrutando malévolamente de la discusión. Había cumplido con su deber charlando con unos y con otros mientras miraba de reojo el reloj y se lamentaba de que todavía quedaran horas para que terminara la fiesta. Ahora se estaba divirtiendo, aunque fuera de una manera sombría. Además, no podía apartar la mirada de su apetecible cuerpo. Si no hubieran estado en una habitación llena de gente, se habría sentido tentado de recordarle qué había visto en él. Se imaginó a sí mismo arrebatándole el fino tejido que cubría sus gloriosos senos, rodeándolos con sus manos y jugueteando con sus pezones.

Recordó la última velada que pasaron juntos, cuando él la llevó al orgasmo en la cocina de su apartamento. Le pareció sentir su cuerpo bajo sus dedos; hasta recordó la suavidad del vestido amarillo que llevaba aquella noche.

–¿No se te ha ocurrido pensar que he superado lo tuyo? –mintió ella tratando de recordar el nombre del chico que la había estado acosando y le había dado su tarjeta.

–La verdad es que no.

Era un concepto difícil de asimilar.

–Puede que no seas tú la razón por la que me he puesto este vestido, teniendo en cuenta además que no tenía ni idea de que ibas a estar aquí. Para tu información te diré que tengo una cita.

Aquello fue una provocación. Después de haberle dicho que tenía que seguir adelante con su vida, Matt se sintió furioso al pensar que ella había empezado a salir con otro tan solo unos días después de su ruptura.

–¿Con quién? –preguntó tratando de controlar el tono de su voz, aunque por dentro estaba carcomido por los celos y furioso por su propia debilidad.

–Se llama Tony –acababa de recordar el nombre–. Tony Grayson.

El director de ventas. Su carrera en la compañía peligraba. Matt vació la copa y apartó la manga del traje para consultar el reloj.

–Muy bien, pues que tengas suerte. Pero yo que tú me andaría con ojo. Nueva York no es un pueblecito de Irlanda. Y si vas por ahí provocando tendrás que aceptar las consecuencias. No juegues con fuego a menos que estés dispuesta a quemarte.

Y dándose la vuelta se alejó. Tess sintió que se desinflaba como un globo al que le han clavado un alfiler. No podía seguir pretendiendo que se estaba divirtiendo. Lo único que quería hacer era marcharse de allí y regresar a su apartamento. Como si fuera una enferma sufriendo de una recaída, necesitaba tiempo y espacio para recuperarse del duro golpe que había supuesto volver a ver a Matt.

Sabiendo que Claire se sentiría obligada a intentar convencerla de que se quedara, no se molestó en buscarla. Decidió tomar la ruta fácil y enviarle un mensaje. Para cuando lo leyera Tess estaría ya en el apartamento con el pijama puesto.

Tres días después, Tess salió de la consulta del médico sintiéndose desfallecer. Había decidido ir ante la insistencia de Claire.

–¡No puedes subir a un avión en tu estado! –la regañó Claire con un tono que no admitía discusión–. El vuelo de vuelta es una pesadilla y si empiezas a sentirte mal en el avión lo pasarás fatal. Tienes claramente un problema de estómago y necesitas ir al médico para que te dé una solución.

Ahora se alegraba de haber insistido en ir sola. ¿Qué habría dicho su hermana al enterarse de que Tess estaba embarazada?

Aturdida, se sentó en la cafetería más cercana frente a un capuchino que dejó de apetecerle nada más pedirlo.

Tras unos instantes iniciales de incredulidad reconoció que los signos habían estado allí, pero ella los había ignorado.

Después de la primera noche que pasaran juntos, cuando estaba convencida de que no tenía riesgo de quedarse embarazada porque era regular como un reloj, acudió al médico de Claire, el mismo que le había dado la noticia de su embarazo hacía veinte minutos, para que le instalara un dispositivo anticonceptivo. La píldora habría sido un método más sencillo, pero Tess sentía aversión por las pastillas.

–Debes de ser muy fértil –le dijo el médico mientras ella trataba de asimilar la noticia.

El embarazo explicaba sus problemas de estómago. Una ojeada rápida a su agenda corroboró el retraso menstrual, algo en lo que no había reparado pues no pensaba a derechas desde su caída desde el séptimo cielo al planeta Tierra.

Una mujer se inclinó hacia ella y le preguntó si se encontraba bien, a lo que Tess respondió con una sonrisa apagada.

–Acabo de llevarme un buen susto –dijo cortésmente–. Me pondré bien en cuanto me beba el café.

Tenía que decírselo a Matt, él merecía saberlo. Pero pensar en ello le provocaba un sudor frío.

Su último y breve encuentro no había dejado lugar a dudas sobre sus sentimientos. La había despachado dándole el consejo de que siguiera adelante con su vida, tal y como había hecho él. La había tratado con condescendencia, adoptando el tono con el que se habla a una pesada que amenaza con convertirse en acosadora. La había acusado de tratar de seducirle con el vestido y no se había creído que Tess no supiera que iba a estar en la fiesta. No quería tener nada que ver con ella ¿y qué estaba a punto de recibir? Una relación para toda la vida que él no había pedido. Se había fiado de Tess cuando esta le aseguró que utilizaba anticonceptivos y ella pagaba su confianza haciéndole padre.

Pero ocultarle la verdad sería inmoral.

Decidida, Tess se puso en pie y tomó un taxi a su oficina. Si lo pensaba demasiado, corría el riesgo de cambiar de parecer. Iba a tener el bebé de Matt.

El tráfico estaba espeso, como siempre, y Tess llegó al edificio hecha un manojo de nervios. Pagó al taxista y miró el bloque de oficinas, ubicado en una de las mejores zonas en el corazón del barrio financiero.

Había ido de visita varias veces con Samantha, por lo que la reconocieron en recepción y la saludaron mientras avanzaba hacia el ascensor, que la llevaría a la última planta de un edificio de treinta y cuatro.

Las oficinas eran una versión profesional de su apartamento. Un lugar lujoso, majestuoso y silencioso al que se iba a trabajar.

En su despacho, ubicado al fondo de un pasillo cubierto por elaboradas alfombras, podría caber un apartamento entero. Estaba dividido en dos secciones, la que ocupaba su secretaria, y otra, más grande, que contenía sillones de cuero, plantas y mesitas auxiliares. Sabía que había un cuarto de baño pegado al despacho, para aquellas veces en que llegaba pronto a la oficina y se veía obligado a quedarse hasta tarde.

El tamaño y la opulencia del lugar fue un poderoso recordatorio de las muchas diferencias que los separaban. Caer en la cuenta la puso aún más nerviosa y trató de proyectar una imagen serena mientras hablaba con la secretaria.

Él no sabía que estaba allí y Tess estuvo tentada de dejarle disfrutar de su despreocupada vida durante unos minutos más antes de hacerla pedazos.

La secretaria avisó a Matt, que sintió una punzada de satisfacción al enterarse de que Tess había ido a verlo. Había pensado mucho en ella desde que la vio en la fiesta. No sabía qué quería, pero cuando pensó que podría haber reconsiderado sus opciones se sintió como un depredador que finalmente ha conseguido someter a su escurridiza presa. Era posible que hubiera acudido a la fiesta con la idea de conocer a algún hombre, pero reflexionó sobre ello y finalmente descartó la idea. No era propio de Tess. Y en cualquier caso, le gustaba pensar que ella se había dado cuenta, al verlo, de lo que se estaba perdiendo. Le quedaban solo unos pocos días, y él estaba más que dispuesto a dejar a un lado su orgullo y aceptarla de nuevo en su cama. Era una lástima que Tess hubiera cometido el error fatal de tratar de atraparlo, porque nadie sabía cómo habría evolucionado su relación. ¿Quién sabe? Podría haber acabado ofreciéndole aquello que ella deseaba tanto.

Él no alzó la vista inmediatamente cuando Tess entró sin hacer ruido, aunque sus sentidos se pusieron en máxima alerta.

Cuando ella se aclaró la garganta él alzó finalmente la vista y se arrellanó en el asiento sin decir una palabra.

—Siento molestarte –comenzó, dándose cuenta de

que no era bienvenida. No le habría extrañado que sacara un cronómetro del escritorio y le dijera que tenía un minuto para exponer su caso.

–Has tenido suerte de encontrarme aquí –indicó él cortésmente–. Tengo una reunión en unos minutos, así que dime rápidamente lo que tengas que decirme.

Atónita ante su falta de tacto, Tess vaciló. Había ensayado vagamente lo que iba a decir, pero ahora que lo tenía delante se le quedó la mente en blanco. Se sentía tan segura de sí como un conejillo cegado por las luces de un coche aproximándose a toda velocidad.

–¿Y bien? –preguntó Matt con impaciencia–. ¿De qué se trata? No tengo todo el día.

–Aunque lo tuvieras no me iba a resultar más fácil decirte lo que te tengo que decir –contestó ella, temblando.

Algo en su tono de voz presagiaba malas noticias. Aguardó completamente inmóvil.

–Te vas a enfadar muchísimo pero... Estoy embarazada.

Capítulo 8

MATT se quedó paralizado. Se preguntó si habría oído mal, pero se fijó en su cara y decidió que no era el caso. Tess estaba palidísima, con el cuerpo rígido como un trozo de madera. ¿Enfadarse? ¿Pensaba que iba a enfadarse? Se había quedado muy pero que muy corta.

—No puede ser —afirmó sin rodeos haciéndola estremecer.

—Sé que te cuesta creerlo, pero así es. Me he hecho una prueba esta mañana; en realidad me he hecho más de una.

Su cerebro, normalmente despierto, estaba bloqueado. Nada lo había preparado para aquello.

—Usabas protección —le dijo, inexpresivo.

Con un brusco movimiento que la tomó por sorpresa, Matt saltó de la silla y se dirigió hacia la ventana. Por una vez, su gracia natural lo había abandonado.

—Si esto es una treta para sacarme dinero, olvídate.

Comenzó a recorrer la oficina de un lado a otro. No podía estarse quieto. Aquello no podía estar ocurriendo.

—¿Por qué iba a hacer una cosa así?

—Porque no has aceptado nuestra ruptura y quieres llevarte algo más que unos buenos recuerdos. ¡Sabes que tengo una fortuna!

—¿Cómo puedes decir eso? —preguntó Tess, desesperada–. ¿Desde cuándo me ha importado a mí el dinero? ¡Nunca hubiera provocado una cosa así!

Tenía razón. Su rostro reflejaba una dolorosa sinceridad. Le gustara o no, estaba diciendo la verdad. Ella llevaba a su hijo en su seno y aquello era algo con lo que no le quedaba más remedio que lidiar. Por más que buscara alguna otra explicación, ya había comenzado a aceptar la verdad de lo que acababan de anunciarle.

Pero todavía quedaban muchas preguntas por responder, muchas dudas razonables por resolver. Ella lo había embrujado, le había hecho comportarse de una manera impropia de él. Era cierto que se lo habían pasado bien. Ella le hacía reír y relajarse como ninguna otra mujer había hecho nunca. ¿Pero era eso suficiente a la hora de la verdad?

Hacía tan solo dos meses que la conocía. Y quién lo iba a decir, después de haberle asegurado que estaba protegida aparecía ante él embarazada, sabiendo de sobra que tenía el futuro resuelto. ¿Acaso no era sospechoso?

Matt era suspicaz por naturaleza; era su manera de protegerse. Y no iba a cambiar ahora por que viera el brillo de unas lágrimas en sus ojos. Sacó una caja de pañuelos de papel del cajón y se lo tendió con una frialdad que hizo que Tess sintiera escalofríos.

–Está bien. Explícate.

–La primera vez...

Matt frunció el ceño al recordar.

–Si no recuerdo mal, me aseguraste que...

–¡Sí, sé lo que dije! –le interrumpió Tess acaloradamente–. Mentí, lo reconozco.

Matt descolgó el auricular del teléfono para decirle a su secretaria en voz muy baja que no quería que lo molestaran. Mientras, ella trataba de poner orden en sus pensamientos.

—Eso que he dicho ha sonado muy mal —continuó tan pronto como colgó el teléfono. Tomó un pañuelo de la caja y comenzó a partirlo en pedacitos con dedos nerviosos—. No mentí exactamente; más bien no te dije toda la verdad. Cuando me preguntaste si estaba tomando anticonceptivos, yo estaba tan excitada que no quería parar.

Matt regresó mentalmente a la noche en que habían hecho el amor por primera vez. Nunca había estado tan excitado. Solo el pensar sobre ello ahora... Pero no, no iba a permitir que fuera su cuerpo el que lidiara con la situación. No le importaba lo excitada que hubiera estado Tess. Había mentido deliberadamente, corrido un riesgo cuyas consecuencias podían cambiar sus vidas.

—Así que me dejaste seguir. Te arriesgaste a quedar embarazada por un momento de pasión. Tiraste tu virginidad por la borda y jugaste con nuestras vidas solo porque no pudiste contenerte.

—No tiré mi virginidad por la borda; la ofrecí. Te la di a ti porque quise, porque fuiste el primer hombre que me hizo sentir así. Siempre he tenido un ciclo muy regular y pensé que no habría consecuencias.

—Me halaga que te sintieras tan excitada que no pudieras contenerte, pero comprenderás que sospeche que tenías motivos más prosaicos para acostarte conmigo.

Tess lo miró sumida en un mar de confusión. Él la intimidaba; era un extraño frío y distante que había destrozado el frágil puente que antaño los había mantenido unidos. Le había partido en dos el corazón.

—Acepto que estuvieras excitada. Pero, ya que tenías que perder la virginidad con alguien, ¿por qué no hacerlo con un hombre rico? Si no recuerdo mal, te di varias veces la oportunidad de echarte atrás, pero no quisiste desaprovechar la oportunidad. Puede que, inconscientemente, no te importara jugar con el destino, pues quedarte embarazada podría ser un negocio muy rentable...

Tess se ruborizó de rabia.

−¿Un negocio rentable? ¿Crees que yo quería quedarme embarazada? ¿Que yo quería tener un hijo con veintitrés años, justo cuando comenzaba a ver claro lo que quería hacer con mi vida? Pensaba hacerme profesora y trabajar con niños, pues me ha encantado hacerlo con Sam. Tenía planeado volver a estudiar y obtener el título que debería haber sacado hace años. ¿De verdad crees que iba a querer tirar todo eso por la borda?

Se puso en pie, temblando. No debería haber ido. Había destrozado la cómoda y maravillosa vida de Matt. Tendría que haber regresado a Irlanda sin contarle lo del embarazo. Lamentó haber tenido una aventura con él; debería haber tenido en cuenta la parafernalia que lo rodeaba y reconocer que ella no estaba, ni estaría nunca, a su nivel.

−Me voy −murmuró tratando desesperadamente de conservar la compostura−. Pensé que debías saberlo, y ahora ya lo sabes.

Comenzó a caminar hacia la puerta. No llegó muy lejos, tan solo dio dos pasos. Matt interpuso, amenazador, su metro noventa de estatura entre ella y la puerta.

−¿Que te vas? Dime que estás de broma.

−¿Queda algo más por decir?

Matt la miró como si se hubiera vuelto loca.

–Me sueltas una bomba como esta ¿y crees que no queda más por decir? ¿De qué planeta vienes?

–No tienes por qué ser cruel y sarcástico. Yo estoy tan petrificada como tú.

Matt se pasó los dedos por el pelo y sacudió la cabeza, tratando de recuperar el autocontrol. Estaba conmocionado. ¿Se había sentido así el día en que Catrina le anunció que estaba embarazada de Samantha? Entonces él era mucho más joven y estaba dispuesto a portarse como un caballero. Había aprendido muchas lecciones desde aquellos días de juventud. Había construido murallas en torno a sí mismo que le habían resultado muy útiles.

Ahora se encontraba con un problema que, le gustara o no, tenía que abordar. Pero todos los problemas tienen su solución, y lanzar acusaciones a la que mujer que iba a ser madre de su hijo no los llevaría a ningún sitio.

Se preguntó si no se habría excedido al acusarla de tener motivos ocultos. Con ello había conseguido que Tess lo mirara, con los ojos llenos de lágrimas, como si fuera un monstruo, cuando en realidad había reaccionado como lo hubiera hecho cualquier hombre soltero de su posición en las mismas circunstancias.

Sintió unos ligeros remordimientos, pero desechó esa debilidad momentánea.

–No estoy cómodo manteniendo esta conversación aquí.

–¿Qué más da donde la tengamos?

Tess no quería ir a su apartamento, ni tampoco al de Claire. Para empezar, Claire no tenía ni idea de lo que estaba sucediendo. Estaba trabajando en un proyecto en Brooklyn, pero ¿qué pasaría si volviera a casa inesperadamente y los encontrara allí?

Tess sabía que todo saldría a la luz tarde o temprano, pero en aquel momento no se sentía preparada para lidiar con más de una situación horrenda a la vez. Carecía de la fuerza psicológica para ello. Le resultaba más fácil estar en un lugar público y neutral.

–Este es mi lugar de trabajo –dijo Matt mientras iba a buscar su chaqueta, dando por hecho que ella lo seguiría–. Le he dicho a mi secretaria que no me moleste y que va a tener que cancelar muchas reuniones. Antes o después entrará en el despacho a pedirme explicaciones y la falta de una respuesta satisfactoria despertará su curiosidad. Francamente, preferiría que la gente no hiciera elucubraciones sobre mi vida privada.

–¿Qué le vas a decir? –preguntó Tess admitiendo a regañadientes que en ese aspecto llevaba razón. Matt era un hombre muy celoso de su intimidad–. No quiero ir ni al apartamento de Claire ni al tuyo.

–¿Por qué no?

Matt se quedó mirándola con los ojos entornados y Tess sintió una oleada de calor. Sola con él... No quería poner a prueba su autocontrol; sabía lo débil que podía llegar a ser en su presencia. Tenía que desarrollar inmunidad hacia él y los espacios cerrados eran el peor lugar para empezar a hacerlo. Si consideraba a Matt una enfermedad y enamorarse de él un virus terrible que había invadido su sistema, la separación física era el primer paso para curarse.

–¿Me tienes miedo de repente? –preguntó–. ¿Qué crees que voy a hacerte?

Tess pensó avergonzada que el peligro residía precisamente en desear que él le hiciera algo. Decidió aprovechar la pregunta a su favor. ¿No la había acusado él de cosas terribles? En ese caso, ¿por qué no iba a acusarle ella de otras cuantas?

–No lo sé –respondió ella con voz temblorosa–. Me has insultado. Has venido a decir que lo planeé todo, que corrí riesgos porque quería atraparte. Me has amedrentado. Por supuesto que no quiero estar cerca de ti, a menos que haya otras personas alrededor.

–¿Temes que te haga daño físico?

–No, por supuesto que no.

Él adoptó una expresión grave.

–Jamás en mi vida le he puesto la mano encima a una mujer, fuera cual fuera la provocación. La sola idea me repugna.

–Estoy cansada –murmuró Tess débilmente–. Quizá deberíamos consultarlo con la almohada y hablar mañana. O pasado, incluso.

Matt no se molestó en honrar sus tácticas dilatorias con una respuesta. Nunca había sido partidario de aplazar las decisiones. Su experiencia le decía que si uno no se enfrentaba a los problemas en el momento, estos no solo no desaparecían, sino que se descontrolaban.

–Espérame en el ascensor –le ordenó–. Tengo que reorganizar mi agenda.

–Matt, de verdad. No hay necesidad de que pierdas todo el día. Deja que me vaya a casa. Podemos hablar del tema cuando los dos lo hayamos asimilado y estemos más serenos.

–Estoy perfectamente sereno. De hecho, no podía estarlo más, dadas las circunstancias.

No mentía. Comenzaba a despejársele la mente y se le había ocurrido una solución. Era la solución ineludible y ya había empezado a aceptarla. Se iba a poner a la altura de las circunstancias, lo que le hacía sentirse orgulloso. Tess iba a descubrir muy pronto que era un hombre que asumía responsabilidades, aunque estas se derivaran de algo que escapaba de su control. Extrañamente, no se sentía tan acorralado como cabía esperar.

Tess lo miraba, impotente. Era terco como una mula.

—Entonces iremos a una cafetería. O nos sentaremos en un banco de la calle.

Ella dio un pequeño suspiro de resignación mientras él se ponía la chaqueta, apagaba el ordenador y se preparaba para abordar una de las conversaciones más trascendentales de su vida.

Se reunió con ella cinco minutos después. Estaba sereno, impasible; se le daba estupendamente ocultar sus sentimientos. Su actuación, mientras bajaban en el ascensor, era de premio.

Le dijo que a dos manzanas de allí había una cafetería relativamente tranquila a esa hora del día.

Cuando le preguntó qué le había contado a su secretaria Matt respondió, encogiéndose de hombros, que le había insinuado que habían surgido problemas con la nueva niñera. La conversación no duró más de treinta segundos; no pagaba a su secretaria para que hiciera preguntas indiscretas.

Mientras se abría la puerta del ascensor Tess pensó que cualquiera que escuchara su conversación, cortés e impersonal, pensaría que todo marchaba perfectamente en su vida. Matt continuó hablando mientras se dirigían a la cafetería.

No creía haber reaccionado de forma exagerada pero la había asustado, y eso le incomodaba. Que ella le dijera con los ojos como platos que no quería estar con él a solas le había dejado estupefacto. Era importante tranquilizarla. Y hablar de trivialidades mientras recorrían la corta distancia que los separaba de la cafetería era un primer paso en ese sentido.

Una vez allí la sentó a una mesa apartada de la ventana y de cualquier posible distracción y pidió algo para beber y comer. Cuando apareció con dos cafés con leche y un surtido de bollos, Tess lo miró ruborizada.

–Si te soy sincera, le he tomado manía la café –confesó–. Y a la comida en general. Las náuseas me duran prácticamente todo el día.

Los ojos de Matt se deslizaron hasta su estómago, todavía plano. ¡Un hijo! En contraste con el Matt de diez años antes, el actual contemplaba la idea de ser padre con extraño placer, a pesar de los problemas que entrañaba. Había madurado considerablemente.

–Puedo pedirte otra cosa. Dime qué te apetece.

–De pronto estás muy agradable. ¿Por qué?

Matt se sentó y se sirvió un bollito de canela.

–Si piensas que he reaccionado exageradamente te pido disculpas, pero es que estoy muy impresionado. Siempre he sido muy cuidadoso para evitar este tipo de accidentes.

Tess se sintió avergonzada. Para desgracia de él, el accidente había ocurrido con una mujer que no estaba destinada a formar parte permanente de su vida. Puede que no hubiera acabado junto a Vicky, pero no se lo imaginaba acusándola de planear un embarazo para conseguir su dinero.

–No obstante –continuó Matt–, no tiene sentido lamentarse. Tenemos un problema, y los problemas siempre tienen solución. ¿Le has hablado a alguien de tu situación?

–¡Acabo de enterarme!

Claire no tenía ni idea de lo que estaba sucediendo. Se iba a quedar horrorizada. Tess se estremecía solo de pensarlo. Cuando pensaba en sus padres se le quedaba la mente en blanco. Además, había tantas cuestiones prácticas que considerar que no sabía por dónde empezar. Y ahí estaba él, tan pancho, hablando de soluciones como si se tratara de dar respuesta a un acertijo matemático.

–Bueno, tarde o temprano, eso va a cambiar. Para empezar, vas a tener que contárselo a tus padres.

–Sí, me hago cargo.

–¿Cómo crees que reaccionarán?

–No lo he pensado todavía.

–Y luego está la cuestión del dinero.

La observó atentamente, pero ella parecía seguir dándole vueltas a la cuestión de cómo darle la noticia a sus padres. Sabía que estaba muy unida a ellos.

–Afortunadamente para ti, pienso asumir completamente mi responsabilidad. Creo que ya sabes a qué me refiero.

Matt, que se había terminado el bollito de canela, se quedó mirándola en silencio hasta asegurarse de que ella le estaba prestando toda su atención.

–Tenemos que casarnos. No hay otra opción.

Se quedó aguardando muestras de alivio y gratitud. Ahora que había anunciado su propuesta le pareció que la situación podía ser peor. Su relación había terminado prematuramente porque ella le había dado un ultimátum, porque el tiempo no había estado de su parte. Ciertamente Tess no era su mujer ideal, al menos en teoría. Pero estaba dispuesto a abordar la situación con ojos nuevos. No se le podía acusar de no tener la capacidad de dar con la solución más adecuada a un problema espinoso.

Las muestras de alivio y gratitud tardaban en llegar y Matt frunció el ceño.

–¿Y bien? Vamos a tener que darnos prisa. Se lo

diré a mis padres y podremos empezar a organizar la boda. Será un acontecimiento íntimo; supongo que estarás de acuerdo.

—¿Me estás pidiendo que me case contigo?

—¿Se te ocurre una solución mejor?

Matt estaba convencido de una cosa: él era el caballero andante y ella, la damisela en apuros. A pesar de que nunca había sido muy dado a ese tipo de fantasías, una cálida sensación de bienestar se extendió por todo su cuerpo.

Los ojos de Tess resplandecieron y él sacó su impoluto pañuelo.

—Eso es lo que he estado soñando toda mi vida —dijo Tess con amargura—. No voy a abochornarte en público echándome a llorar, así que puedes quedarte con el pañuelo. Toda mi vida he soñado con que un hombre me pida en matrimonio porque no le queda más remedio. ¿Qué chica no soñaría con eso? Es estupendo saber que el hombre es lo suficientemente decente como para casarse con ella porque está embarazada, aunque no solo no la ama, sino que en algún momento deseó perderla de vista.

Matt se quedó sin habla durante unos segundos. Era la segunda vez que le ocurría aquel día.

—Además —continuó—, ¿no has aprendido nada de tus errores pasados?

—Me estoy perdiendo. Mejor dicho: me he perdido. No conozco a ninguna mujer que no estaría dando saltos de alegría en tu situación. No solo no me desentiendo del problema, sino que te ofrezco una solución. Vas a tener un hijo mío, tanto él como tú estaréis protegidos, nunca os faltará nada en la vida. ¿De qué lecciones me hablas?

—¡Me refería a tu exmujer, Matt! Catrina, ¿la recuerdas?

—¿Qué pasa con ella?

—Te casaste con ella porque se quedó embarazada. Lo hiciste porque te sentiste responsable y fue un error.

—Me casé con ella porque era joven y estúpido. Su estado no tuvo nada que ver.

—Mira... Entiendo que quieras hacer lo correcto, pero casarse no es lo más adecuado.

—¿Me estás diciendo que darle a un niño un hogar estable no es importante?

—Sabes que no es eso lo que quiero decir —protestó Tess, frustrada—. ¡Por supuesto que es importante! Pero dos personas que viven bajo el mismo techo porque se sienten obligadas a hacerlo no forman necesariamente un hogar estable, sino uno basado en la amargura y el resentimiento. No deberíamos sacrificar nuestras vidas y la posibilidad de alcanzar la verdadera felicidad solo porque yo esté embarazada.

A Matt le costaba creer que lo estuviera rechazando, pero así era. Pocos días antes se había mostrado desesperada por continuar con la relación y ahora que él le ofrecía la oportunidad se la arrojaba a la cara como si se tratara de un insulto. Le resultaba muy difícil de entender.

—No te estás comportando de manera lógica.

—Demuestro tener una lógica increíble. No me voy a casar contigo, Matt. Yo quería que nos siguiéramos viendo, y me habría quedado aquí más tiempo si tú hubieras querido, pero he tenido tiempo de reflexionar y tenías razón. No habría funcionado. No estamos hechos el uno para el otro, y eso no va a cambiar solo porque yo haya cometido un error y me haya quedado embarazada.

Matt sintió que el suelo temblaba bajo sus pies.

–No vas a regresar a Irlanda –anunció con brutal certidumbre–. Si crees que vas a buscar la felicidad al otro lado del Atlántico ya puedes ir cambiando de planes.

Se la imaginó tratando de encontrar la felicidad verdadera con uno de esos hombres sensibles por los que decía sentirse atraída y la idea le puso furioso. Pero no estaba dispuesto a enfrascarse en una discusión. Reconoció a regañadientes que se hallaba en una situación vulnerable. Desde el momento en que se le ocurrió la solución había esperado que ella la aceptara sin más.

–Me imagino que tendremos que hablar de temas prácticos –dijo ella con cansancio.

Matt meneó la cabeza con la impaciencia de un hombre que trata de apartar algo irritante y persistente.

–Nunca te impediría ver a tu hijo –continuó, cortés–. Sé lo mal que lo pasaste con Samantha.

–¿Qué sugieres entonces?

Matt no era un hombre que diera su brazo a torcer, pero comprendió que en ese momento no le quedaba más remedio que llegar a un acuerdo. Por lo menos hasta que pudiera convencerla de que adoptara su punto de vista. Para él legitimar su relación era lo más lógico, pero sabía que tenía mucho camino por recorrer. La había dado de lado y ella no iba a olvidarlo fácilmente, por más que las circunstancias hubieran cambiado irrevocablemente.

Ignoró lo que ella había dicho sobre su falta de compatibilidad. A Tess parecía habérsele olvidado lo compatibles que habían sido, y no solo en la cama.

Debería dejar de fijarse en las desventajas y centrarse en lo positivo, como hacía él. Estaba dispuesto a hacer todos los sacrificios que hicieran falta. ¿Por qué ella no?

–Podría quedarme en Manhattan...

–Eso por supuesto.

–Vivir con Claire hasta encontrar un piso y un trabajo.

–¿Pero no has oído lo que he dicho? –preguntó Matt, incrédulo–. Tú no vas a trabajar; no tendrás necesidad. Ni tampoco vivirás con tu hermana. Si estás decidida a no aceptar mi propuesta, encontraremos un lugar adecuado para vivir. Cerca de mí, muy cerca –sentenció con el entrecejo fruncido, todavía contrariado por la manera en que sus planes se habían desbaratado.

–En cuanto a mi trabajo, sé que quieres contribuir económicamente, pero no pienses que yo formo parte del paquete.

–¿Por qué insistes en ponerme las cosas difíciles?

–No lo hago, Matt. Me has acusado de tener motivos ocultos para acostarme contigo.

Tembló al recordar la falsa acusación.

–Lo siento. Soy de naturaleza suspicaz, entiéndelo. Simplemente dije que podía ser una posibilidad.

–No hace falta que te retractes ahora –le dijo Tess con frialdad–. Dijiste lo que dijiste en el calor del momento, pero te salió del alma. No me apetece la idea de vivir de ti, y nó lo haré.

–La mayoría de las mujeres matarían por lo que te estoy ofreciendo –replicó él con irritación.

–Yo no soy la mayoría de las mujeres; no me metas en el mismo saco que a todas las demás.

–¿En qué piensas trabajar?

–Quiero ser profesora, ya te lo he dicho. Voy a informarme de lo que tengo que hacer.

Matt resolvió en ese momento que se haría lo que él considerara adecuado. No iba a tolerar que su hijo se criara solo mientras Tess se largaba a enseñar a los niños de otras personas. Ella debía estar con los suyos, atizando el fuego del hogar, cuidando de Samantha... La imagen era reconfortante. Seductora, incluso.

–Estoy cansadísima –intervino ella poniéndose en pie–. Lo creas o no, para mí ha sido muy estresante también, y tengo que pensar en muchas cosas. Así que si no te importa, me marcho a casa. Me pondré en contacto contigo mañana.

¡Le estaba dejando plantado! Había perdido completamente el control y, por primera vez, no le quedaba más remedio que apretar los dientes y aceptarlo.

–¿A qué hora? Puedo enviar a Stanton a buscarte. Podemos almorzar juntos. Cenar, si lo prefieres. Tenemos que hablar de muchas cosas...

–Ya te diré... –respondió vagamente. Tenía que pensar en muchas cosas. ¿Estaba haciendo lo correcto? Le había propuesto matrimonio. ¿Era justo para el bebé que crecía en su interior rechazar su oferta? Sentía que su cabeza estaba a punto de estallar.

Ambos necesitaban espacio para pensar y Tess no estaba dispuesta a que él dispusiera las cosas a su antojo. Era una carretera peligrosa que ya conocía. Matt Strickland no la amaba, nunca la había amado y nunca lo haría. El nacimiento del niño no iba a cambiar eso. ¿Y cómo iba a casarse con él si no había amor? Esta idea le dio fuerzas.

–Pasado mañana, quizás –se corrigió–. Quedaremos para hablar del asunto como adultos y empezaremos a solucionar los detalles prácticos. Esto es algo que le ocurre a muchísima gente. No somos los únicos. Podemos aceptarlo y seguir adelante con nuestras vidas.

Capítulo 9

TESS regresó al apartamento de su hermana para descubrir que en la vida nada funciona de acuerdo a lo planeado. El contestador automático parpadeaba furiosamente. Había cinco mensajes, cuatro de su hermana y uno de su madre. Esta le decía, en una voz extrañamente forzada, su voz de contestador, que su padre había ingresado de urgencia en el hospital a causa de un ataque al corazón.

«Estamos seguros de que todo va bien. No hace falta que adelantes tu billete. Mary se está ocupando de todo; es una suerte tener un médico en la familia».

Los mensajes restantes eran de Claire, repitiendo lo que había dicho su madre e informándola de que estaba en el aeropuerto. Para cuando Tess escuchara el mensaje ella estaría ya en un avión rumbo a casa. Ponía fin al mensaje con un «¿Nunca contestas el teléfono móvil?».

Se había dejado el móvil cargando en la cocina. Tenía ocho llamadas perdidas y varios mensajes de texto.

Los pensamientos que la habían vuelto loca de camino al apartamento se vieron desplazados por el pánico. Su padre jamás se ponía enfermo. Que Tess supiera, ni siquiera tenía médico de cabecera asignado. Y si lo tenía, posiblemente solo lo habría visitado una vez en la vida. Si su madre había llegado a telefonear, es que se trataba de algo grave. Decidió tomar el siguiente vuelo.

Metió varias cosas en una maleta de mano y de camino al aeropuerto se dijo que salir del país un tiempo era lo mejor que podría pasarle. A miles de kilómetros de Manhattan encontraría la paz necesaria para pensar. En unos días, cuando estuviera segura de que su padre estaba mejor, telefonearía a Matt para quedar con él.

Poner distancia entre ellos le vendría bien, pues al verlo se habían visto confirmadas sus sospechas: Matt hacía estragos en su paz interior. En cuanto lo veía sentía algo parecido a una descarga eléctrica que la dejaba totalmente incapacitada.

Si dejaba de verlo durante unos días podría fortalecer sus defensas. Tenía que enfrentarse al desagradable hecho de que su vida iba a cambiar para siempre. No solo iba a crear un vínculo permanente con Matt, sino que estaría condenada a adaptarse a sus decisiones en los años venideros. Sería testigo desde la barrera de cómo salía con otras mujeres, compartía su vida con ellas, les presentaba a Samantha y a su propio hijo. Aunque él quisiera asumir responsabilidades, ella no podía permitir que hiciera un sacrificio que acabara destruyéndolos a los dos y convirtiendo lo que había entre ellos en una relación meramente funcional. Tendría que aprender a lidiar con ello.

Encontraría un empleo tras el nacimiento del bebé. No inmediatamente. Primero se informaría sobre centros de enseñanza y las cualificaciones necesarias. Comenzaría su carrera académica con optimismo. Con el tiempo, encontraría trabajo y un nuevo amor. Alguien más apropiado para ella.

Nada más aterrizar en Irlanda telefoneó a su madre quien, al igual que ella, tenía por costumbre olvidar el móvil en la encimera de la cocina, en el dormitorio o encima de la televisión, porque «si es importante, ya llamarán al fijo». No hubo respuesta.

Exhausta tras el largo vuelo y recibida por una Irlanda húmeda, sin encanto y mucho menos vibrante que el excitante Nueva York, tomó un taxi a casa.

El bullicio de la ciudad quedó atrás mientras el vehículo serpenteaba por la autopista y avanzaba después pesadamente por las estrechas calles de los pueblos de la campiña. Parecía que el taxista tuviera todo el tiempo del mundo. Hablaba sin parar, y Tess asentía distraída mientras sus pensamientos vagaban como desechos arrojados al mar. Se imaginó a su padre yaciendo, vulnerable y con el rostro grisáceo, en una cama de hospital. Mary sabría exactamente qué estaba ocurriendo y le daría una visión más realista que su madre o Claire. La idea de que su padre estuviera gravemente enfermo le provocaba sudores. Pensó en su problema y decidió que aunque iba a ver a toda su familia no diría ni una palabra de su estado. Tendría que esperar a que las cosas se calmaran para dar la noticia. Lo último que necesitaban sus padres era más estrés. Quizá debería esperar a regresar a Manhattan. Esperó que su madre no diera por hecho que venía para quedarse.

Aquello suponía una posible complicación en la que no quería pensar en ese momento. Su vida anterior parecía muy sencilla en comparación pero, mientras paseaba la mirada por el pueblecito en el que hasta hacía poco había vivido con sus padres, se preguntó por qué había tardado tanto en abandonar el nido. Todo parecía tan pequeño, tan inmóvil. Pasaron por el centro comunitario, las tiendas, el cine. A pocos kilómetros había una ciudad algo más grande a la que siempre iba cuando salía con sus amigos, pero también le pareció plácida y pueblerina en comparación con la energía de Manhattan.

No había nadie en casa cuando llegó, pero había objetos de sus habitantes desperdigados por doquier. La chaqueta de Mary colgaba del pasamanos de la escalera. La maleta de Claire yacía medio abierta en el recibidor. La inmediatez de la situación le puso un nudo en la garganta y, durante unos minutos, se olvidó de Matt.

Las horas siguientes transcurrieron en medio de un torbellino de actividad. Tess se sentía profundamente cansada, pero su cuerpo seguía funcionando por inercia. Se puso en contacto con Claire, llevó a su madre en coche al hospital, lo cual se le hizo raro, tan acostumbrada estaba al transporte público, los taxis y el chófer privado de Matt.

–Se quejaba de que no podía respirar bien –murmuró su madre–. El muy tonto...

Sus ojos se humedecieron, pero hizo de tripas corazón y parpadeó varias veces para mantener las lágrimas a raya.

–Nunca ha estado enfermo y no quería que llamara al médico. ¡Menos mal que no le hice caso! Dicen que ha sido un susto nada más, que se va a poner bien. Pero tendrá que renunciar a algunas de sus comidas favoritas y eso no le va a gustar. Ya conoces a tu padre.

El cansancio le sobrevino tarde. Tras charlar con su madre y sus hermanas en la cocina, se duchó, se puso el pijama y se metió en la cama, donde se sumió en un profundo sueño.

Los tres días siguientes fueron similares. Volvió a la rutina de dormir en su antiguo dormitorio, compartir baño con Mary y Claire y discutir con ellas por el tiempo que pasaba cada una arreglándose. Su padre mejoraba poco a poco y había empezado a quejarse de la comida de hospital, lo cual era buena señal.

Tras el caos reconfortante del hogar Tess se sentía acechada por la presencia oscura de Matt y el apremiante asunto al que tenían que enfrentarse. Pero cada vez que hacía amago de descolgar el teléfono le temblaba la mano y comenzaba a sudar, por lo que decidía posponer la conversación para otro momento.

Al segundo día él comenzó a dejar mensajes en su móvil. Tess decidió esperar al fin de semana para ponerse en contacto con él. Para entonces habrían pasado cinco días sin hablarse.

Mary iba a regresar a Londres y Claire viajaría con ella pues Tom venía a conocer el país e incluso a sus padres si su progenitor estaba lo suficientemente recuperado. Ya había enviado su renuncia laboral por correo electrónico y no parecía lamentar la pérdida de su trabajo de ejecutiva en Manhattan, pues Tom había sido transferido a Londres. La recuperación de su padre y las emocionantes noticias de Claire permitieron a Tess recogerse y rumiar sus preocupaciones en paz.

Era eso precisamente lo que estaba haciendo en su dormitorio, donde una vieja y pequeña televisión susurraba la noticia de una inundación en Cornwall, cuando sonó su teléfono móvil. El número aparecía oculto.

Matt, frustrado a más no poder, había adquirido un nuevo teléfono con otro número, pues tras varios días intentando sin éxito dar con ella no se le ocurría otra manera de reestablecer el contacto.

Había estado a punto de telefonear a la hermana, ¿pero qué excusa podía darle? Tess había dejado muy claro que daría la noticia a su familia cuando estuviera preparada.

Su estado de ánimo había pasado de malo a pésimo en el espacio de tres días. No podía quitársela de la cabeza y había empezado a preocuparse. ¿Y si se había puesto enferma? ¿O había tenido un accidente? ¿Estaría en una cama de hospital, incapaz de ponerse en contacto?

La corriente de angustia que le recorrió al considerar esa posibilidad le sorprendió, pero se dijo que era lo normal dado su estado. Le agobiaba la idea de que Tess enfermara y no pudiera ponerse en contacto con él porque iba a ser la madre de su hijo.

Pero antes de comenzar a telefonear a los hospitales de la zona se le ocurrió la feliz idea de comprar un teléfono nuevo que tuviera un número irreconocible por si acaso ella estaba, simplemente, ignorando sus llamadas.

En el momento en que oyó su voz al otro lado de la línea se vio sacudido por un espasmo de cólera. Se dio cuenta de que estaba preocupadísimo por ella.

—Así que estás viva —dijo a modo de saludo.

Al otro lado del Atlántico, Tess se incorporó en la cama. El sonido de su voz era como un chute de adrenalina administrado por vía intravenosa.

—Matt... Tenía la intención de llamarte.

—¿De verdad? ¿Cuándo? —dijo pensando, iracundo, que era una suerte que Tess no estuviera lo suficientemente cerca como para estrangularla—. Por si no te habías dado cuenta te he llamado cientos de veces a lo largo de los últimos días. ¿Dónde demonios estás? ¡He ido a tu apartamento cuatro veces y nunca te encuentro!

—Necesitaba un poco de tiempo a solas.

Miró a su alrededor furtivamente, como si temiera que él se materializara allí como por arte de magia, tan apabullante era su personalidad incluso a miles de kilómetros de distancia.

–¡Estoy harto de oír hablar de lo que necesitas!

Era consciente de que tenía que cambiar el tono, pero aquella mujer despertaba en él una faceta que le resultaba difícil controlar. No había reaccionado así ni siquiera con Catrina en el punto álgido de sus problemas matrimoniales. Con su exmujer había buscado refugio en su trabajo, pero con Tess eso no funcionaba. Por más que lo intentara, le resultaba imposible concentrarse.

–¡Huir no es la solución! ¿Dónde estás?

–Estoy en...

Decidió no decirle la verdad por dos razones. La primera, el convencimiento de que confesar que había viajado a Irlanda sin molestarse en avisarle lo pondría aún más furioso de lo que parecía estar. La segunda, el hecho de que no podía decirle dónde estaba. Con su padre todavía convaleciente no podía arriesgarse a que pusiera en peligro su recuperación.

¿Cómo reaccionarían sus progenitores si Matt telefoneara a la casa y anunciara que estaba embarazada? Soltera y embarazada de un hombre que no iba a convertirse en su marido. Era una noticia que había que darles poco a poco y en el momento adecuado.

–Me he ido de Nueva York durante unos días. Sé que tenemos que hablar, y te llamaré en cuanto regrese.

–¿Dón-de-es-tás?

–Estoy en...

–Si no me lo dices –dijo con voz más serena– lo averiguaré yo mismo. Te sorprendería saber con cuánta rapidez consigo la información que me interesa.

–Ya te he dicho que...

–Sí, ya sé lo que me has dicho y he decidido ignorarlo.

–He vuelto a casa –se rindió–, a Irlanda. A mi padre lo han ingresado en el hospital y no me ha quedado más remedio que tomar el primer avión.

Matt hizo una pausa.

–¿En el hospital? ¿Qué le ha ocurrido?

–Un amago de infarto. Mira, siento mucho que...

–¿Está bien? –la interrumpió bruscamente.

–Recuperándose. Estamos mucho más tranquilos.

–¿Por qué no me lo dijiste desde un principio? Mejor dicho, ¿por qué no contestaste a una de mis quinientas llamadas para contármelo?

–Estaba muy preocupada y necesitaba espacio para pensar.

Campanas de alarma empezaron a sonar desde el otro lado del océano. Matt no tenía ninguna duda de que la reacción inicial de Tess al oír lo de su padre había sido tomar el primer vuelo a Irlanda. Aunque él se llevaba bien con sus padres, estos llevaban una vida bastante ajetreada e independiente. Tess, por su parte, estaba unidísima a su familia. Supuso que todavía no habría dado la noticia de su embarazo, dadas las circunstancias. ¿Pero por qué no había contestado a sus llamadas telefónicas ni las había devuelto?

En su opinión, espacio para pensar en su país, cerca de su familia solo podía significar una cosa: que deseaba encontrar la felicidad con otro hombre. En la cálida familiaridad de su propio entorno, ¿cuánto tardaría en plantearse la posibilidad de prescindir del estrés y la incertidumbre de Nueva York? No le cabía duda de que sus padres la ampararían cuando supieran lo de su embarazo. Puede que le echaran una pequeña reprimenda, pero se harían a la idea en seguida y le ofrecerían todo su apoyo.

Nueva York no tardaría en convertirse en un lejano recuerdo. Quizá se sentiría culpable por huir, pero no tardaría en recordar la manera tan negativa en que él había reaccionado al enterarse de la noticia, la insinuación de que lo había planeado todo con el fin de asegurarse su futuro. ¿Trataría de ver las cosas desde el punto de vista de él, de entender que su inquietud estaba plenamente justificada?

Matt se preguntó por enésima vez por qué Tess no sería una de tantísimas mujeres que habrían saltado de alegría ante la proposición de matrimonio y la seguridad económica de por vida que este traía consigo. Pero la idea de comparar a Tess con esas mujeres era ridícula.

−¿Cuándo exactamente piensas regresar?

Prestó atención a la ligera vacilación de su voz mientras ella mascullaba que lo haría en cuanto pudiera, si bien no podía dejar a su madre sola de momento. No ahora que Mary y Claire se habían marchado.

Unos minutos después, Matt puso fin a la conversación. Tenía muchas cosas que hacer: reuniones con clientes importantes, banqueros, abogados. Realizó una serie de llamadas para posponerlas.

A continuación telefoneó a su madre, que se encargaría de Samantha durante su ausencia. La niña acababa de empezar en el nuevo colegio y, aunque de momento parecía que todo marchaba sobre ruedas, Matt se quedaba más tranquilo sabiendo que cuando la niña regresara a casa después de las clases se encontraría con alguien preocupado por si hacía o no los deberes.

Luego llamó a Samantha, que tuvo que interrumpir una de sus clases y llegó al teléfono casi sin aliento.

En medio de aquel revuelo emocional, el tono de desilusión en la voz de la niña cuando le anunció que estaría fuera de la ciudad durante un par de días le hizo sentir mejor.

Una vez finalizadas todas las llamadas, Matt le pidió a su secretaria que reservara plaza en el primer vuelo a Irlanda.

Estaba planeándolo todo a la perfección, algo que se le daba de maravilla. Antes de salir de la oficina dejó instrucciones de que le enviaran por SMS los datos del vuelo y a continuación fue a su apartamento y metió unas pocas cosas en la maleta. Estaba poseído por la determinación.

No sabía si Tess habría huido en busca de espacio para pensar si no hubiera habido una emergencia, pero ahora que se había marchado del país no pensaba quedarse quieto preguntándose si tenía intención o no de regresar.

Tess Kelly era extremadamente imprevisible. Y en ese momento, las hormonas habían tomado posesión de su cuerpo. Bajo su influencia, era capaz de tomar decisiones irreflexivas.

Cuanto más lo pensaba, más convencido estaba de que su decisión de viajar a Irlanda era la correcta.

No tardó en encontrar la dirección de sus padres, que aparecía en el contrato de trabajo que firmó cuando empezó a trabajar para él. Ahora tenía que decidir si se iba a presentar en la casa sin avisar o si se ponía en contacto con ella previamente.

Teniendo en cuenta el estado de su padre, Matt decidió alojarse en un hotel de la zona y planear desde allí los pasos a seguir. Pero no tardó en descubrir que el pueblo, que era mucho más pequeño de lo que había imaginado, no tenía hotel.

–¿Dónde está el hotel más cercano? –preguntó impaciente al taxista, que parecía bastante satisfecho de haber llevado a su cliente a un lugar remoto.

–Depende de qué hotel esté buscando.

Fastidiado, Matt decidió arriesgarse y presentarse directamente en casa de Tess. Le tendió al taxista una hoja de papel en la que había garabateado la dirección. Si su decisión provocaba algún problema lidiaría con él con su aplomo habitual.

En cuestión de quince minutos el taxista se plantó frente a una casa victoriana precedida de un pulcro jardín.

El largo viaje, a pesar de haber sido en primera clase, lo había dejado exhausto, pero Matt estaba deseando llegar. Le daba la sensación de haber perdido el tiempo los últimos días, algo que no cuadraba con su estilo. Era de los que tomaba al toro por los cuernos. Estaba preparado para lidiar con cualquier asunto o persona, se dijo mientras apretaba el timbre de la entrada y aguardaba.

En ningún momento se le había ocurrido pensar que no hubiera nadie en casa, y el sonido de unos pasos apresurados confirmó su suposición.

Tess estaba disfrutando de unos anhelados momentos de paz y tranquilidad. Claire se había marchado hacía una hora y poco después su madre había salido para el hospital, dejando a Tess ordenando la casa, que llevaba sin arreglarse desde que el padre fue ingresado.

No se podía ni imaginar quién llamaba a la puerta. Estuvo a punto de no responder con la esperanza de que el visitante captara el mensaje y se marchara, pero no podía hacerlo.

Vestida con prendas de cuando era adolescente,

pantalones de chándal negros desteñidos y una camiseta vieja que debía haber tirado hacía mucho tiempo, abrió la puerta. Por un lado deseó haber ignorado el timbre, pero durante unos emocionantes segundos se quedó de piedra, sin creer lo que veían sus ojos.

La presencia de Matt era imponente. Su dramática figura contrastaba con el telón de fondo del tranquilo y bucólico paisaje irlandés.

–Pareces sorprendida de verme.

Permaneció en el umbral mirándola. Tenía el cabello medio recogido en una coleta y la ropa que llevaba había visto días mejores, pero aun así tuvo que hacer un esfuerzo por mantener las manos quietas. Siempre podía determinar si se había puesto o no sujetador, y en aquel momento no lo llevaba. Adivinó la protuberancia de sus pechos, cuyos pezones se proyectaban, como diminutos montículos, contra el tejido suave de la camiseta.

–¿Estás sola? –preguntó al constatar que ella no hacía nada por romper el silencio–. No quería agobiarte, Tess, pero he creído mejor venir aquí en lugar de esperar a que regreses a América.

–¡No le he contado lo nuestro a nadie! Ahora mismo no hay nadie en casa, pero si hubieras venido hace dos horas habría sido un desastre.

–No lo creo –espetó él, impaciente–. Tarde o temprano todo el mundo se va a enterar, y agachar la cabeza pretendiendo que ese momento no va a llegar no soluciona nada. ¿Me vas a invitar a pasar?

Le tendió una bolsa de una de las tiendas *duty-free* del aeropuerto.

–Un libro para tu padre, el último de ese escritor que me dijiste que le gustaba; y un pañuelo para tu madre.

Tess se hizo a un lado y lo observó con cautela mientras cruzaba el recibidor. Fuera donde fuera, Matt dominaba el entorno que le rodeaba y Tess no podía apartar sus ojos de él. El hechizo se rompió cuando se fijó en la maleta de diseño que llevaba en la mano.

–¿Cuánto tiempo piensas quedarte? –preguntó, consternada.

–Hasta que estés lista para volver a América conmigo.

–¿Me estás diciendo que has venido hasta aquí para llevarme de vuelta a Nueva York, como si fuera una niña pequeña que se ha escapado de casa?

Tess tenía ganas de pelea. Estaba irritada consigo misma, pues la excitación que la había invadido en el momento en que clavó sus ojos en él demostraba que todo el esfuerzo hecho durante los últimos días había sido en vano. ¿Por qué creía Matt que podía hacer lo que le viniera en gana? ¿Qué presagiaba eso para el futuro? ¿Estaría condenada a obedecerle siempre, así porque sí? Catrina, rica, bella y poderosa, había sido capaz de imponer sus propias condiciones, por injustas que estas fueran. Pero ella carecía de ese respaldo.

–Pues tendrás que quedarte más tiempo del que imaginas –replicó ella cruzándose de brazos–. Claire y Mary se han ido a Londres y alguien tiene que quedarse con mi madre hasta que mi padre regrese a casa o incluso más tiempo. Van a necesitar mucha ayuda.

–¿Y piensas quedarte aquí sin decirle a ninguno de los dos que estás embarazada? No puedo permitirlo.

–¿No puedes permitirlo? –Tess lo miró con incredulidad–. ¿Quién eres tú para decir lo que puedo o no puedo hacer?

–Eso ya lo hemos hablado –había hecho bien en ir a buscarla. Tess no tenía ninguna prisa por volver a

Nueva York–. No puedo permitirlo porque no estás en condiciones de encargarte de tareas domésticas pesadas. Me aseguraré de que alguien le echa una mano a tu madre.

–¡No vas a hacer nada de eso! –gritó Tess–. ¡Mi madre ni siquiera se va a enterar de que has estado aquí!

–¿Y cómo te las vas a arreglar para mantener mi presencia en secreto? ¿Vas a encerrarme en una habitación y a alimentarme a través de un agujerito de la puerta? Porque te advierto una cosa, esa va a ser la única manera de mantenerme alejado. No he venido hasta aquí para discutir.

–No, has venido para llevarme contigo.

«No te importo en absoluto», pensó furiosa. «De buena gana me habrías dado la espalda para siempre; ahora estás aquí, preocupadísimo por mi salud, pero solo porque llevo en mi seno a un hijo tuyo».

–Lo haré si no me queda más remedio –anunció Matt, implacable–. Mientras tanto, mi intención es quedarme hasta que conozca a tus padres y les diga lo que está pasando.

Tess se quedó lívida.

–No puedes. Mi padre no está bien.

–¿Qué crees que ocurrirá si le cuentas la verdad? Estoy cansado de discutir de esto contigo. Tienes veintitrés años, tienes una vida sexual activa y te has quedado embarazada. ¿Cuál de estas verdades crees que les va a sentar peor?

Tess se mordió el labio y miró para otro lado.

–Contéstame –la presionó él–. ¿Crees que se desmayarán del susto si les cuentas que has tenido una relación?

–No es lo de la relación.

Sabía perfectamente cuál iba a ser el problema para

sus padres, sus queridos y tradicionales padres, con sus costumbres anticuadas y sus códigos morales.

–Lo que les va a parecer mal es que me haya quedado embarazada, que vaya a ser madre soltera. Se van a quedar traumatizados, tienes que creerme.

–Yo me quedo, Tess. Y siempre puedes ahorrarles el disgusto de ser madre soltera, ya lo sabes. Piénsalo. Piensa en lo contentos que se pondrían si supieran que su hija embarazada va a casarse con el padre de su hijo...

Capítulo 10

TESS miró a Matt con incredulidad.

–Necesito sentarme –dijo con voz temblorosa. Avanzó torpemente hacia el acogedor cuarto de estar y se desplomó en un mullido sofá.

Matt se paseaba de un lado a otro de la habitación, sin apenas fijarse en las fotografías enmarcadas, los adornos, todo aquello que atestiguaba una vida enriquecida por la presencia de niños pequeños. Su atención estaba centrada en Tess. Parecía pequeña y vulnerable en aquel sofá, pero Matt no iba a permitirse sentir lástima por ella.

Se había marchado a Irlanda sin contar con él, había ignorado sus llamadas y mensajes telefónicos y prácticamente había dado a entender que no tenía prisa por volver a Nueva York.

–Me estás haciendo chantaje –dijo mirándolo con ojos acusadores.

–Estoy dando solución a un problema. Tienes horror a decepcionar a tus padres, y yo te estoy demostrando que no hay razones para ello.

–Te he explicado una y mil veces por qué creo que es una mala idea.

–Sí, he oído todas tus razones –se sentó junto a ella en el sofá y Tess se apartó, incómoda, para evitar el contacto físico–. No ves la necesidad de que nos casemos solo porque hemos cometido un error. La vida es demasiado corta para quedar atrapado en un matrimonio por razones equivocadas. Quieres desplegar tus alas y encontrar a tu alma gemela.

–Estás tergiversando mis palabras.

–Dime en qué me equivoco. ¿En lo de quedar atrapada? ¿En lo del alma gemela? ¿Pensabas regresar a Manhattan algún día? ¿O volviste aquí con buenas intenciones, pero de pronto decidiste borrarme de tu vida?

–¡Por supuesto que pensaba volver a Nueva York! ¡No soy una irresponsable! Quiero que te involucres en la vida del niño.

–¡Eres totalmente irresponsable! –saltó él frunciendo el ceño–. Rechazas mi proposición de matrimonio. Te niegas a reconocer que un niño necesita a los dos padres. Fuiste testigo del infierno por el que tuve que pasar para ganarme la confianza de Samantha, una confianza que debía de haber sido mía por derecho, pero que fue destruida por una exesposa vengativa.

–No puedo tolerar la idea de que tengas que aguantarme a mí por un hijo.

Tess desafió la fuerza sofocante de su personalidad para expresar su punto de vista. Pensó en sus padres y en cómo reaccionarían ante la idea de que Tess viviera en Nueva York, sola y sin ayuda. Su propia experiencia les decía que los niños debían nacer en un hogar unido. ¿Cómo iban a entender que el amor y el matrimonio no van de la mano necesariamente?

Demostraban tener sentido común cuando se trataba de juzgar a los demás, pero Tess tenía la terrible sensación de que no serían tan comprensivos con su propia hija.

El hecho de que Claire estuviera a punto de casarse

con el hombre de sus sueños haría que les resultarse más difícil de entender que Tess hubiera acabado en esa situación.

Matt le ofrecía una solución y durante unas décimas de segundo estuvo tentada de aceptarla. No era ideal, pero resolvería un montón de problemas. Se lamentó al pensar cómo sus cándidas y optimistas fantasías la habían llevado a la situación en la que ahora se hallaba.

Se había enamorado de él y albergado la esperanza de que el tiempo obrara el milagro de que él se enamorara también de ella. Pero no había ocurrido, y no le convenía olvidarlo.

Si se casaba con él tendría que aceptar la escalada gradual de su indiferencia. Tendría amantes, en secreto por aquello de mantener las apariencias, y ella perdería para siempre la posibilidad de encontrar a alguien que la amara de verdad.

—No trates de leerme el pensamiento, Tess.

—Te conozco.

—Estoy dispuesto a hacer sacrificios. ¿Por qué no haces tú lo mismo? Una vez fuiste feliz conmigo. Nos llevamos bien. Tus temores de que lo nuestro no funcione son ridículos.

—Si de verdad hubieras querido intentarlo me habrías pedido que me quedara. Podrías haberlo intentado entonces.

Matt vaciló.

—Es posible que cometiera un error.

—¿Un error? ¿Desde cuándo comete errores Matt Strickland? —preguntó ella provocándole una sonrisa que le dio un vuelco al corazón—. No lo digo como un cumplido. Es importante cometer errores, la gente aprende de ellos. Yo los cometí de pequeña y aprendí la lección.

–¿Crees que cometiste un error conmigo?

Tess se ruborizó.

–Si pudiera volver al pasado, yo...

–No es eso lo que te estoy preguntando. Lo que quiero saber es si crees que cometiste un error conmigo. No quiero que respondas basándote en hipótesis.

No se había aproximado a ella. Al contrario, estaba inclinado hacia atrás, mirándola con los ojos entornados y, sin embargo, parecía que la estaba tocando.

–Porque yo no creo haberlo cometido contigo. Creo que el error fue dejarte escapar.

De pronto, a Tess la habitación se le figuró más pequeña y le dio la sensación de que le faltaba aire.

–¡No te atrevas!

Se puso en pie y avanzó, temblorosa, hasta la ventana. Fuera, la vida transcurría plácidamente. El pulcro y cuidado jardín estaba cuajado de flores, pero Tess no era consciente del colorido paisaje de verano. Su corazón latía con tanta fuerza que casi podía oírlo.

Cuando se giró se lo encontró detrás, tan cerca de ella que tuvo que apoyarse en la repisa de la ventana. Su proximidad la sumió en un estado de pánico. Se fiaba de él. De quien no se fiaba era de ella misma.

–¿Que no me atreva a qué? ¿A acercarme a ti? ¿Por qué no?

Se metió las manos en los bolsillos pues sabía lo que era capaz de hacer si no. La tocaría, le remetería el rebelde mechón de pelo detrás de la oreja. Tess tenía los ojos muy abiertos, temerosos y a Matt le disgustaba verla así. Apretó los dientes y mantuvo las manos quietas.

–¿Por qué te resistes? –murmuró y sus mejillas adoptaron un tono oscuro.

–No sé de qué me hablas. Y no trates de minar mi confianza, sé lo que estás haciendo.

–Dímelo. ¿Qué estoy haciendo?

–Todo lo que te permita obtener lo que deseas –se oyó decir con una amargura impropia de ella–. Has venido aquí con la única intención de llevarme de vuelta a Nueva York, porque no te fías de mí. Siento no haberte llamado ni respondido a tus mensajes, pero necesitaba tiempo para pensar y además he estado preocupadísima por lo de mi padre. Sé que a ti eso te deja indiferente. Lo único que te importa es asegurarte de que yo estoy en mi sitio, y estás dispuesto a conseguirlo, aunque para ello tengas que hacerme chantaje. Sabes el disgusto que se llevarían mis padres, tal y como está la situación, si les dieras la noticia, pero estarías dispuesto a hacerlo si así consiguieras lo que quieres. ¿Y esperas que quiera comprometerme contigo, cuando todas tus acciones no hacen sino confirmar que eres un hombre duro, arrogante y egoísta? –Tess respiró hondo y se preparó para continuar su diatriba–. ¡Ni se te ocurra decirme que cometiste un error tirando por la borda lo nuestro! Eso es muy fácil decirlo ahora. ¿De verdad piensas que voy a creerte?

–Te estás alterando.

–No me estoy alterando. Me estás alterando tú.

–No quiero hacerlo; nunca he querido...

Haciendo un esfuerzo, Matt se apartó de ella y volvió a sentarse en el sofá. Como si se tratara de una escena cinematográfica a cámara lenta vio pasar ante sus ojos todos los errores que había cometido.

Se sintió atraído por ella, y sin pensárselo dos veces la sedujo hasta llevársela a la cama. Aceptó con toda naturalidad el regalo de su virginidad y luego, cuando ella sugirió quedarse en Nueva York, él salió corriendo en dirección contraria. Ante las sugerencias razonables de Tess, él había reaccionado alejándose de ella.

Para terminar de estropear las cosas, recibió la noticia de su embarazo con suspicacia, y había terminado por apartarla de él a base de insistir en lo que debía y no debía hacer.

¿Se había parado a considerar en algún momento lo que sentía ella?

Matt, que no estaba acostumbrado a cuestionar su capacidad para abordar situaciones difíciles, se vio sacudido por la constatación de que aquella se le había ido de las manos.

Puede que ella se echase a temblar en cuanto él se le acercaba, pero una respuesta física no era suficiente.

Tess lo miraba, ansiosa. Por primera vez su silencio no parecía ocultar nada. Ni siquiera la estaba mirando a ella. Su mirada estaba fija en un punto indeterminado del espacio y su expresión era inescrutable.

Tess se apartó de la ventana con paso vacilante y cuando llegó a su altura él alzó la mirada.

–Lo he fastidiado todo –anunció enterrando las manos en el pelo–. Ten por seguro que no voy a chantajearte para conseguir nada.

–¿De veras?

–Siéntate, por favor. No te lo ordeno; te lo pido.

Tess, sorprendida por su actitud afable, hasta entonces desconocida, se sentó en el borde del sofá, lista para ponerse en pie en cualquier momento, si bien en el fondo estaba deseando entrelazar sus manos con las de Matt. Tuvo que hacer un esfuerzo para resistir la tentación de hacer algo que llevara una sonrisa a sus labios, aunque fuera una sonrisa cargada de cinismo. Aquel Matt, tan distinto al habitual, la desconcertaba.

–¿Crees que estoy intentando aprovecharme de ti? Pues no es así.

Matt se sentía como si estuviera al borde de un precipicio, con los brazos extendidos, a punto de arrojarse al abismo con la esperanza de caer en la red de seguridad. También se sentía sereno, muy sereno.

–He hecho tantas cosas mal que no sé cómo empezar a explicarme. Entenderé perfectamente que no creas ni una palabra de lo que te digo. Empecé la relación por el sexo, así de simple. Salí escaldado de una relación y desde entonces organicé mi vida para asegurarme que no volviera a pasar. Todas las mujeres con las que me he relacionado desde Catrina eran como Vicky. Con ellas era fácil no involucrarse demasiado. Mis relaciones personales no eran más que una prolongación de mi vida laboral, pero con sexo.

Tess escuchaba con mucha atención conteniendo el aliento. Las murallas que protegían a Matt se estaban derrumbando y dejando expuesto a un Matt desnudo, vulnerable. Lo supo de manera instintiva y no quiso romper el hechizo. Cada una de las palabras que salían de su boca eran como maná para sus oídos.

–Debería haberme preguntado qué es lo que vi en ti cuando apareciste en mi vida, pero no lo hice. Siempre he tenido un control absoluto sobre mi vida personal, ¿cómo podía esperar que lo que tuvimos tú y yo sería diferente?

–¿Y lo fue? ¿Cómo de diferente? –Tess se aclaró la garganta y se puso colorada–. Es importante que... ya sabes... que lo digas todo.

–Gracias por dejarme hablar –murmuró él–. Muy diferente, para responder a tu pregunta. Me cambiaste como persona. Contigo hice muchas cosas por primera vez, aunque en su momento no me diera cuenta.

Me distraje en el trabajo por ti. Sí, asistía a reuniones, organizaba acuerdos, me trataba con abogados, banqueros, financieros..., pero por primera vez en mi vida me moría de ganas por volver al apartamento. Me convencí a mí mismo de que se debía a que mi relación con mi hija había comenzado por fin a tomar forma. Y así era, en parte. Pero también estabas tú. Tú hacías que me resultara fácil olvidarme del trabajo.

Tess esbozó una sonrisa de puro gozo, pues pasara lo que pasara a continuación, nada podría borrar el cálido placer que le proporcionaba su confesión. Como un niño en una juguetería, deseó que aquel momento no terminara nunca.

–Cuando me hablaste de continuar con la relación, reaccioné por costumbre e instinto. Ambos me aconsejaron que echara a correr y no me molesté en cuestionarlo. Una vez tomada la decisión, no quise replanteármela por orgullo. Pero no conseguí olvidarte. Era como si te hubieras quedado grabada en mi memoria para siempre. Fuera adonde fuera, tu imagen me seguía, recordándome a todas horas lo que había echado por la borda.

–Pero nunca me habrías dicho nada si yo no me hubiera plantado en tu oficina para decirte que estaba embarazada –intervino ella con tristeza.

–¿Eso crees? –Matt le sostuvo la mirada–. Me inclino a pensar que sí lo habría hecho. Estoy casi seguro de que estaría aquí y ahora, haciendo lo que estoy haciendo, aunque no me hubieras puesto fáciles las cosas quedándote embarazada.

–No lo planeé. Pero tú te pusiste furioso y me echaste la culpa.

–Nunca he recibido clases sobre enamoramiento.

¿Cómo iba a saber cómo debía reaccionar o qué debía decir?

–¿Enamoramiento?

La voz de Tess tembló, como lo hicieron sus manos al tomar las de Matt.

Él le acarició los dedos con el pulgar. Sus ojos la miraron, sinceros.

–Si alguna vez hubiera experimentado el verdadero amor habría reconocido sus síntomas. Pero no estaba preparado para encontrarte, Tess. Mirando atrás me doy cuenta de que Catrina no fue más que una expectativa que cumplí sin aplicarme demasiado. Tú llegaste de improviso. Irrumpiste en mi vida y la pusiste patas arriba. No he venido aquí para arrastrarte en contra de tu voluntad, y lamento haber dado esa impresión.

–¿Tú me quieres? –repitió ella, maravillada por cómo sonaban las palabras. Era demasiado bueno para ser verdad. Pero al mirarlo supo que todo lo que había dicho era verdad–. Yo también te quiero a ti. Me acosté contigo porque te amaba. Mi cabeza me decía que no debía quererte, pero tú también irrumpiste en mi vida y...

–Quiero casarme contigo, Tess. No porque vayamos a tener un hijo, sino porque mi vida no está completa si no estás en ella. Quiero irme a la cama contigo todas las noches, y despertarme cada mañana junto a ti.

Suspirando de satisfacción Tess avanzó de rodillas hacia su regazo y cerró los ojos, felizmente fundida en su abrazo y sintiendo sus dedos acariciándole suavemente el pelo.

–Nunca en mi vida he sido tan feliz –confesó–. Creo que voy a llorar.

–¿Te casarás conmigo cuanto antes? Sé que no querrás robarle protagonismo a tu hermana, pero no sé cuánto voy a ser capaz de esperar. Quiero ponerte una alianza en el dedo para que todos los demás hombres sepan que no pueden acercarse a ti sin permiso.

Tess se echó a reír en su hombro.

—¡Qué posesivo!

—Así soy yo —gruñó él— y no quiero que lo olvides jamás.

Por fin podía tocarla, sentir su maravilloso cuerpo, que se transformaría poco a poco a medida que fuera creciendo el bebé. Introdujo sus manos bajo la camiseta y gimió al acunar sus pechos. Acarició sus pezones y se excitó al notar que se endurecían, como siempre, bajo sus dedos.

—¿Qué posibilidades hay de que un miembro de tu familia me sorprenda haciéndote el amor? —preguntó en voz baja—. Porque de haberlas, vamos a tener que meternos rápidamente en tu dormitorio. Te amo, te quiero, te necesito... Es como si hubieran pasado años desde la última vez.

Hicieron el amor lenta y dulcemente en el piso de arriba, sobre su pequeña cama doble. Él acarició todo su cuerpo. Le besó los pechos, que se dilatarían a lo largo de los meses siguientes, y lamió sus pezones, que se volverían oscuros y henchidos. Cuando la cueva húmeda y resbaladiza de Tess lo acogió estuvo a punto de experimentar un orgasmo inmediato. Hacer el amor nunca le había resultado tan liberador, pero claro, era la primera vez que una mujer le hacía dar rienda suelta a sus sentimientos...

Se casaron menos de dos meses más tarde. Fue una ceremonia tranquila y romántica, en su iglesia de toda la vida. La familia y algunos amigos íntimos de Matt se desplazaron a Irlanda, y una exultante Samantha se convirtió en el centro de atención.

Tess nunca había dudado que sus padres aceptarían a Matt como un miembro más de la familia, y así fue. Lo que le sorprendió y emocionó fue que los padres de él la acogieran con la misma calidez. Quizá veían la devoción en el rostro de su hijo cada vez que la miraba y la emoción en la cara de su nieta ante la idea de que Tess se convirtiera en su madrastra.

Durante los meses siguientes se produjeron pequeños cambios. Siguieron viviendo en el apartamento de Matt, que estaba cerca del colegio de Samantha, pero adquirieron su propia casa de campo, donde pasaban casi todos los fines de semana. Tess no había abandonado el proyecto de hacerse profesora, pero había decidido tomarse las cosas con calma y dejarlo hasta después de que naciera el niño. Saber que contaba con el apoyo incondicional de Matt y Samantha la animaba muchísimo.

Tess nunca había creído que fuera posible ser tan feliz, y debió de transmitir su satisfacción al bebé, pues la pequeña Isobel llegó al mundo plácidamente. Fue una niña de casi cuatro kilos, mejillas sonrosadas, ojos verdes, pelo negro y buen carácter.

No podía por menos de sonreír cada vez que Matt le decía que había alcanzado lo que siempre había querido: estar rodeado por unas mujeres preciosas que habían conseguido, por fin, domesticarlo.

BIANCA™

CATHY WILLIAMS

EL HEREDERO ESCONDIDO

Prólogo

INTENTANDO no hacer ruido, Raoul se apoyó en un codo para mirar a la mujer que dormía a su lado. A través de la ventana abierta, el sofocante aire africano era apenas respirable e incluso con el ventilador moviéndose letárgicamente sobre la cómoda seguía siendo húmedo y sofocante. La mosquitera colocada sobre la cama era una protección optimista contra los insectos y cuando uno aterrizó en su muñeca, Raoul lo apartó de un manotazo.

Sarah abrió los ojos, adormilada, y de inmediato esbozó una sonrisa.

Era tan hermoso, pensó. Nunca habría imaginado que un hombre pudiera ser tan apuesto como Raoul Sinclair. Desde el momento en que lo conoció tres meses antes se había quedado sin habla... y el efecto aún no había pasado del todo.

Raoul le sacaba una cabeza a los demás chicos del grupo, pero era mucho más que eso. Era su exótica belleza lo que la tenía hipnotizada; el tono bronceado de su piel, su vibrante pelo negro, largo, casi rozando sus hombros, su musculoso cuerpo. Aunque solo tenía unos años más que los demás, era un hombre entre niños.

Sarah alargó una mano para acariciar su espalda.

–Mosquitos –Raoul sonrió, sus oscuros ojos deslizándose por los dorados hombros hasta llegar a sus pechos. Aunque habían hecho el amor solo unas horas antes, sintió que se excitaba de nuevo–. Esta mosquitera no vale de nada, pero ya que los dos estamos despiertos...

Dejando escapar un suspiro de placer, Sarah le echó los brazos al cuello, tirando de él para buscar su boca.

Era virgen cuando lo conoció, pero Raoul la había liberado, cada caricia despertando nuevas sensaciones...

Él apartó la fina sábana, lo único que podían soportar allí.

Tenía los pechos más hermosos que había visto nunca y sintió una repentina punzada de pesar al reconocer que iba a echar de menos su cuerpo. No, mucho más que eso, iba a echarla de menos a ella.

Era algo que no había esperado cuando decidió tomarse tres meses de vacaciones para trabajar como voluntario en Mozambique. Entonces le había parecido un lógico interludio entre la conclusión de su carrera universitaria, dos títulos en Económicas y Matemáticas que se había ganado a pulso, y el principio del resto de su vida. Antes de lanzarse a conquistar el mundo y matar sus demonios personales, se dedicaría a ayudar a los demás, gente tan desgraciada como lo había sido él, aunque de una manera completamente diferente.

Conocer a una mujer y acostarse con ella no había entrado en sus planes. Su libido, como todo lo demás en su vida, era algo que había aprendido a controlar con mano de hierro.

Además, Sarah Scott, con su ondulado pelo rubio y su rostro inocente no era la clase de mujer por la que solía sentirse atraído. En general, le gustaban las mujeres más experimentadas, mujeres con evidentes encantos y tan dispuestas como él a tener una aventura apasionada, pero breve. Mujeres que eran barcos que pasaban en la noche, pero que jamás echaban el ancla y, sobre todo, no esperaban que él lo hiciera.

Sabía que Sarah era una chica que querría echar el ancla, pero eso no había sido suficiente para que se echase atrás. Además, se habían unido en circunstancias tan diferentes a su vida normal que era casi como vivir en una burbuja. Durante un par de semanas la había observado por el rabillo del ojo, comprobando que también ella lo miraba, y a finales de la tercera semana había ocurrido lo inevitable.

Las paredes de la casa que compartían con otros seis compañeros eran tan finas como el papel y se veían obligados a hacer el amor despacio, casi en silencio.

–Muy bien –susurró Raoul–. ¿Hasta dónde puedo llegar antes de que tengas que contener un grito?

Sarah sonrió.

–Tú sabes lo difícil que es para mí...

–Y eso es lo que me gusta de ti. Un simple roce y te derrites –Raoul deslizó un dedo entre sus generosos pechos, haciendo círculos alrededor de los prominentes pezones hasta que Sarah empezó a jadear.

Mientras lamía delicadamente la punta de un pezón puso automáticamente una mano sobre su boca y sonrió al verla esconder sus gemidos.

Solo un par de veces habían tomado el viejo Land Rover para escapar a una de las solitarias playas de la zona, donde habían hecho el amor sin contenerse. Pero cuando estaban en la casa tenían que contentarse con hacerlo de una manera tan refinada y silenciosa como un baile.

Sarah abrió los ojos para admirar el contraste entre su pálida piel y el oscuro bronce del cuerpo masculino, de músculos poderosos y marcados.

Aunque era más de medianoche, la luna estaba alta en el cielo, su luz plateada creando sombras en las paredes e iluminando el rostro de Raoul mientras besaba la cara interna de sus muslos.

Sinceramente, en momentos como aquel Sarah pensaba que estaba en el cielo. Y jamás dejaba de asombrarla que sus sentimientos por aquel hombre pudieran ser tan abrumadores después de tres meses. Era como si hubiera estado reservándose para él...

A medida que el encuentro se volvía más urgente, el caos de pensamientos que daban vueltas en su cabeza se convirtió en una sensación de puro placer mientras Raoul entraba en ella a un ritmo cada vez más rápido, hasta que Sarah sintió que iba hacia el orgasmo y se abrazó a él con fuerza, sus cuerpos convirtiéndose en uno solo. En la habitación solo se escuchaban sus jadeos, aunque le gustaría gritar de gozo.

Pero mientras volvía a la tierra después del clímax, con la luz de la luna iluminando las maletas de Raoul frente al viejo armario, de nuevo volvieron los inquietantes pensamientos.

Él se tumbó a su lado, agotado, y durante unos segundos ninguno de los dos dijo nada. La sábana había terminado hecha un bulto a los pies de la cama y se preguntó cuánto tardarían los mosquitos en darse cuenta de que había una nueva entrada.

–¿Podemos hablar? –le preguntó Sarah entonces.

Raoul se puso tenso. La experiencia le había enseñado que cuando alguien decía eso, invariablemente quería decir cosas que él no quería escuchar.

–Sé que no quieres hablar, pero creo que deberíamos hacerlo –insistió Sarah–. Te marchas dentro de dos días y... no sé qué va ser de nosotros.

Raoul se tumbó de espaldas, mirando al techo durante unos segundos. Por supuesto, sabía que todo iba a terminar allí, pero había decidido ignorarlo convenientemente porque Sarah lo tenía embrujado. Cada vez que iba a darle uno de sus ensayados discursos de despedida miraba sus ojos verdes y el discurso desaparecía de su cabeza.

Con desgana, volvió la cabeza para mirarla, apartando el pelo de su cara.

–Sé que tenemos que hablar –admitió.

–Pero no quieres hacerlo.

–No sé dónde va a llevarnos.

Eso fue como un jarro de agua fría, pero Sarah siguió adelante porque, sencillamente, no podía creer que no fueran a volver a verse. Habían hecho mil cosas juntos, más que la mayoría de la gente en toda una vida, y se negaba a aceptar que todo eso iba a quedarse en nada.

–Yo no quería mantener una relación con nadie mientras estaba en Mozambique –le confesó Raoul abruptamente. Le fallaba su habitual elocuencia porque no estaba acostumbrado a tener conversaciones de ese tipo. Pero allí estaba Sarah, mirándolo con esos enormes ojos verdes... esperando.

–Yo tampoco –dijo ella–. Solo quería vivir esta experiencia, hacer algo diferente antes de empezar la universidad. ¿Cuántas veces te he dicho que...?

Estuvo a punto de decir: «Me he enamorado de ti», pero un innato instinto de supervivencia la detuvo. Raoul no le había dicho nunca lo que sentía; ella lo había deducido por cómo la miraba, cómo la tocaba.

–Tú sabes que conocer a alguien no entraba en mis planes. Ha sido algo inesperado.

A él no solían ocurrirle cosas inesperadas. Había soportado una infancia llena de incidentes inesperados, todos ellos malos y lo primero en su lista era evitar lo inesperado. Pero Sarah tenía razón, lo que había ocurrido entre ellos era una sorpresa.

Raoul la atrajo hacia él, buscando las palabras adecuadas para explicarle que el futuro era algo con lo que tendrían que enfrentarse cada uno por su lado.

–No debería haberme dejado llevar.

–¿Qué quieres decir?

–Tú lo sabes.

–Por favor, no digas eso –susurró ella–. ¿Estás diciendo que ha sido un error? Lo hemos pasado tan bien... no tienes que ser tan intenso todo el tiempo.

Raoul tomó su mano para besar sus dedos uno por uno hasta que Sarah volvió a sonreír.

–Ha sido divertido –asintió, con la horrible sensación de estar a punto de lanzar un golpe a una víctima inocente–. Pero esto no es la realidad, Sarah, son unas vacaciones. Tú misma lo has dicho muchas veces. En tu caso, la realidad son cuatro años de universidad, en el mío... –comerse el mundo y nada más– un trabajo. Esperaba que no tuviéramos que mantener esta conversación, que tú vieras lo que está tan claro para mí. Ha sido estupendo, pero solo es... un romance de vacaciones.

–¿Un romance de vacaciones? –repitió ella.

Raoul suspiró, pasándose una mano por el pelo, que se cortaría en cuanto volviese a la civilización.

—No me hagas parecer un ogro. No estoy diciendo que no haya sido increíble. Lo ha sido. De hecho, han sido los tres meses más increíbles de mi vida —le confesó. Su pasado era algo de lo que no hablaba con nadie y menos con una mujer, pero el deseo de seguir era abrumador—. Nadie me había hecho sentir como tú, pero supongo que ya lo sabes.

—¿Cómo voy a saberlo si no me lo dices?

—No se me da bien hablar de sentimientos. He sufrido muchos dramas en mi vida y...

—¿Qué quieres decir? —Sarah conocía solo lo más básico sobre su pasado, aunque Raoul lo sabía todo sobre ella. Le había hablado sobre su infancia, feliz y normal, como única hija de unos padres convencidos de que nunca formarían una familia hasta que su madre quedó embarazada por sorpresa cuando tenía cuarenta y un años.

Él, sin embargo, solo le había contado que no tenía padres. Raoul prefería concentrarse en el futuro, aunque jamás la había mencionado a ella en ese futuro.

—Crecí en una casa de acogida, Sarah. Era uno de esos niños sobre los que lees en los periódicos y a los que cuidan los Servicios Sociales porque sus padres no pueden cuidar de ellos.

Ella se sentó en la cama, sorprendida.

—¿Tus padres no pudieron cuidar de ti?

—Solo tenía a mi madre pero, desgraciadamente, su adicción a las drogas la mató cuando yo tenía cinco años —no estaba en su naturaleza contar cosas personales y Raoul elegía sus palabras con cuidado para quitarles importancia; un truco que había aprendido tiempo atrás–. Y mi padre... ¿quién sabe? Podría haber sido cualquiera.

–No tenía ni idea –murmuró Sarah–. Pobrecito...

–Yo prefiero pensar que mi pasado me ha hecho lo que soy. Y la casa de acogida en la que viví no estaba tan mal. Lo que quiero decir con esto es... –Raoul tuvo que recordarse a sí mismo dónde iba con esa explicación– que no estoy buscando una relación. Ni ahora ni probablemente nunca. No era mi intención engañarte, Sarah, pero estar aquí, en medio de ninguna parte, alejados del mundo...

–¿Quieres decir que no habría ocurrido nada entre nosotros de no haber estado en Mozambique? –Sarah notó que estaba levantando la voz y decidió controlarse porque no quería despertar a nadie.

–Esa es una pregunta hipotética.

–¡Pero podrías intentar responderla!

–No lo sé –respondió Raoul. Sabía que le estaba haciendo daño, pero no podía hacer nada. ¿Cómo iba a prometerle algo que no podría cumplir?, se preguntó, frustrado y enfadado consigo mismo.

Debería haber sabido que Sarah no era una de esas mujeres con las que podía pasar un buen rato. ¿Dónde estaba su preciado autocontrol cuando más lo necesitaba? Una sola mirada y el sentido común lo había desertado por completo.

¿Y cuando había descubierto que era virgen? ¿Eso lo había detenido? No, al contrario. Se había emocionado al saber que era el primero y, en lugar de dar marcha atrás, se había lanzado a una de esas relaciones románticas que antes había desdeñado.

No había habido flores, bombones o joyas porque no podía permitírselo, pero sí largas conversaciones, muchas risas... incluso le había hecho la cena en más de una ocasión, cuando el resto del equipo se iba al campamento de la playa a pasar el fin de semana, dejándolos solos.

–¿No lo sabes? ¿Es porque no soy tu tipo?

Raoul vaciló el tiempo suficiente como para que supiera la respuesta.

–No lo soy, ¿verdad? –Sarah saltó de la cama y apartó la mosquitera.

–¿Dónde vas?

–No quiero seguir hablando contigo –respondió ella, buscando su ropa en la oscuridad–. Necesito un poco de aire fresco.

Raoul saltó de la cama para ponerse los vaqueros mientras la veía salir de la habitación, enfurecida, y masculló una palabrota cuando tropezó con un zapato. No debería seguirla. Había dicho lo que tenía que decir y prolongar la conversación invitaría a un debate que no llevaría a ningún sitio, pero no podía evitarlo.

La casa era un bloque cuadrado de cemento a la que se accedía por unos escalones que evitaban que se inundase en la época de los ciclones y llegó a su lado cuando estaba en el último escalón.

–Sarah...

–¿Cuál es tu tipo? –le espetó ella, en jarras.

–¿De qué estás hablando?

–¿Qué tipo de mujer te gusta?

–Eso es irrelevante.

–¡Para mí no lo es! –replicó ella, temblando como una hoja. No sabía por qué insistía en ese detalle, Raoul tenía razón, era irrelevante. ¿Qué más daba que le gustasen las morenas altas y ella fuese una rubia bajita? Lo que importaba era que iba a dejarla como si fuera alguien sin importancia cuando Raoul lo era todo para ella.

No quería ni imaginar que unos días más tarde despertaría sola en la cama, sabiendo que no volvería a verlo. ¿Cómo iba a superar eso?

–Tienes que calmarte –dijo Raoul, pasándose una mano por el pelo.

Fuera de la casa era un horno, tanto que podía sentir el sudor corriendo por su espalda.

–Estoy calmada –dijo ella–. ¡Solo quiero saber si lo has pasado bien utilizándome durante estos tres meses!

Sarah se dio la vuelta para dirigirse al claro donde estaban las cabañas circulares de tejados puntiagudos que usaban como colegio para los veinte niños del poblado. Raoul no daba clases; él y dos chicos más hacían un brutal trabajo manual plantando y recolectando.

–¿Qué has hecho, aprovechar la situación? ¿Acostarte conmigo porque no había nadie de tu gusto?

–No digas tonterías –Raoul la agarró del brazo.

–Sé que no soy la mujer más bella del mundo y seguramente tú estarás acostumbrado a modelos –Sarah se mordió los labios, enfadada–. Me pareció raro desde el principio que te fijaras en mí, pero como somos los únicos ingleses, supongo que te venía muy bien.

–No hagas esto, Sarah –dijo Raoul, luchando contra el impulso de cortar la conversación con un beso–. Si quieres saber qué tipo de mujeres me gustan, te lo diré: siempre me han gustado las mujeres que no querían nada de mí. No digo que eso sea bueno, pero es la verdad. Mujeres guapas, pero no como tú...

–¿Qué significa eso? –le preguntó Sarah.

–Que eres joven, inocente, llena de alegría... –Raoul empezó a acariciar su brazo–. Por eso debería haber salido corriendo en cuanto me miraste con esos ojazos verdes, pero no pude hacerlo. Eras todo lo que yo no estaba buscando, pero no me pude resistir.

–No tenías que hacerlo –Sarah soltó su brazo para dirigirse al claro y sentarse sobre un tronco caído que utilizaban como banco.

Su corazón latía como loco y le costaba tanto respirar que no lo miró mientras se sentaba a su lado.

La noche parecía viva con el sonido de los insectos y el croar de las ranas, pero se estaba más fresco allí que en el sofocante dormitorio.

–No te estoy pidiendo que te cases conmigo –empezó a decir, aunque en realidad eso era lo que le gustaría–. Pero tampoco me parece normal que no volvamos a saber nada el uno del otro. Podemos seguir en contacto... para eso están los móviles, el correo electrónico, las redes sociales.

–¿Cuántas veces hemos hablado sobre el desastre de hacer pública tu vida privada?

–Eres un dinosaurio, Raoul –dijo ella, sin poder evitar una sonrisa. Discutían sobre tantas cosas; discusiones divertidas, llenas de risas. Cuando él emitía una opinión era imposible convencerlo de la contraria y Sarah solía tomarle el pelo sobre lo implacable que era. Nunca había conocido a nadie así.

–¿Tú querrías hacer eso?

Si Sarah fuera la clase de chica que se contentaba con ese tipo de comunicación intermitente, no estarían sentados allí, teniendo esa conversación, porque entonces también sería la clase de chica que después de tres meses de relación se despediría sin lágrimas.

Por un momento, se preguntó cómo sería llevarla con él, pero descartó la idea en cuanto se formó en su cerebro. Él era un producto de su pasado y había cosas que no se podían cambiar.

Privado de estabilidad, había aprendido a cuidar de sí mismo desde que era muy pequeño. Ni siquiera recordaba cuándo tomó la decisión de que el mundo no decidiría su destino. Él lo controlaría y la única manera de hacerlo sería usando el cerebro. Vivir en una casa de acogida le había enseñado a ser ambicioso y, sobre todo, a depender solo de sí mismo.

Mientras otros niños lloraban por padres que no se ocupaban de ellos, Raoul había enterrado la cabeza en los libros, aprendiendo a estudiar en medio del caos. Bendecido con una inteligencia fabulosa, había aprobado todo con buenas notas y en cuanto pudo escapar de las restricciones de la casa de acogida había trabajado sin descanso para pagarse la universidad.

Empezando de cero, había tenido que hacer algo más que ser inteligente. Un título universitario no contaba para nada cuando competías con gente que tenía contactos, de modo que había conseguido dos títulos que pensaba usar para llegar donde quería.

¿Y qué sitio podía ocupar Sarah en ese futuro suyo? Él no quería cuidar de nadie y Sarah era la clase de persona que siempre necesitaría que alguien cuidase de ella.

Cuando hablaba de seguir en contacto, lo que en realidad quería era mantener una relación y sería irresponsable por su parte aceptar.

Raoul se levantó abruptamente, poniendo cierta distancia entre ellos porque estar sentado a su lado lo afectaba más de lo que debería.

–¿Y bien? –le preguntó, haciendo un esfuerzo para no tomarla entre sus brazos–. No has respondido a mi pregunta. ¿Te conformarías con seguir en contacto conmigo a través de algún correo ocasional? ¿De verdad puedes pensar que estos tres meses han sido una simple experiencia?

–¿Cómo puedes ser tan cruel? –susurró Sarah.

Raoul no la amaba y no la amaría nunca. ¿Por qué iba a perder el tiempo lamentando la situación? Tenía razón, seguir en contacto solo prolongaría su agonía. Lo que necesitaba era apartarlo de su vida para siempre.

–No estoy siendo cruel, Sarah. Pero tampoco quiero darte falsas esperanzas. Eres muy joven y...

–Tú no eres un viejo exactamente.

–En términos de experiencia, lo soy. Y no soy el hombre que buscas. No serías feliz conmigo...

–Eso es lo que dice un cobarde para escapar de una situación que no le interesa –lo interrumpió ella.

–En este caso, es la verdad. Tú necesitas a alguien que cuide de ti y esa persona no soy yo –Raoul la observó atentamente, preguntándose si volvería a estar en una situación en la que tuviera que justificarse como lo estaba haciendo en ese momento. «Sigue solo», se decía a sí mismo, «y no terminarás en una situación como esta»–. Yo no quiero las mismas cosas que tú.

A Sarah le habría gustado negarlo, pero sabía que era cierto. Ella quería un romance de cuento de hadas y Raoul lo sabía. De hecho, parecía conocerla mejor que nadie.

–No estoy hecho para formar una familia.

–Sí, lo sé –asintió ella–. Pero yo sí quiero todo eso, así que será mejor olvidarme de ti. Tal vez así podré encontrar a alguien que no tenga miedo de comprometerse –añadió, levantándose con piernas temblorosas–. Sería horrible pensar que estoy perdiendo el tiempo queriéndote cuando tú no quieres saber nada del amor.

Raoul apretó los dientes, pero no había nada que decir a eso.

–Dejaré tu ropa fuera del dormitorio porque esta noche voy a dormir sola. ¿Quieres tu preciosa libertad? Pues enhorabuena, la has conseguido.

Sarah mantuvo la cabeza alta mientras volvía a la casa, recordando todo lo que habían compartido. Pero pensar en él hacía que se le pusiera la piel de gallina y se abrazó a sí misma mientras subía los escalones.

Una vez en el dormitorio, reunió la ropa tirada por el suelo y enterró la cara en ella, respirando ese aroma tan masculino antes de dejarla en la puerta, junto con sus maletas.

Luego cerró la puerta y contempló una vida sin Raoul, intentando evitar que el mundo se hundiera bajo sus pies.

Capítulo 1

INCLINADA sobre el suelo, intentando quitar una mancha particularmente testaruda de la inmaculada alfombra beis en el despacho del director del banco en el que llevaba trabajando tres semanas, Sarah se quedó inmóvil al escuchar voces en uno de los despachos anexos. Una era de un hombre, la otra de una mujer.

Era la primera vez que veía signos de vida allí. Ella llegaba poco después de las nueve de la noche, hacía la limpieza y se marchaba. Y le gustaba que fuera así. No quería encontrarse con nadie, aunque con toda seguridad nadie se dirigiría a ella. Era la señora de la limpieza y, como tal, invisible para todos los trabajadores del banco. Incluso el conserje que la dejaba entrar por las noches apenas la miraba.

Ya no recordaba la última vez que alguien la había mirado con un brillo de admiración en los ojos. El peso de la responsabilidad y la falta de dinero le habían robado la juventud y cuando se miraba al espejo lo único que veía era una mujer de veinticuatro años con la apariencia de alguien con demasiadas preocupaciones.

Sarah se preguntó qué debía hacer. ¿Había algún protocolo sobre el trato entre la señora de la limpieza y el director del banco?

Cuando las voces se acercaron, Sarah hizo un esfuerzo por limpiar la maldita mancha. Pero, con el corazón encogido, se dio cuenta de que las voces habían cesado y los pasos parecían haberse detenido a su lado.

Y cuando giró la cabeza vio unos zapatos italianos bajo un pantalón gris oscuro y otros de tacón en color crema.

–No sé si ya ha limpiado la sala de juntas, pero, si es así, ha hecho un trabajo desastroso. ¡Hay marcas de vasos en la mesa y dos copas de champán en la estantería!

La voz de la mujer era fría e imperiosa. Con desgana, Sarah levantó la cabeza para mirar a una mujer rubia muy alta y delgada de unos treinta años. Tras ella, el hombre estaba pulsando el botón del ascensor.

–Aún no he limpiado la sala de juntas –murmuró, rezando para que no presentaran una queja porque necesitaba aquel trabajo. Las horas resultaban muy convenientes para ella y el salario era bueno. Y, además, le pagaban el taxi de su casa al banco y viceversa. ¿Cuántos empleos incluían un taxi?

–Bueno, menos mal.

–Por favor, Louisa, deja que la mujer haga su trabajo. Son casi las diez y no me apetece pasar el resto de la noche aquí.

Sarah escuchó esa voz, la voz que la había perseguido durante los últimos cinco años, y su corazón se lanzó al galope. Pero no podía ser, esa voz no podía pertenecer a Raoul. Raoul Sinclair era un simple error de juventud, algo del pasado.

Y, sin embargo...

Sarah se dio la vuelta y se quedó clavada al sitio por los mismos ojos de color chocolate que habían ocupado un lugar en su corazón cinco años antes. Intentó levantarse, pero le fallaban las fuerzas...

Lo último que oyó antes de perder el conocimiento fue a la mujer diciendo con tono estridente:

–¡Esto es lo último que necesitamos!

Sarah recuperó el conocimiento poco a poco, pero mientras abría los ojos supo que no quería despertar. Quería estar inconsciente.

La habían llevado a otro despacho y estaba tumbada en un sofá que reconoció como el del señor Verrier. Cuando intentó incorporarse vio a Raoul, más alto de lo que recordaba, pero tan increíblemente apuesto como antes. Siempre lo había visto con vaqueros y camisetas y tuvo que hacer un esfuerzo para encajar al Raoul que había conocido con el hombre que estaba delante de ella y que parecía el multimillonario que una vez, riendo, le había dicho que sería.

–Toma, bebe esto.

–No quiero beber nada. ¿Qué haces aquí? ¿Estoy viendo visiones?

–Curiosamente, yo estaba pensando lo mismo –dijo él.

En cuanto sus ojos se encontraron con los de Sarah había vuelto atrás en el tiempo y, de repente, se había visto envuelto por una oleada de sentimientos que creía exorcizados por completo. Recordaba su olor y el calor de su cuerpo como si hubiera sido el día anterior.

¿Cómo era posible cuando habían ocurrido tantas cosas en esos años?

Sarah no podía creer lo que estaba viendo. Era tan raro que tuvo que contener el deseo de soltar una carcajada histérica.

–Has cambiado tanto –dijo Raoul.

–Lo sé –de repente, Sarah se dio cuenta del aspecto que debía tener: muy delgada, con la bata azul que se ponía para trabajar y un pañuelo en la cabeza para no ensuciarse el pelo–. He cambiado, ¿verdad? Las cosas no han ido como yo había imaginado.

Intentó levantarse de nuevo, pero le fallaron las piernas y cayó sobre el sofá.

En realidad, Raoul estaba horrorizado. ¿Dónde estaba la chica de ojos alegres a la que había conocido en Mozambique?

–Tengo que irme. Debo terminar de limpiar y...

–No vas a terminar nada. ¿Cuándo fue la última vez que comiste algo caliente? Parece como si un golpe de viento pudiera tirarte al suelo.

–Estoy bien.

–¿Te dedicas a limpiar oficinas?

Raoul empezó a pasear de un lado a otro, nervioso. No podía creer que Sarah estuviera en el sofá de su despacho. Acostumbrado a eliminar cualquier emoción, era incapaz de controlar el bombardeo de preguntas que daban vueltas en su cabeza. O la oleada de recuerdos que lo acosaban desde todos los ángulos.

Sarah representaba un tiempo en el que era totalmente libre, cuando estaba a punto de empezar su vida. ¿Por qué el impacto de verla era tan poderoso?

–Yo no quería terminar así –susurró Sarah.

–Pero ¿cómo ha ocurrido? ¿Qué te ha pasado? ¿Decidiste que preferías limpiar suelos antes que ser profesora?

–¡Pues claro que no! –exclamó ella.

–¿No fuiste a la universidad? –preguntó Raoul, mirando sus pechos bajo la bata azul.

–Yo... me marché del campamento dos semanas después de que lo hicieras tú.

Seguía teniendo un aspecto tan juvenil, tan vulnerable que, de repente, el sentimiento de culpa penetró su formidable armadura.

En cinco años, Raoul había cumplido las promesas que se había hecho a sí mismo de niño. Equipado con una impresionante titulación académica, había conseguido trabajo en Wall Street, donde su habilidad para ganar dinero rápidamente lo había catapultado hasta la cima. Trabajaba solo y no había tardado mucho en mostrar una vena asesina que hacía temblar a cualquiera en la jungla de los mercados financieros.

Raoul apenas se daba cuenta de eso. El dinero significaba libertad para él. No se apoyaba en nadie, no necesitaba a nadie. En tres años había acumulado suficiente dinero como para empezar un proceso de adquisiciones y cada adquisición era más grande y más impresionante que la anterior. No había tenido remordimiento alguno durante su meteórica carrera y no lo necesitaba para nada.

Sin embargo, en aquel momento sentía que clavaba sus dientes en él y se pasó una mano por el pelo, agitado.

Sarah se fijó en ese gesto, tan suyo.

–Ahora llevas el pelo más corto –comentó. Y Raoul esbozó una sonrisa.

–El pelo largo no va bien con la imagen que quiero proyectar. Ahora podría dejármelo hasta la cintura y nadie se atrevería a decir una palabra, pero mis días de llevar el pelo largo han terminado.

Como ella, pensó Sarah. Ella era parte de esos días que habían terminado... aunque no era verdad. Tenía muchas cosas que contarle, pero era una conversación que no había esperado mantener en una situación así y le gustaría poder retrasarla todo lo posible.

–Imagino que estarás contento –le dijo. Cuando Raoul se sentó a su lado tragó saliva porque, a pesar de todo, su cuerpo seguía despertando a la vida cuando él estaba cerca–. Siempre fuiste tan decidido...

–Es la única manera de salir adelante. Pero estabas diciéndome qué pasó con tu carrera universitaria...

Ella asintió con la cabeza.

Durante dos años solo había pensado en él. Con el tiempo, los recuerdos habían ido marchitándose y había aprendido a apartarlos cada vez que amenazaban con salir a la superficie, pero alguna vez había flirteado con la idea de volver a verlo. Incluso había creado conversaciones en su cabeza en las que se mostraba fuerte y segura de sí misma. Nada que ver con la realidad.

–Al final, no fui a la universidad. Las cosas no salieron como yo quería.

–Por mi culpa –extrañamente inquieto teniéndola tan cerca, Raoul tomó una silla y la colocó frente al sofá–. Deberías haberte quedado en el campamento tres meses más. De hecho, recuerdo que dijiste que tal vez te quedarías más tiempo.

–Las cosas no siempre salen como uno quiere –dijo ella, sin poder disimular su resentimiento.

–¿Y me culpas a mí por cómo has terminado? Fui sincero contigo y, si no recuerdo mal, dijiste que me lo agradecías porque así tendrías la oportunidad de conocer a un hombre que no tuviese miedo de las relaciones. Si el hombre al que encontraste resultó ser un pelele que se queda en casa mientras su mujer tiene que limpiar oficinas, no es culpa mía.

–¿Quién ha dicho que sea culpa tuya?

–Estás dándolo a entender.

–Yo no te he culpado de nada. Y no hay otro hombre –dijo Sarah, sacudiendo la cabeza–. No me lo puedo creer... esto es como una pesadilla.

Raoul decidió pasar por alto ese comentario. Estaba conmocionada y él también.

–Muy bien, entonces no encontraste al hombre de tus sueños... pero tiene que haber habido alguien en estos años. ¿Por qué si no dejarías una carrera por la que sentías pasión? Solías decir que habías nacido para ser profesora.

Ella levantó los ojos y Raoul se puso tenso al recordar cómo solía mirarlo, con burla y adoración al mismo tiempo. Entonces le encantaba, pero dudaba que alguien tuviese la temeridad de tomarle el pelo ahora.

El dinero y el poder lo habían colocado en un sitio diferente, un sitio en el que los hombres lo temían y las mujeres pestañeaban coquetamente para despertar su interés... ¿pero tomarle el pelo? No, imposible. Y en cinco años no había sentido la menor tentación de comprometerse con nadie.

–¿Tuviste una relación con algún fracasado? –insistió.

Sarah era una cría vulnerable y con el corazón roto cuando la dejó. ¿Algún hombre se habría aprovechado de eso?

–¿De qué estás hablando?

–Debió de entristecerte volver de África antes de lo previsto y seguramente me culparías a mí por ello. Pero, si te hubieras quedado allí, me habrías olvidado en unas semanas.

–¿Tú me olvidaste en unas semanas?

Raoul se negó a responder a esa pregunta.

–¿Alguien te prometió la luna y luego salió corriendo cuando se cansó de ti? ¿Es eso lo que ha pasado? Un título universitario habría sido tu pasaporte, Sarah. ¿Cuántas veces hablamos de ello? ¿Cómo te convenció para que abandonaras tus sueños y aspiraciones?

No sabía si seguir sentado o levantarse. Se sentía peculiarmente incómodo y esos ojazos verdes no lo estaban ayudando nada.

–Nadie me convenció de nada –respondió Sarah.

–¿Y por qué te dedicas a limpiar? ¿Por qué no has buscado un trabajo de administrativa?

Raoul miró su reloj y se dio cuenta de que era casi medianoche, pero no quería interrumpir la conversación. Sarah era una parte de su historia, una pieza del rompecabezas que ya había sido colocada en su sitio. Entonces, ¿por qué prolongar el juego? Especialmente con esos enormes y acusadores ojos verdes recordándole un pasado que no quería recordar.

Si la acompañaba amablemente a la puerta, estaba seguro de que se iría y no miraría atrás. Y eso sería lo mejor.

—No se puede confiar en la gente —le aconsejó—. ¿Recuerdas que solía decirte que la única persona en la que se podía confiar era uno mismo?

—Seguramente habré perdido mi trabajo —murmuró Sarah, distraída.

Lo había visto mirando su reloj y sabía lo que eso significaba: su tiempo se estaba acabando. El tiempo era dinero para alguien como él y recordar el pasado tendría un interés muy limitado. Raoul pensaba en el futuro, no en el pasado.

—No podría soportar verte trabajando aquí de todas formas —dijo él.

—¿Qué tiene este sitio que ver contigo?

—A partir de las seis, todo esto es mío.

Sarah lo miró, boquiabierta.

—¿El banco es tuyo?

—Sí. Es mi última adquisición.

De modo que no tenían absolutamente nada en común, pensó Sarah. Raoul era el propietario de la empresa cuyos suelos ella había estado limpiando una hora antes. Con su elegante traje de chaqueta, la corbata de seda y los brillantes zapatos italianos, era la antítesis de Sarah, con su bata azul de trabajo y sus viejos zapatos.

Con gesto desafiante, se quitó el pañuelo que llevaba en la cabeza, dejando que la fina y ondulada melena rubia cayera por su espalda.

Él se había cortado el pelo en esos años, pero Sarah se lo había dejado tan largo que casi le llegaba a la cintura y, durante unos segundos, se quedó sin aire.

–Intenté ponerme en contacto contigo...

–¿Perdona?

Sarah se aclaró la garganta.

–Intenté ponerme en contacto contigo.

Raoul se irguió. Tener dinero era como un imán y él lo sabía. Mucha gente a la que había conocido de pasada intentaba ponerse en contacto con él al ver su fotografía en los periódicos... sería divertido si no fuera tan patético.

¿Sería Sarah una de esas personas? ¿Habría visto su fotografía en el periódico y habría decidido ponerse en contacto con él porque le iban mal las cosas?

–¿Y no has podido hacerlo hasta ahora?

–No sabía cómo localizarte –el corazón de Sarah latía con tal fuerza que pensó que iba a perder el conocimiento de nuevo–. Desapareciste sin dejar rastro. La chica del registro me dio tu dirección, pero cuando intenté localizarte ya no vivías allí.

–¿Cuándo me buscaste? –la interrumpió él.

–Cuando volví a Inglaterra. Sé que habíamos roto, pero tenía que hablar contigo.

De modo que, a pesar de su enfado, había intentado localizarlo.

–Alquilé una habitación en Londres, pero en el campamento no tenían esa dirección.

–Incluso entré en Internet para buscarte, pero como no te gustaban las redes sociales...

–¿Y para qué querías ponerte en contacto conmigo, para charlar?

–No, no era para eso.

Sarah pensó que, si hubiera seguido buscándolo durante un año más, tal vez lo habría localizado porque para entonces seguramente ya se habría hecho millonario. Jamás imaginó que llegaría tan lejos en tan poco tiempo... aunque Raoul siempre había sido muy decidido, incluso implacable en su deseo de triunfar en la vida. Y no le tenía miedo a nada.

–Intenté localizarte a través de tu familia de acogida, pero no sabían nada de ti.

Raoul tragó saliva. Había olvidado cuántas cosas sabía Sarah sobre él, incluyendo su miserable infancia.

–¿Por qué querías ponerte en contacto conmigo después de lo que pasó?

–¿Quieres decir que debería haber tenido más orgullo? –le espetó ella.

Raoul sacudió la cabeza

–Entonces eras tan joven... solo tenías diecinueve años.

–¿Y era demasiado tonta como para ser sensata?

–Solo he dicho que eras muy joven –repitió él, apartando la mirada de su pelo rubio.

–No es culpa mía que no te encontrase.

–Se está haciendo tarde, Sarah. Llevo todo el día trabajando y no tengo ni tiempo ni energía para descifrar lo que estás diciendo. ¿Por qué iba a culparte por no haberme localizado?

–No quería *charlar* contigo, Raoul. ¿Tan tonta me crees? Tú habías dejado bien claro que no querías saber nada de mí.

–¿Entonces por qué querías localizarme?

–¡Porque descubrí que estaba embarazada!

El silencio con que fue recibida la frase hizo que Sarah contuviese el aliento.

Raoul no podía creerlo. De hecho, estaba casi seguro de que era cosa de su imaginación. O una broma. O tal vez una manera de prolongar la conversación.

Pero una mirada a su rostro le dijo que no era nada de eso.

–Es lo más ridículo que he oído nunca. ¿No pensarás que voy a creerlo? Cuando se trata de dinero, lo he oído todo –como un león enjaulado, Raoul se levantó y empezó a pasear por el despacho, con las manos en los bolsillos del pantalón–. De modo que volvemos a encontrarnos por casualidad, tú no estás pasando por un buen momento y descubres que yo he hecho una fortuna... ¡Si necesitas ayuda, pídemela, Sarah! ¿Crees que te diría que no? Si necesitas dinero, te firmaré un cheque ahora mismo.

–Yo no soy una buscavidas –Sarah llevó aire a sus pulmones–. Intenté ponerme en contacto contigo cuando descubrí que estaba embarazada. Sabía que te llevarías una sorpresa, como me la llevé yo, pero al final pensé que lo más justo era que lo supieras... No pensarás que yo inventaría algo así para sacarte dinero, ¿verdad? ¿Cómo puedes insultarme de ese modo?

–No puedo haberte dejado embarazada –protestó él–. No es posible. Siempre tuvimos cuidado.

–No siempre –murmuró Sarah.

–Muy bien, entonces tal vez el hijo sea de otro hombre.

–¡No ha habido otro hombre! Cuando me marché

del campamento no sabía que estaba embarazada. Me fui porque... porque no podía seguir allí. Volví a Inglaterra con la intención de empezar mi carrera y quería olvidarme de ti por completo. No descubrí que me había quedado embarazada hasta que estaba casi de cinco meses. Mis reglas siempre han sido erráticas y... en fin, no me di cuenta.

Entonces estaba tan angustiada, tan perdida, que podría haberse declarado la Tercera Guerra Mundial y ella no se habría dado cuenta. Pensaba constantemente en Raoul hasta que rezó para sufrir amnesia, cualquier cosa que la ayudase a olvidar. Sus padres estaban muy preocupados por ella y fue su madre quien empezó a sospechar al ver que engordaba a pesar de que apenas comía.

—No puede ser —murmuró Raoul.

—Me temo que sí —insistió Sarah—. Mis padres se mostraron muy comprensivos y estuvieron a mi lado desde el momento en que nació Oliver.

Cuando mencionó el nombre del niño, el corazón de Raoul pareció detenerse durante una décima de segundo. Había pensado que no era más que una historia para sacarle dinero, pero ese nombre convertía la ficción en realidad. Y, sin embargo, se negaba a aceptarlo.

Él nunca había temido a la verdad, por brutal que fuera, pero su cerebro parecía haberse ido de vacaciones en aquel momento.

Sarah desearía que dijese algo. ¿De verdad creía que lo estaba inventando? ¿Tan receloso se había vuelto en esos años? El joven del que se había enamorado había sido fieramente independiente, ¿pero de qué valía su dinero si era incapaz de confiar en nadie?

–Viví en Devon con mis padres tras el nacimiento de Oliver –siguió Sarah–. No era la situación ideal, pero necesitaba ayuda. Luego, hace un año, me mudé a Londres. En Devon no había trabajo para mí y no quería que mis padres tuvieran que cuidar de Oliver para siempre. Querían viajar ahora que mi padre está jubilado y pensé que podría encontrar trabajo aquí, incluso que podría ir a la universidad...

–Nunca es tarde para eso –dijo Raoul.

Prefería lidiar con el aspecto práctico de la conversación, pero la verdad era que estaba asustado. Sabía que en más de una ocasión no habían tomado precauciones. Tal vez porque estaban en África, en un mundo sin las normas y las reglas a las que estaban habituados.

–Todo ha sido más difícil de lo que yo había imaginado –siguió Sarah, angustiada–. Encontré una casa de alquiler cerca de la casa de una amiga con la que iba al colegio, Emily. Ella se queda con Oliver cuando yo estoy trabajando...

–¿Quiere decir que te has dedicado a fregar suelos desde que llegaste a Londres?

–Es una manera honrada de ganarse la vida –replicó ella, molesta–. Encontrar un puesto en una oficina no es fácil cuando no tienes ninguna experiencia profesional. También he sido camarera y dentro de un mes empezaré a trabajar como ayudante de los profesores en el colegio de mi hijo –dijo luego–. ¿No vas a preguntarme nada sobre él? Llevo una fotografía en el bolso... lo tengo abajo, en la taquilla.

Raoul empezaba a creer lo inimaginable, pero estaba decidido a demostrarle que él no era un tonto al que se pudiera engañar.

–Acepto que puedas tener un hijo –le dijo–. Han pasado cinco años y en ese tiempo puede ocurrir cualquier cosa. Pero, si insistes en decir que es hijo mío, te advierto que pediré una prueba de paternidad.

Cada vez que pronunciaba la palabra «hijo», el niño parecía tomar formar. Pero después de una infancia como la suya, Raoul siempre había estado seguro de una cosa: no quería tener hijos.

Había visto de primera mano cómo unos padres irresponsables podían destrozar la vida de un niño. Él había sido víctima de una madre para quien era un estorbo y de un padre cuyo nombre ni siquiera conocía.

La paternidad no era para él y la posibilidad de haberse convertido en padre era como ser atropellado por un tren de mercancías.

–Imagino que estarás de acuerdo en que es lo más lógico, dadas las circunstancias.

–Solo tendrás que mirarlo para saber que es hijo tuyo –dijo Sarah.

–No, lo siento, quiero una prueba de ADN.

Ella tragó saliva, intentando ver las cosas desde su punto de vista. Después de un encuentro accidental con una mujer a la que creía haber dejado atrás, de repente descubría que tenía un hijo. Era lógico que estuviera sorprendido y que quisiera comprobar que el niño era hijo suyo antes de comprometerse a nada.

Pero se le encogió el corazón al ver que no la creía.

¿No la conocía en absoluto? ¿No sabía que ella no era el tipo de persona que mentiría para sacarle dinero?

Tristemente, tuvo que aceptar que el tiempo los había cambiado a los dos.

Mientras ella era una madre soltera que no llegaba a fin de mes, Raoul había hecho realidad sus sueños y estaba en un sitio desde el que podía mirar hacia abajo como un dios griego, contemplando a los meros mortales.

—Por supuesto —asintió, levantándose.

No se le había escapado que Raoul no le había preguntado siquiera qué aspecto tenía su hijo.

Por el rabillo del ojo vio el carrito de limpieza... un amargo recordatorio de lo que era su vida. Pero se dijo a sí misma que, fuera cual fuera la situación, era bueno que Raoul conociera la existencia de Oliver.

—Sé que esto es lo último que esperabas, pero te aseguro que no quiero nada de ti. Entendería que quisieras desentenderte de la situación.

Raoul soltó una risa amarga.

—¿En qué planeta vives, Sarah? ¿Crees que voy a desentenderme si de verdad soy el padre de ese niño? Te ayudaré en todo lo que sea posible. ¿Qué otra cosa puedo hacer?

Esa frase lo decía todo: se haría cargo de su responsabilidad.

Lo único que Raoul había querido de la vida era ser libre, pero se encontraba encadenado a una situación imprevista de la que no podía escapar.

Sarah sintió que sus ojos se empañaban y cuando él puso un pañuelo en su mano parpadeó rápidamente para disimular.

–Cuando te conocí, nunca llevabas pañuelo –murmuró.

Raoul esbozó una sonrisa.

–No sé por qué lo llevo ahora. Nunca lo uso.

–¿Ni siquiera cuando tienes un resfriado y debes sonarte la nariz?

–Yo nunca me resfrío. Estoy muy sano.

Solo era un tonto intercambio de frases, pero Sarah se sintió mucho mejor mientras guardaba el pañuelo en el bolsillo de la bata, prometiendo devolverlo cuando lo hubiese lavado.

–Necesito tu número de teléfono –dijo él–. Espera, anotaré el mío, así podrás llamarme cuando quieras.

Mientras intercambiaban los números, Sarah recordó que se había marchado de Mozambique sin dejarle su dirección o su número de teléfono. Había querido olvidarse de ella por completo, una ruptura limpia, sin ataduras.

–Te llamaré dentro de una semana –dijo él, observándola mientras salía del despacho.

Sarah se quitó la bata y, después de meterla en el carrito, lo dejó donde estaba en un acto de rebeldía que lo hizo sonreír.

Solo en la oficina, y a solas con sus pensamientos, Raoul contempló la bomba que acababa de cambiar su vida por completo.

Tenía un hijo.

A pesar de haber dicho que quería una prueba de ADN, sabía en su corazón que el niño era hijo suyo porque a Sarah nunca le había importado el dinero y era la persona menos manipuladora que conocía.

La creía cuando dijo que había intentado ponerse en contacto con él y lo entristecía pensar que hubiera tenido que criar sola a ese niño cuando ella misma era una cría.

Pero el hecho era que había cometido un error y tendría que pagar por ello.

Y el precio iba a ser muy alto.

Capítulo 2

SARAH estaba en la cocina, terminando de fregar los platos, cuando sonó el timbre.

Su casa no estaba en una buena zona de Londres, pero el alquiler era asequible, había buen transporte público y los vecinos eran agradables. No se podía tener todo.

Oliver acababa de dormirse después de un maratón de cuentos y Sarah corrió a abrir la puerta para que quien fuera no volviese a llamar al timbre.

Llevaba una vieja camiseta y un pantalón de chándal, su atuendo habitual durante los fines de semana porque no podía permitirse el lujo de salir. Dos veces al mes recibía a sus amigas en casa para cenar, pero tener que contar el dinero le robaba la alegría a esas cenas.

Además, tenía que encontrar otro trabajo porque el dueño de la empresa de limpieza la había despedido al saber que había dejado el banco sin decirle nada a nadie.

Pero no podía poner el corazón en buscar trabajo porque estaba demasiado ocupada pensando en Raoul, recordando su encuentro una y otra vez. Había estado horas analizando lo que él había dicho e intentando convencerse a sí misma de que era lo mejor.

Miraría a Oliver y se vería a sí mismo en el pelo oscuro, en los ojos de color chocolate, en la piel bronceada. El niño era un clon de su padre.

Si Raoul fuese a verlo, no tendría la menor duda, pero no había sabido nada de él y su decepción aumentaba a medida que pasaban los días.

Además, no sabía qué decirle a sus padres. ¿Les preocuparía saber que el padre del niño había aparecido de repente? Cuando volvió de Mozambique les había confesado que tenía roto el corazón y cuando descubrió que estaba embarazada, la angustia y las hormonas habían hecho que les contase toda la historia entre lágrimas.

¿Cómo reaccionarían al saber que el padre de Oliver estaba en Londres? Ella era hija única e imaginaba a sus padres, siempre tan protectores, persiguiendo a Raoul para vengarse por haberla hecho sufrir...

Sarah abrió la puerta y dio un paso atrás al ver a Raoul en el rellano.

–¿Puedo pasar?

–No te esperaba. Pensé que ibas a llamar por teléfono.

Raoul observó su piel perfecta, sin maquillaje, los brillantes ojos verdes en un rostro ovalado, las curvas bajo la ropa...

Aunque había perdido el color, reconoció de inmediato la camiseta con el logo del grupo de rock medio borrado que le recordaba la pequeña habitación en Mozambique, bajo la mosquitera, ardiendo por ella mientras Sarah se quitaba esa camiseta para mostrar sus rotundos pechos desnudos...

Había pensado llamar antes por teléfono. Llevaba dos días dándole vueltas al asunto y había decidido que lo mejor era ver aquello como un problema que debía solucionar con la cabeza fría. Primero, debía comprobar que Sarah decía la verdad sobre su hijo y después, si comprobaba que no había mentido, mantener una conversación adulta sobre lo que iban a hacer.

Desgraciadamente, no había sido capaz de esperar o concentrarse en el trabajo. Había intentado controlar su frustración en el gimnasio, pero ni siquiera dos horas de brutal ejercicio al día podían contener su deseo de hacer algo.

Sarah le hizo un gesto para que entrase.

—Pensé que llamaría alguien... para hacer la prueba de paternidad.

—Por el momento, eso puede esperar.

—¿Entonces me crees?

—Estoy dispuesto a concederte el beneficio de la duda.

—No lo lamentarás, Oliver es tu viva imagen. ¿Quieres que lo despierte?

Raoul no tenía experiencia con niños y le parecía increíble pensar que pronto vería a su hijo. ¿Qué hacían los niños de cuatro años? ¿Eran capaces de mantener una conversación a esa edad?

Nervioso, se aclaró la garganta.

—Tal vez deberíamos hablar antes de nada.

—¿Quieres tomar un café, un té? No puedo ofrecerte mucho más.

Raoul estaba mirando alrededor, pasmado. Él vivía en un ático de dos plantas en la mejor zona de

Londres, decorado por el mejor profesional de la ciudad, aunque no le servía de mucho porque apenas tenía tiempo de usar la moderna cocina o disfrutar de los fantásticos muebles y las obras de arte.

Aquella casita no podía ser más diferente. La moqueta era de un color indeterminado y las paredes, aunque pintadas de un alegre color verde, tenían grietas por todas partes. Apenas había sitio en el pasillo para dos personas y en la cocina, si aquello podía llamarse así, ocurría lo mismo. Había una mesa de pino contra la pared, una especie de cómoda y algunas estanterías que hacían las veces de encimeras y armarios.

Él había logrado salir de la miseria, pero lo horrorizaba pensar que, de no ser por su cerebro, un poco de suerte y mucho trabajo podría seguir viviendo en un sitio así.

Esa era precisamente la razón por la que siempre se había negado a atarse a nadie. Solo siendo libre al cien por cien podía concentrarse en su carrera y lograr sus ambiciones. Las mujeres eran una distracción entretenida, pero nunca había sentido la tentación de abandonar sus planes por ninguna de ellas.

Cuanta más riqueza acumulaba, más cínico se volvía. Podría tener a las mujeres más bellas del mundo y, de hecho había estado con algunas de ellas, pero siempre habían ocupado un lugar secundario en su vida.

Lo que lo empujaba era el recuerdo de su madre bebiendo hasta perder el conocimiento en una casa tan mísera como la de Sarah. El casero debía de ser alguien de dudosa integridad, encantado de aceptar dinero de personas desesperadas y negándose a hacer las necesarias reparaciones.

La idea de que tenía un hijo había logrado echar raíces en su cerebro y pensar que vivía en tan deplorables condiciones le parecía indignante.

–Lo sé –dijo Sarah, como si hubiera leído sus pensamientos–. No es una casa estupenda, pero nos viene bien. Y es mucho mejor que otros sitios que he visto. ¿Dónde vives tú?

Raoul, que estaba mirando el desvaído papel de la pared, se volvió para clavar sus ojos en ella.

–En Chelsea –respondió, dejándose caer sobre una desvencijada silla que parecía a punto de partirse bajo su peso.

–¿En una casa? –le preguntó Sarah, intentando disimular su nerviosismo. Raoul hacía que la cocina pareciese aún más pequeña, más destartalada.

–No, es un apartamento –Raoul se encogió de hombros–. Pero la verdad es que no paso mucho tiempo allí.

–¿Y hay una mujer en ese apartamento? –le preguntó ella, poniéndose colorada. Era algo que tenía que preguntar. ¿Había una mujer en su vida? No daba la impresión de ser un hombre casado.

–¿Por qué lo preguntas?

–Porque es importante para mí y, sobre todo, para Oliver. Hasta hoy, yo soy la única figura paterna que conoce.

–Y eso no es precisamente culpa mía.

–Ya sé que no lo es, pero Oliver tardará algún tiempo en acostumbrarse a ti y no quiero que tenga que lidiar con otra mujer... al menos, no me gustaría tener que hacerlo. Pero supongo que si estás casado...

–No estoy casado –la interrumpió Raoul–. En cuanto a otras mujeres, naturalmente intentaré que una situación difícil no se vuelva más difícil.

–Entonces hay alguien –dijo ella.

No era una sorpresa, claro. Raoul era guapísimo y, además, millonario. Sería un imán para cualquier mujer soltera y probablemente para algunas que no lo fuesen.

–No creo que debamos perder el tiempo con ese tipo de cosas. Solo tenemos que discutir cuál va a ser el siguiente paso.

–Lo mejor sería que subieras a verlo. No podemos mantener esta conversación cuando ni siquiera has visto a tu hijo.

–Está durmiendo y no quiero despertarlo –empezó a decir él, más nervioso de lo que le gustaría. Más nervioso que cuando firmó su primer contrato, más que cuando era un niño y miraba los aterradores muros grises de la casa de acogida que se convertiría en su residencia.

–Pero tienes que verlo. Si no, solo será un problema que debes resolver.

–¿Desde cuándo eres tan mandona? –murmuró Raoul.

–Desde que me convertí en responsable de otro ser humano –respondió Sarah–. Sé que esta situación no es culpa de nadie, pero fue aterrador descubrir que iba a tener un hijo estando sola. No dejaba de pensar que todo habría sido más fácil si tú me hubieras apoyado, pero me habías dejado porque tenías otros planes...

–Mis planes no incluían a nadie Sarah. En realidad, te hice un favor...

–Si yo te hubiese importado algo, habríamos seguido en contacto –Sarah respiraba agitadamente y, al mirar sus fabulosos ojos oscuros, empezó a temblar.

Raoul se dio cuenta de que el ambiente se había vuelto extrañamente tenso, pero no tenía nada que ver con lo que estaban discutiendo y, sin pensar, tomó su mano.

–Sé que debiste de pasarlo mal...

–Eso es decir poco –lo interrumpió Sarah, sorprendida al descubrir que le gustaría apoyarse en él–. Me sentía completamente perdida y sola.

–Tenías a tus padres.

–Mis padres me ayudaron, pero era como ir hacia atrás cuando yo pensé que iba a empezar a vivir. Jamás pensé en abortar y el día que nació Oliver fue el más feliz de mi vida, pero tuve que ver cómo todos mis sueños se iban por la ventana. No pude ir a la universidad, no pude hacer nada... imagino que debiste de partirte de risa al verme limpiando la oficina.

–No digas tonterías.

–¿No? ¿Entonces qué pensaste al verme allí?

–La verdad es que me sorprendió. Pero enseguida recordé lo sexy que eras... que seguías siendo a pesar de la bata azul y el pañuelo en la cabeza.

Sus palabras quedaron colgadas en el aire, una chispa que podría provocar un incendio de un momento a otro.

Pero no iba a olvidar cómo la había tratado cinco años antes. Raoul estaba justificando lo que hizo como si fuera un favor, pero solo era una manera de decir que ella no le importaba lo suficiente, que no iba a dejar que un simple romance de verano sin importancia destrozase sus planes.

–Me he dado cuenta de que el sexo está sobrevalorado –dijo Sarah, desdeñosa.

–¿Ah, sí?

–No quiero seguir hablando del tema. Si no te importa venir conmigo, te enseñaré la habitación de Oliver.

Raoul no dijo nada. Estaba intentando entender cómo una mujer a la que no veía en tanto tiempo podía seguir excitándolo de ese modo. Era como si los años no hubieran pasado...

Pero habían pasado, se recordó a sí mismo, y la prueba de ello estaba durmiendo en una habitación a unos metros de allí.

La segunda planta de la casa era más lamentable que la de abajo, si eso era posible, con dos diminutos dormitorios y un baño que en realidad no podía llamarse así.

Sarah empujó la puerta de la única habitación que parecía haber sido decorada recientemente y, a la luz de una lamparita, vio el papel pintado con dibujos, cortinas blancas, una cama pequeña, una alfombra circular, una cómoda blanca y muebles baratos y funcionales.

Raoul dio un paso hacia la cama. Oliver había apartado el edredón con los pies y estaba abrazado a un muñeco de peluche. Solo podía ver el pelo oscuro y los bracitos del niño, pero incluso en la penumbra debía reconocer que tenían el mismo color de piel.

Asombrado, se acercó un poco más para mirarlo de cerca, pero cuando el niño se movió Raoul dio un paso atrás.

–Deberíamos irnos –dijo Sarah–. No quiero despertarlo.

Él la siguió, con las manos sudorosas.

Era cierto, tenía un hijo. Un hijo que se parecía a él a su edad. Se preguntó entonces cómo podía haber pensado que iba a lidiar con aquella situación como lidiaba con cualquier asunto profesional.

Tenía un hijo, un hijo de carne y hueso, y las condiciones en las que vivía eran un insulto, de modo que tendría que hacer algo al respecto. La vida que había vivido hasta ese momento había cambiado por completo. Unos días antes estaba en la cresta de la ola, creyendo tontamente que tenía el mundo a sus pies, y de repente la ola lo había envuelto, haciendo que perdiese el control de su bien ordenado mundo.

Algo aterrador para alguien cuyo único objetivo en la vida había sido remediar la falta de control que había sufrido durante su infancia. Alguien que había decidido conquistar el mundo para no necesitar a nadie.

Pero un diminuto ser humano, de apenas un metro de estatura, había puesto su vida patas arriba.

–Estás muy callado –dijo Sarah, en cuanto llegaron al piso de abajo.

–Necesito beber algo... más fuerte que el café.

Ella sacó lo que quedaba de una botella de vino y le sirvió un vaso.

–Tenías razón –dijo Raoul, después de tomárselo de un trago–. Se parece mucho a mí.

–Y tiene tus mismos ojos. De hecho, no se parece nada a mí. Eso fue lo primero que dijo mi madre cuando nació... ¿quieres ver algunos de sus dibujos? Está en preescolar y...

–¿En un colegio privado?

–No, no. Recibo una ayuda...

–¿Qué tipo de ayuda?

–Del Estado –respondió Sarah. ¿De qué otro modo iba a pagar el colegio con un sueldo de limpiadora?

–¿Del Estado? –repitió Raoul, intentando controlar su furia–. ¿Tú sabes cuál ha sido siempre el objetivo de mi vida? Escapar de las garras del Estado. Y ahora tú me cuentas que dependes de él...

–Lo dices como si fuera un crimen.

–¡Para mí, es obsceno!

Sarah irguió los hombros y lo miró, desafiante. No iba a dejar que se hiciera con el control de su vida.

–Lo entiendo, de verdad, pero tu pasado no tiene nada que ver con mis presentes circunstancias. Te sorprendería saber lo poco que gana una limpiadora. Mis padres me ayudan, pero es casi imposible llegar a fin de mes. Y está muy bien dar un sermón cuando se tiene todo el dinero del mundo, pero el orgullo y la ambición no cuentan para nada cuando no tienes dinero para comprar comida. De modo que, si quieres ayudarme a pagar el colegio, lo aceptaré encantada –Sarah dejó escapar un suspiro–. Pero veo que has cambiado, antes no eras tan arrogante.

–¿Arrogante? –repitió él, indignado.

–Parece que ya no te acuerdas de lo que era coser los pantalones porque no podías tirarlos y comprar otros, como en Mozambique.

–Los cosiste tú –le recordó Raoul.

Podía verla como si hubiera sido el día anterior, apartando a los mosquitos mientras el cielo se cubría de nubes. Parecía un retrato antiguo, con el pelo cayendo sobre su cara...

Sarah contuvo el deseo de decir que había sido una tonta por adorarlo, dispuesta a hacer lo que hiciese falta para complacerlo.

–Y no he olvidado mi pasado. Siempre está ahí, te lo aseguro –siguió él–. Yo no había planeado esto, pero la situación va a cambiar inmediatamente. El niño no puede vivir en estas condiciones –Raoul vio un brillo de advertencia en sus ojos y esbozó una sonrisa–. El niño no *debe* vivir en estas condiciones. Aunque pienses que soy un arrogante, yo puedo permitirme sacaros de aquí y esa es mi prioridad ahora mismo.

–Tu prioridad debería ser conocer a Oliver.

–Prefiero conocerlo en un sitio que no me parezca ofensivo.

Sarah suspiró. Desde luego, la vida sería más fácil si no tuviera que preocuparse constantemente del dinero.

–Retiro lo que he dicho. No has cambiado del todo, sigues pensando que siempre puedes salirte con la tuya.

–Pero eso compensa tu indecisión. Puedes discutir todo lo que quieras y darme una charla sobre lo maravilloso que es vivir aquí, pero los dos sabemos que no es verdad. Yo puedo sacarte de este agujero y es mi obligación hacerlo.

La palabra «obligación» se quedó grabada en el cerebro de Sarah. Nada como la sinceridad para hacer daño.

–¿Y qué sugieres? ¿Puedo decir algo o todo se va a hacer como a ti te parezca porque tienes dinero y yo no?

–Vamos a hacer lo que yo quiera porque tengo dinero y tú no.

–No tiene gracia –murmuró ella, recordando su talento para quitarle importancia a las cosas con alguna broma.

–Pienso tomarme muy en serio mi responsabilidad, pero perdería mucho tiempo viniendo hasta aquí para visitar a Oliver. Lo más sensato sería buscar un sitio cerca de Chelsea.

Estaban discutiendo el asunto de una manera más serena y Sarah podía concentrarse en lo que estaba diciendo.

–Me siento como si estuviera en una montaña rusa –le confesó.

–Ya imagino, pero a mí me pasa lo mismo y estoy menos preparado que tú.

Y, sin embargo, consideraba su obligación ayudar a Oliver. Que no hubiera emociones era algo que ella tendría que soportar. No era su problema y no iba a dejar que eso influyera en la relación que podría tener con su hijo.

–Muy bien, nos mudaremos a otra casa –asintió–. Pero hay muchas cosas que discutir. Tengo que explicarle a Oliver que ahora tiene un padre, pero es tan pequeño... no creo que sea fácil.

–Tiene cuatro años –dijo Raoul–. No ha tenido tiempo de odiarme.

–Sí, pero...

–No anticipemos problemas, Sarah.

Una vez controlado el nerviosismo, Raoul estaba seguro de que podría poner a Oliver de su lado. Después de una vida de miseria, teniendo que vestir con ropa de segunda mano, libros de segunda mano, juguetes de segunda mano y afectos de segunda mano también, empezaba a ilusionarlo la idea de darle a su hijo todo lo que a él le había faltado.

—Iremos paso a paso. Primero, la casa, luego sugiero que intentes explicarle la situación. ¿Oliver ha preguntado alguna vez por su padre?

—Alguna vez, de pasada —admitió Sarah—. Cuando va al cumpleaños de algún amigo y ve a los demás niños con sus padres. Una vez, cuando estaba leyéndole un cuento.

—Tendrás que decirle a tus padres que te mudas y por qué.

—Tal vez lo mejor sería esperar un poco.

—No voy a esconderme, Sarah.

—No sé si a mis padres les alegrará saber que has vuelto a aparecer en mi vida —dijo ella, poniéndose colorada al recordar su disgusto cuando les contó que se había enamorado de un chico que la había dejado plantada. No creía que les hiciera mucha ilusión la presencia de Raoul, pero sabía que tarde o temprano tendría que contárselo. Su madre solía llamar tres veces por semana y no quería que se enterase de la noticia por su hijo—. No sé... mis padres son personas convencionales y tal vez les guste saber que habrá una figura paterna en la vida de Oliver.

Raoul se levantó.

—Te llamaré mañana... no, mejor vendré mañana por la tarde para conocer a mi hijo.

La formalidad de tal afirmación dejaba bien clara su falta de entusiasmo.

–¿Debo vestirlo de manera especial? No quiero que su presencia te ofenda.

–Eso no ayuda nada, Sarah.

–Y tampoco cómo tratas tú el asunto –replicó ella, intentando contener las lágrimas–. ¿Cómo puedes ser tan frío? No es así como yo había esperado que fuese mi vida, te lo aseguro. Siempre pensé que cuando tuviese un hijo sería causa de celebración. ¡Jamás imaginé que lo tendría con un hombre que no quería ser padre!

Raoul palideció. ¿Qué esperaba de él? Estaba allí, ¿no? Dispuesto a cumplir con su obligación. No solo eso, iba a buscar una casa para ellos y nunca volvería a tener que preocuparse por el dinero. ¿Tenía derecho a acusarlo? Para nada.

Sentía la tentación de hacer una lista de todas las cosas por las que debería estar agradecida, pero al final se limitó a decir:

–He descubierto que la vida tiene por costumbre ser injusta.

–¿Eso es todo lo que tienes que decir? –exclamó Sarah, frustrada.

Con los ojos brillantes, su pelo una masa de rizos rubios, Raoul sintió una descarga de adrenalina que le costó controlar.

–Me halaga saber que sigo enfadándote –murmuró, burlón.

Sin poder evitarlo, alargó una mano para acariciar sus dedos y el contacto fue eléctrico. La respuesta de Sarah era como un campo de fuerza que lo atraía inexorablemente... aquello era algo que ni la lógica ni el sentido común podían controlar.

Ella entreabrió los labios, con los ojos entornados. Si la besaba, olvidaría esas locas acusaciones... y la deseaba tanto. Deseaba recordar a qué sabían sus labios.

—No te atrevas...

Raoul tiró de ella y, satisfecho, vio una clara invitación en el brillo de sus ojos.

Sarah dejó escapar un gemido cuando sus labios se encontraron. Raoul siempre había podido hacer que se olvidase de todo con una simple caricia y eso hizo, olvidarse de todo mientras se apretaba contra el torso masculino, derritiéndose al sentir la erguida masculinidad rozando su abdomen y empujando la cremallera del pantalón. Sus pechos se hincharon y los frotó contra él, la placentera sensación en los sensibles pezones haciendo que se marease.

Pero Raoul fue el primero en apartarse.

—No debería haber hecho eso.

Sarah tardó unos segundos en recuperar el control, horrorizada al darse cuenta de que había vuelto a caer en la trampa, como una adicta, incapaz de controlarse. Raoul Sinclair la besaba y todo el dolor, toda la angustia quedaban olvidados. Se convertía en la ingenua que había sido cinco años antes.

—Ninguno de los dos debería...

—Tal vez era inevitable.

—¿Que quieres decir?

—Tú sabes lo que quiero decir. Esto que hay entre nosotros...

—¡No hay nada entre nosotros! —lo interrumpió Sarah, dando un paso atrás.

–¿Estás intentando convencerme a mí o a ti misma?

–Muy bien, tal vez ha sido por los viejos tiempos. Y ahora que nos hemos quitado eso de encima, podemos seguir adelante y...

–¿Fingir que no ha ocurrido?

–Exactamente –Sarah dio otro paso atrás, pero sabía que el efecto de ese devastador beso seguiría con ella hiciera lo que hiciera–. No se trata de nosotros. Tú eres parte de la vida de Oliver ahora, así que...

Raoul la miraba con una intensidad que la hacía temblar, pero siempre había sido capaz de esconder sus pensamientos cuando le convenía.

–Muy bien, ven mañana a conocer a Oliver. Estableceremos un horario de visitas y luego... luego cada uno seguirá adelante con su vida.

Capítulo 3

CUANDO sonó el timbre al día siguiente, Sarah estaba un poco más calmada que el día anterior. En otras palabras, había ordenado sus prioridades. La prioridad número uno era Oliver y se repetía a sí misma que era maravilloso que tuviese un padre dispuesto a aceptar su responsabilidad. Aunque cómo iban a hacerlo era algo que aún tenían que discutir.

La prioridad número dos, más personal, era mantener la cabeza despejada y no dejarse llevar por emociones o recuerdos.

Sarah abrió la puerta para recibir a Raoul.

–Oliver está en el cuarto de estar, viendo dibujos animados –le dijo, a modo de saludo.

Raoul notó que no lo miraba a los ojos. De hecho, tenía una mano en el picaporte, como si fuese a darle con ella en las narices.

–¿Vas a dejarme entrar o no?

Sarah se apartó.

–Debemos hablar sobre los asuntos prácticos de la situación. He estado pensando que tú y yo deberíamos vernos lo menos posible. No quiero que haya nada entre nosotros, lo importante es que conozcas a Oliver.

–¿Le has dicho quién soy?

Sarah lo miró, sorprendida. En un segundo, había dado por concluida la discusión que ella había estado horas ensayando. ¿Había esperado que intentase convencerla?, se preguntó. ¿Había levantado un cartel de NO PASAR esperando que Raoul quisiera hacer justo lo contrario? ¿Había querido secretamente que lo hiciera?

–No, aún no –respondió–. He pensado que sería mejor que os conocierais antes de nada.

–Muy bien. He traído algunas cosas.

–¿Qué cosas?

Raoul señaló su coche, aparcado a unos metros de la casa.

–¿Por qué no entras? Yo volveré en unos minutos.

–No le habrás traído regalos, ¿verdad?

–Sabía que tú lo desaprobarías.

–No es apropiado aparecer con un montón de regalos la primera vez.

–Tengo que compensar por el tiempo perdido.

Sarah decidió no discutir. No se podía comprar el afecto, pero tal vez los regalos conseguirían romper el hielo. Oliver no había tenido una figura paterna en su vida, aparte de su abuelo, al que adoraba, y ella estaba demasiado ocupada trabajando como para salir con nadie. Tenía una visión bastante cínica del sexo opuesto y la única experiencia que Oliver tenía sobre el mundo adulto se debía a ella.

El niño estaba construyendo una torre con bloques plástico, con un ojo en la televisión, cuando Raoul apareció en la puerta con una caja enorme en una mano y una bolsa en la otra.

Había más en el maletero del coche, pero no tenía suficientes brazos y se alegraba de no haberlo llevado todo porque el niño parecía abrumado y Sarah lo miraba con cara de susto.

Sintiéndose como un idiota, Raoul permaneció en el quicio de la puerta.

–Oliver, te presento a... mi amigo Raoul. ¿Por qué no lo saludas?

El niño se sentó en las rodillas de su madre mientras Raoul sacaba de la caja un fabuloso coche por control remoto y una colección de juegos, libros y cuentos y muñecos de peluche que, le aseguró a una alarmada Sarah, habían sido recomendados por el dependiente de la juguetería.

Pero cuando le preguntó a Oliver si quería probar el coche, el niño negó con la cabeza. Los juegos, libros y muñecos de peluche fueron recibidos con indiferencia y las preguntas sobre el colegio, deportes o sus programas favoritos de televisión con absoluto silencio.

Al final de cuarenta minutos de preguntas sin respuesta, Oliver por fin le preguntó a Sarah si podía seguir jugando con sus bloques.

–Como verás, ha sido un éxito –murmuró Raoul, en la cocina.

–Tardará algún tiempo en aceptarte.

Él la fulminó con la mirada.

–¿Qué le has contado sobre mí?

–Nada, solo que eras un viejo amigo.

–¿De ahí que me haya recibido de manera tan amistosa?

Su propio hijo lo había rechazado. Durante esos

años, Raoul se había entrenado para superar todos los obstáculos. Si necesitaba aprender francés para cerrar un negocio, lo hacía. Si necesitaba conocer el mercado de los juegos de ordenador para adquirir una empresa, adquiría conocimientos suficientes para comprarla y contrataba especialistas para que hicieran el resto. Había levantado un imperio sobre la firme creencia de que era capaz de hacer cualquier cosa. No había obstáculo que no pudiera superar.

Y, sin embargo, media hora en compañía de su hijo lo había hecho sentir impotente. Oliver no había mostrado el menor interés por los juguetes y menos por él. Y Raoul no sabía qué hacer para que su hijo mostrase algo de entusiasmo.

–La mayoría de los niños se habrían vuelto locos con el coche –siguió, con tono acusador–. El dependiente de la tienda me dijo que era el juguete más vendido en los últimos cuatro años. Ese maldito coche puede hacer de todo salvo llevar pasajeros, así que dime cuál es el problema. Oliver apenas me ha mirado.

–No creo que haya sido buena idea traerle tantos juguetes.

–¿Por qué no? Yo me habría puesto a dar saltos de alegría si alguien hubiese aparecido en mi casa con una bolsa llena de juguetes.

Sarah sintió una oleada de compasión por el niño que había sido, pero era evidente que Raoul no lo entendía. Para ganarse a su hijo haría falta algo más que un montón de regalos.

–¿Sabes que todos los juguetes con los que yo jugaba de niño eran de segunda mano y tenían que ser compartidos? Un coche por control remoto como ese habría provocado una estampida.

–Lo siento mucho –dijo Sarah.

–No, por favor, no sientas compasión por mí, no me hace falta. Deberías haberme dicho que le gustaba jugar con bloques de construcción.

–No lo entiendes, Raoul. Oliver está acostumbrado a tenerme solo a mí y ve a otro adulto con cierto recelo. ¿Qué pasaba en los cumpleaños, en las Navidades?

–No te entiendo.

–¿Te regalaban cosas en tu cumpleaños o en Navidad?

–No sé qué tiene eso que ver, pero, si de verdad quieres saberlo, nunca creí en el tipo gordo de la barba blanca. Mi madre solía decirme que no existía Santa Claus, imagino que porque no quería gastarse el dinero en regalos cuando podía gastárselo en ginebra. Además, en la casa de acogida uno no podía agarrarse a ese tipo de cuentos –Raoul sacudió la cabeza–. En fin... si Oliver no quiere nada de lo que le he comprado, ¿qué hacemos?

–¿Estás pidiendo ayuda?

–Estoy pidiendo tu opinión.

–¿Por qué no vas al cuarto de estar y juegas un rato con él? –sugirió Sarah–. No, le diré que traiga los bloques aquí y así podréis jugar mientras yo hago la cena.

–Podríamos cenar fuera. Dime cuál es tu restaurante favorito y el chef hará lo que quieras...

–No –lo interrumpió ella–. Oliver y yo cenaremos en casa como todos los días y luego, después de ver los dibujos en televisión, le leeré un cuento antes de dormir.

Eso era lo que solían hacer, pero aquel día lo harían con Raoul, como si fueran una familia. Aunque no lo eran. Había dicho en serio que no debería haber demasiado contacto entre ellos.

–Iré a buscar a Oliver mientras tú cortas un par de cebollas. Están en el cajón de la fruta, en la nevera.

–¿Quieres que cocine yo? –exclamó Raoul.

–Quiero que ayudes, al menos. Y no me digas que no sabes cocinar porque lo hacías en Mozambique.

–Entonces era diferente.

–¿Ahora siempre comes fuera de casa?

–Así tengo más tiempo libre.

–¿Y tus novias? ¿Nunca cenas en casa con ellas?

La pregunta salió de su boca antes de que pudiese contenerla y se dio cuenta de que había estado ahí desde que volvió a verlo. De hecho, era algo que se había preguntado muchas veces en los últimos años. ¿Habría encontrado a alguien? ¿Alguna otra mujer habría sido capaz de capturar su interés? Tal vez una más guapa, más lista, más elegante que ella.

–No es que sea asunto mío. Lo pregunto por preguntar.

–Ahora sí lo es, tú misma lo dijiste ayer. Pero te aseguro que la única mujer en mi vida ahora mismo eres tú.

–No es eso lo que he preguntado y tú lo sabes.

–Quieres saber qué he estado haciendo estos años. No hay nada malo en sentir curiosidad, es sano.

–Me da igual lo que hayas estado haciendo –replicó Sarah. Era mentira, sí le importaba. ¿Con qué clase de mujeres salía? ¿Qué sentía por ellas?

–Ha habido mujeres, por supuesto –respondió Raoul–. Pero he evitado que hicieran nada que tuviese que ver con cacerolas, sartenes, delantales, velas y comidas caseras.

–Ah, qué encantador –dijo Sarah, burlona–. Bueno, voy a buscar a Oliver.

–¿Y tú? –le preguntó él entonces–. ¿No vas a contarme nada sobre tu vida? Sé que ahora mismo no sales con nadie, ¿pero lo has hecho antes? ¿Le has hecho la cena a algún otro hombre?

Aunque lo había preguntado con tono burlón, se preguntaba por qué lo ponía tan tenso imaginar a Sarah con otro hombre. Después de todo él nunca era un candidato si se trataba de compromisos o matrimonios.

–Tal vez.

–¿Tal vez? ¿Qué significa eso? ¿Tengo que competir con alguien a quien tienes escondido en un armario?

–No –admitió Sarah–. Estoy demasiado ocupada con Oliver como para complicarme la vida con un hombre. Pero como tú mismo has dicho, mi vida va a ser mucho más fácil a partir de ahora –añadió, al ver una sonrisa de satisfacción en sus labios–. A partir de ahora ya no tendré que hacerlo todo sola y será maravilloso no tener que preocuparme constantemente por el dinero... o más bien por la falta de él. Será fantástico tener un poco de tiempo para mí misma.

–Pero eso no significa que tengas carta blanca para hacer lo que te dé la gana –a Raoul no le gustaba nada la dirección que estaba tomando la conversación.

–Lo dices como si estuviera a punto de salir corriendo a buscar un hombre –le espetó ella.

Además, ¿qué derecho tenía a marcar ninguna pauta sobre su vida privada? Raoul Sinclair no quería que nadie entorpeciese la suya.

Tal vez Raoul estaba acostumbrado a salir con mujeres y descartarlas cuando ya no le interesasen, pero ella necesitaba algo más que eso. Para él, la vida de soltero significaba libertad, para ella una vida en soledad sería como una cárcel.

–No voy a ponerme a buscar pareja, pero saldré un poco más.

–¿Saldrás un poco más?

–Cuando tú te quedes con Oliver.

–No creo que debamos hacer planes en este momento –dijo Raoul–. Oliver aún no me ha dirigido la palabra siquiera. Es un poco prematuro planear una ajetreada vida social anticipando que el niño y yo nos hagamos amigos. Vamos a ir paso a paso, ¿de acuerdo?

–Sí, claro. No pensaba irme a una discoteca mañana mismo.

¿Ir a una discoteca? ¿Salir con otros hombres y acostarse con ellos mientras él se quedaba con Oliver los fines de semana?

Raoul la imaginó con un vestido ceñido, bailando con otro hombre...

Las mujeres con las que él salía vestían así, pero por alguna razón no le gustaba imaginar a Sarah con minifalda, tacones altos y camisetas escotadas.

–Mejor porque eso no va a pasar.

–¿Perdona?

–Piénsalo, Sarah. Oliver ni siquiera sabe que soy

su padre. ¿No crees que se sentiría desconcertado si tu amigo, que ha aparecido misteriosamente, lo llevase a su casa? Tú eres la única constante en su vida, como tú misma has dicho, y para que Oliver me acepte tenemos que mostrar un frente unido. Debemos esperar hasta que confíe en mí lo suficiente como para poder estar a solas conmigo.

–¿Qué estás intentando decir?

–Que vamos a tener que relacionarnos. Las cenas, los dibujos, los cuentos, todo eso tendremos que hacerlo juntos. Claro que será mucho más fácil cuando os mudéis a un sitio más conveniente. Por cierto, tengo a mi gente buscando una casa...

Había tantas cosas que no le gustaban en ese discurso que Sarah lo miró, atónita.

–Cuando dices que tendremos que hacerlo juntos...

–Yo no sé nada sobre ser padre. Ya has visto mi gran actuación hace un momento.

–Tampoco yo sabía cómo ser madre al principio –le recordó Sarah, con irrefutable lógica–. Solo es cuestión de hacerlo lo mejor posible.

La idea de hacer cosas con Raoul y Oliver, los tres juntos, era suficiente como para provocarle un ataque de pánico. Cada vez le costaba más trabajo separar el presente del pasado. Lo miraba y... ¿a quién quería engañar diciendo que ya no se sentía atraída por Raoul Sinclair?

Raoul vivía en un mundo diferente al suyo y para él sería solo una molestia temporal, alguien de quien se libraría cuando ya no la necesitase. Pero a Sarah no le hacía ninguna gracia tenerlo en su vida. ¿Cómo iba a distanciarse de él si se chocaban en la cocina mientras intentaba forjar un lazo con su hijo?

Raoul seguía molesto porque Oliver no le había hecho ni caso y no tenía en cuenta que cuando se trataba de niños no se podía hacer planes, pero en un par de días seguramente revisaría sus ideas. Sarah dudaba mucho que quisiera pasar tiempo con ella.

—¿Tienes a «tu gente» buscando una casa?

—Lo bueno de tener dinero es que resuelve todos los problemas. Ahora mismo están haciendo una lista de casas... les he dado hasta finales de semana.

—No pienso mudarme a una casa que tú hayas elegido, sin verla. Sé que a ti da igual dónde vivas, pero a mí no.

—¿No confías en que encuentre algo que te guste?

Cinco años antes, Sarah solía hablarle de sus sueños y Raoul se burlaba de ella. ¿Para qué soñar con una isla en el Pacífico si nunca ibas a poder comprarla?, le decía. Pero su sueño de tener una casita llena de rosales y manzanos lo había hecho reír.

—La casa con rosales y manzanos sería difícil en el centro de Londres, pero...

—¿Pero?

—Los tengo trabajando en el jardín, la chimenea y la cocina de leña.

—¡No puedo creer que recuerdes esa conversación!

—Recuerdo muchas cosas, Sarah.

A Raoul no le pasó desapercibido el brillo de sus ojos. Había dicho que no quería saber nada de él y que debían olvidar el beso, pero cada vez que estaban juntos el ambiente se cargaba de electricidad.

—Bueno, yo no recuerdo tanto —murmuró.

–No sé si creerte.

–Me da igual. Si no te importa cortar un par de cebollas, voy a buscar a Oliver.

Sarah desapareció a toda prisa. Cuando la miraba así podría jurar que era capaz de leer sus pensamientos y era una sensación incómoda y aterradora que la hacía sentir vulnerable. Una vez le había abierto su corazón, se lo había contado todo sobre sí misma. Pero mientras ella se enamoraba cada vez más, él se había negado a discutir nada que tuviera que ver con el futuro. Había aceptado lo que le daba generosamente y después había roto con ella cuando terminó su tiempo en Mozambique.

Pero cuando la miraba con esa expresión podía notar su interés. Estaba flirteando con ella... ¿pensaría que iba a caer en sus redes de nuevo?

Cuando volvió a la cocina lo encontró cortando cebollas como le había pedido.

–¿Has traído los bloques? A mí me gustaba mucho jugar con ellos cuando tenía tu edad –se apresuró a decir al ver que el niño los dejaba sobre la mesa.

–¿Has oído eso, Oliver? A Raoul le gusta construir cosas con bloques, como a ti. ¿Recuerdas lo alta que era la última torre que hiciste?

–Doce bloques –respondió el niño.

–¿En serio? –exclamó Raoul, inclinándose sobre él.

Sarah estaba sentada a su lado y, de repente, se vio aprisionada. Intentó moverse, pero apenas tenía espacio y podía sentir su aliento en el cuello.

–¿Por qué no te sientas, Raoul? Puedes ayudar a Oliver a hacer su torre.

–No necesito ayuda, mamá.

–No, seguro que no –dijo él–. Creo que hasta podrías construir el Empire State.

Oliver empezó a colocar bloques sin hacerle caso y Raoul se apartó con expresión frustrada.

–Dale tiempo –dijo Sarah, acercándose.

–¿Cuánto tiempo? No soy un hombre paciente.

–Pues tendrás que aprender a serlo. Buen trabajo con las cebollas, por cierto.

Durante el resto de la tarde, lo vio intentando contener su impaciencia. Oliver no se mostraba hostil, pero sí receloso. Respondía a las respuestas de Raoul sin mirarlo y cuando terminaron de cenar aceptó con desgana salir con él a la calle para probar el coche.

Por la ventana de la cocina, Sarah observaba el incómodo encuentro con el corazón encogido.

Había pensado decirle a Oliver que Raoul era su padre cuando se hubiera establecido un lazo entre ellos. Contárselo cuando no era más que un extraño sería un error. Pero ¿cuánto tiempo tardarían en forjar ese lazo?, se preguntó. Al menos, Raoul estaba intentándolo.

Otro hombre con experiencia familiar podría tener algún as en la manga. Raoul no tenía esa experiencia y, habiéndose perdido los primeros años del niño, no sabía cómo ganárselo.

Cuando volvieron a entrar, tras el fracaso con el coche, le dijo que esperase en la cocina mientras subía con Oliver a la habitación.

–Puedes tomar... lo que encuentres en la nevera. Sé que la cena no ha sido a lo que tú estás acostumbrado.

–¿Porque soy un arrogante?

Sarah suspiró pesadamente.

–Porque vivimos en mundos diferentes. Cuando estábamos en África, no nos separaban tantas cosas.

–Tienes que olvidarte del pasado.

–Tú no has olvidado el tuyo.

–¿Qué quieres decir?

–Creías que podías comprar a Raoul con regalos porque tu pasado te ha condicionado para pensar de ese modo y te impacientas al descubrir que no funciona así.

–Y tú no puedes olvidar que... en fin, te dejé hace cinco años. Quieres encontrar algo sobre lo que discutir porque vives en un mundo que consiste en Oliver y tú y te niegas a aceptar que ahora debes contar conmigo –replicó él–. La cena ha sido una decepción porque era estresante. No sabía qué hacer...

Oliver había jugado con su comida, sin probarla, y Sarah no lo había regañado siquiera. En cambio, sus recuerdos de infancia eran cenas silenciosas porque el mal comportamiento en la mesa era castigado.

–No sé cómo lidiar con Oliver –le confesó.

Raoul era tan listo, tan sabelotodo, que Sarah no se había parado a pensar que de verdad estaba perdido.

–Lo siento. No debería haber dicho eso sobre tu pasado.

–Esta es una situación complicada y discutir entre nosotros no servirá de nada.

–Sí, es cierto, resulta difícil para los dos –asintió ella–. Voy a bañar a Oliver, bajaré en cuanto pueda.

Volvió media hora después, tan fresca como una rosa, mientras él sentía como si hubiera estado corriendo durante dos horas.

—Creo que estás empezando a caerle bien.

—¿Ah, sí? —Raoul enarcó una ceja—. ¿Cómo has llegado a esa conclusión? Puede que no sepa mucho sobre niños, pero habría que tener el cociente intelectual de un pez para no ver que mi hijo no siente el menor interés por mí. Tenías razón, comprar todos esos juguetes ha sido tirar el dinero.

—Es que no estás acostumbrado a los niños y no sabes cómo piensan. A veces me resulta difícil imaginar que fuiste niño una vez —dijo Sarah—. A Oliver le gusta retarme, como a la mayoría de los niños. Intenta ver hasta dónde puede llegar y siempre es un cuento más o un helado más...

—¿Y qué ha sido de la disciplina? —preguntó Raoul.

—Intento disciplinarlo, te lo aseguro, pero hay que saber cuándo hacerlo y cuándo ser flexible —respondió ella, pensativa. El hombre que podía mover montañas tenía un talón de Aquiles y estaba segura de que jamás pediría ayuda. Raoul era orgulloso y pedir ayuda significaría admitir debilidad, algo imposible para un hombre como él.

Pero ayudarlo era la única solución y, además, hacerlo le daría a ella un empujón psicológico y una posición de firmeza.

—Ahora está encantado con el coche, pero esta noche guardaré el resto de las cosas que has traído. Puedo ir sacándolas como regalo poco a poco, cuando haga algo bien o en su cumpleaños —Sarah cruzó los brazos, preparándose para ayudar a un hombre tan acostumbrado a llevar el control que nunca había dejado que otra persona llevase las riendas.

Raoul se echó hacia atrás, poniendo las manos en su nuca. Pensaba que Sarah no había cambiado, pero estaba equivocado. Aquella ya no era la chica ingenua que lo había adorado cinco años antes. En sus ojos veía un brillo de acero... se dio cuenta de que lo había visto antes, pero no había sido capaz de reconocerlo. El deseo también estaba allí, quisiera admitirlo o no, pero había algo más...

Raoul sentía curiosidad por averiguar qué era ese algo más.

—¿Vas a echarme una bronca?

—No, pero voy a decirte lo que debes hacer y me vas a escuchar. Te gusta creer que lo sabes todo, ¿verdad?

—¿Ahora eres mi maestra?

—Te guste a ti o no, lo soy.

Él esbozó una sonrisa.

—Muy bien, hace tiempo que nadie me enseña nada. Puede que me guste más de lo que crees...

Capítulo 4

SARAH se miró al espejo y frunció el ceño. Tenía las mejillas rojas y los ojos brillantes, como si estuviera excitada, y se sintió culpable porque eso era justo lo que no quería. No debía emocionarse al pensar que estaba a punto de ver a Raoul.

Durante las últimas cuatro semanas, se había mostrado fría y distante, aunque se ponía nerviosa cuando Raoul clavaba en ella sus fabulosos ojos oscuros. Siempre se ponía ropa que no llamase la atención y cualquiera diría que en su armario solo había vaqueros viejos, camisetas, jerséis sin forma y zapatillas de deporte. Como la primavera empezaba a dejar paso al verano, había dejado a un lado los jerséis, pero los vaqueros, las camisetas y las zapatillas seguían ahí.

Estaba decidida a que su relación con Raoul siguiera siendo distante porque no debía olvidar lo que había ocurrido en el pasado.

Estaba ayudándolo a conocer a su hijo y debía admitir que ya no era una lucha. Poco a poco, Oliver empezaba a mostrar confianza y Raoul, a cambio, estaba aprendiendo a relacionarse con el niño. Como una maestra luchando con unos pupilos difíciles que por fin viese la luz al final del túnel, podía decirse a sí misma que su papel como mediadora estaba siendo un éxito.

Y era por eso por lo que le brillaban los ojos, nada más.

Oliver estaba deseando ver a Raoul. De hecho, estaba vestido y mirando por la ventana del cuarto de estar, esperando ver el Range Rover. Le gustaba tanto el coche que había prometido comprarle uno igual cuando tuviese dinero. En aquel momento tenía dos libras y ya se consideraba en camino.

–¿Voy correctamente vestido para pasar un día en el parque de atracciones, *señorita*? –bromeó Raoul cuando abrió la puerta.

–Ya sabes que odio que me llames así.

–Pero a mí me gusta que te pongas colorada.

–No deberías decir esas cosas.

–¿Por qué no?

–Porque no es apropiado.

Y porque se sentía amenazada. Llevaba semanas sintiendo que caminaba por el borde de un precipicio. Raoul minaba sus defensas con su encanto y su determinación de hacer las cosas bien... necesitaba recuperar el mal recuerdo que le había dejado en Mozambique porque era más fácil lidiar con él como el hombre que había destrozado su vida.

–Ah, ahora sí que hablas como una maestra –dijo Raoul–. ¿Debo esperar mi castigo?

–No seas tonto.

Riendo, él levantó las manos en un gesto de rendición y Sarah lo fulminó con la mirada. Aquello no podía continuar. Estaba mental y emocionalmente exhausta. Tenían que empezar a hablar sobre derechos de visita porque para Oliver ya no era ningún problema estar a solas con su padre.

En otras palabras, había llegado el momento de reconocer que ya no tenía que ayudarlo y, además, Raoul tenía razón, era importante mostrar un frente unido para que Oliver confiase en él.

¿Cómo se tomaría el niño la noticia de que Raoul era su padre? Seguramente sería más fácil que lo aceptase después de haber pasado unos días juntos. Desde luego, mucho mejor que cuando no era más que un extraño que apareció cargado de regalos.

Los regalos estaban guardados y Raoul no había vuelto a repetir el error, aunque le había advertido que pondría un columpio en el jardín de la casa que había comprado para ellos.

Cuando pensaba en la velocidad a la que había cambiado su vida le daba vueltas la cabeza.

Raoul se había convertido en una presencia permanente, Oliver estaba empezando a forjar un lazo con su padre y la casa, que habían visto dos semanas antes, ya estaba lista para ser ocupada.

–¿Por qué esperar? –le había preguntado Raoul.

El precio no tenía importancia para él. Sarah había creído que el dinero era lo más importante para Raoul, pero a medida que lo conocía mejor se daba cuenta de que el dinero significaba libertad, la posibilidad de hacer lo que quisiera sin tener que darle cuentas a nadie. En resumen, era todo lo contrario a su infancia.

De hecho, y solo por accidente, había descubierto que entregaba grandes sumas de dinero a proyectos benéficos, incluyendo el proyecto que los había unido cinco años antes, en África.

Estaba en el ático con Oliver, esperando mientras Raoul hablaba por teléfono, y su hijo miraba la enorme televisión de pantalla plana dando vueltas sobre uno de los taburetes de cromo frente a la encimera de mármol negro de la cocina. Y sobre la mesa, que daba a un parque privado, había una carta de agradecimiento por su contribución.

Sarah no había dicho una palabra, pero había guardado ese dato en su cabeza, donde se unió a otras cosas que había ido descubriendo sobre él.

Raoul Sinclair era el hombre más complejo que había conocido nunca; trabajador, ambicioso y ferozmente decidido. Pero la manera en la que se aplicaba a la tarea de conocer a su hijo mostraba también compasión, paciencia y una gran capacidad de improvisación.

Estaba claro que utilizaba a las mujeres y, sin embargo, no era un manipulador. Era un hombre que se guardaba todo para sí mismo y, sin embargo, no podía dejar de pensar que había visto algo del niño que había sido, aunque Raoul hablaba de su pasado solo por necesidad y siempre sin emoción.

Habían pasado cinco años y Raoul seguía fascinándola. Aunque eso era algo que Sarah se negaba a reconocer, sabía que estaba haciéndose adicta a sus visitas, que cada día eran más frecuentes.

Sentía como si estuviera viéndolo como una adulta y no como la chica romántica que había sido una vez. Y se preguntaba cómo sería la vida cuando su relación fuese normal, cuando fuese a buscar a Oliver cualquier día de la semana y ella se quedase sola en casa. Cuando se llevase al niño a pasar el fin de semana y ella tuviera tiempo libre para hacer lo que quisiera...

De inmediato, se dijo a sí misma que sería maravilloso. A partir de aquel momento tendría una vida propia, sin problemas de dinero, de tiempo o de oportunidades.

Raoul había insistido en abrir una cuenta a su nombre y cuando ella la rechazó insistió en que era lo mínimo que podía hacer por todos los años que no había podido ayudarla. Inteligente como era, había sabido que esa era la única manera de convencerla.

Sarah suspiró, intentando no pensar en ello. Aparte de la mezcla de sentimientos que provocaba en ella, la realidad era que pronto se mudarían a una casa nueva, una casa que Raoul había comprado, y Oliver debía saber quién era aquel hombre.

Aquel día iban a un parque de atracciones, algo nuevo para los dos ya que Oliver nunca había estado en uno y Raoul tampoco. Mientras ellos iban hacia el coche, Sarah se quedó unos pasos atrás observando a Oliver, que llevaba orgullosamente su nueva mochila y unos pantalones vaqueros también nuevos. Raoul, en cambio, llevaba unos vaqueros gastados que se ajustaban a sus poderosas piernas y una camisa blanca con las mangas subidas hasta el codo.

Aunque era una mujer adulta y no la cría que había estado loca por él, cuando estaba con Raoul no las tenía todas consigo. Seguía siendo el hombre más atractivo que había conocido nunca...

Él abrió el maletero del coche y Sarah miró su contenido, sorprendida.

–¿Qué es eso?

–¿A ti qué te parece?

–¿Vamos de merienda?

–La he encargado a un restaurante y me han aseguro que hay una amplia selección.

Raoul había aprendido mucho durante las últimas semanas. Como nunca se había visto en el papel de padre, había tenido que adaptarse, dejando a un lado el ordenador para intentar forjar un lazo con su hijo. Acostumbrado a que todo el mundo lo tratase con respeto y a que sus órdenes se obedecieran, tuvo que encontrar paciencia porque los niños a menudo desobedecían las órdenes y no siempre trataban a los mayores con el debido respeto.

Él, que nunca había pedido ayuda, se había visto obligado a aceptar la de Sarah, teniendo que controlar su natural tendencia a imponerse. Pero el resultado era un éxito porque Oliver empezaba a confiar en él.

Y, al mismo tiempo, había visto una nueva Sarah, muy diferente a la impresionable jovencita que había sido cinco años antes. Tenía una fuerza que lo intrigaba, un carácter de hierro en todo lo que se refería a su hijo.

–Estoy impresionada –dijo ella, mirando la cesta y la nevera llena de refrescos.

Era evidente que cuando Raoul tomaba una decisión daba el cien por cien para conseguir el resultado deseado y aquella merienda era la prueba de ello. Estaba intentando ganarse el afecto de su hijo y ponía en ello todo su empeño.

Y Sarah se veía obligada a admitir que, mientras intentaba encandilar a Oliver, estaba consiguiendo el mismo resultado con ella.

–Por supuesto, me habría impresionado más si la hubieras preparado tú mismo –añadió, para no ponérselo tan fácil.

–Nunca estás satisfecha –dijo Raoul, con una sonrisa en los labios–. Eres una maestra muy dura.

–No necesitas que un chef te prepare una merienda. Sé que puedes hacerlo tú mismo.

–Lo tendré en cuenta para la próxima vez.

–No habrá una próxima vez –se apresuró a decir ella–. No olvides que todo esto es... bueno, ya sabes, un aprendizaje.

–Parque de atracciones, hecho. Comida casera, hecho. Restaurante de comida basura, hecho. ¿Cuándo te has vuelto tan estricta?

–No soy estricta, soy práctica –respondió ella–. ¿Y no es hora de que nos vayamos? Oliver ya está en el coche.

–Muy bien.

–¿Te he dicho lo emocionado que está? Anoche apenas pudo pegar ojo.

–Tampoco yo dormí bien –le confesó Raoul, acorralándola contra el maletero del Range Rover.

–¿Qué haces?

–He decidido dejar de mentirme a mí mismo diciendo que no te deseo.

–No me deseas y yo no te deseo a ti. Es verdad que nos llevamos bien, pero es por Oliver... y no me mires así. Esto no es parte del plan y a ti te gusta hacer planes.

–Esto demuestra que he cambiado.

–No has cambiado, Raoul –Sarah puso las manos sobre su torso para apartarlo, pero el calor de su cuerpo la dejaba sin fuerzas–. Ya he pasado por esto y no quiero volver a hacerlo. Tú y yo no somos compatibles. Solo necesitamos ser... amigos.

–Muy bien. Si estás segura... –Raoul pasó un dedo por su hombro y ella tuvo que intentar llevar oxígeno a sus pulmones como una persona a punto de ahogarse.

Su corazón latía como loco mientras subía al asiento del pasajero y se volvía para comprobar que Oliver no había desabrochado el cinturón de seguridad.

Durante esos años, había querido guardar un mal recuerdo de Raoul, pero enfrentada de nuevo con aquel hombre carismático, dinámico y sexy que podía hacerla reír y enfadarla más que nadie, no sabía qué hacer. Raoul la afectaba más que ningún otro hombre...

¿Lo habría intuido? ¿Era por eso por lo que coqueteaba con ella con la confianza de un predador, sabiendo que solo era una cuestión de tiempo?

El parque de atracciones estaba lleno de gente y Oliver se emocionó al ver los carruseles, las casetas y hasta la montaña rusa, aunque Sarah le advirtió que de ningún modo iban a subir en ella.

–¿Te ha gustado? –le preguntó a Raoul mientras bajaban de una de las atracciones para niños.

Él se inclinó para sacar a Oliver, sus bíceps marcándose bajo la camisa.

–¿Me estás preguntando si he conseguido encontrar al niño que hay en mí? –se burló él–. No, yo no creo en esas bobadas.

Pero estaba haciendo muchas cosas que no había

hecho nunca. ¿Una merienda en el parque de atracciones? ¿Desde cuándo iba él de merienda? Aunque lo más inquietante era pensar que lo había hecho por Sarah.

–Pues deberías –dijo Sarah, viendo una oportunidad de oro para recordarle que, tarde o temprano, tendría que estar a solas con Oliver.

O tal vez, pensó, tenía que recordarse a sí misma que no debería estar siempre disponible para Raoul. Ella tenía una vida aparte de sus visitas... aunque no sabía dónde estaba esa vida. Tenía previsto empezar a trabajar como ayudante en el colegio al que acudía Oliver, pero iban a mudarse a otra zona de la ciudad, de modo que eso estaba descartado. Tendría que empezar a buscar otro trabajo...

¿Debía esperar a que estuvieran instalados en la nueva casa?, se preguntó.

–No creo que tengas que encontrar al niño que hay en ti, pero sí deberías relajarte y aprender a pasarlo bien. Hasta ahora hemos estado los tres juntos, pero eso terminará pronto y deberías estar relajado con Oliver.

Raoul se pasó una mano por el cuello.

–¿Por qué quieres discutir?

–Yo no quiero discutir. Solo digo que no hay nada malo en pasarlo bien. De hecho, es una gran cualidad. Desde luego, a mí solo me interesaría un hombre que supiera pasarlo bien.

Aunque cuando intentaba imaginar a ese hombre, la imagen de Raoul aparecía irritantemente en su cerebro.

Él frunció el ceño, exasperado. Había pensado que

el tema de su vida de soltero estaba cerrado porque Sarah habría visto lo obvio: que no habría vida de soltera para ella mientras intentaba forjar un lazo con Oliver. Lo desconcertaba saber que estaba buscando el momento de volver a salir con sus amigas cuando seguía sintiéndose atraída por él. Y estaba seguro de que era así.

—Oliver parece cansado. Creo que deberíamos comer —dijo abruptamente.

—Y, después, tú y yo deberíamos charlar —insistió Sarah.

Cuando llegaron al aparcamiento, Raoul dejó a Oliver en el suelo. Habían ganado un muñeco de peluche en una de las casetas y la cabeza del animalillo sobresalía de la mochila. El niño insistía en subir en otra atracción, pero se distrajo fácilmente cuando Raoul le prometió un pastel de chocolate.

—Ya que has comprado la casa, deberíamos hablar de cómo vamos a acomodarnos. Quiero ordenar mi vida ahora que voy a empezar a vivirla.

—¿Ahora que vas a empezar a vivir? —repitió Raoul, en voz baja. Oliver estaba entretenido con su panda de peluche, pero sabía que los niños siempre estaban atentos a las conversaciones de los adultos.

—Debes admitir que estas últimas semanas han sido una novedad para los dos. Imagino que tú nunca estás fuera de la oficina tanto tiempo —Sarah sonrió, aunque Raoul no parecía divertido en absoluto—. Es hora de que los dos volvamos a la realidad.

Raoul sacó la cesta y la nevera del maletero para llevarlas a una zona llena de árboles y mesas de merienda.

Enfadado, aunque no quería que Oliver se diese cuenta, sacó suficiente comida como para un regimiento. Sin percatarse del cambio en el ambiente, el niño se lanzó a comer con entusiasmo mientras revivía sus experiencias en las atracciones e intentaba conseguir que alguno de los dos le prometiese volver.

De modo que Sarah quería vivir, pensó Raoul. ¿Por qué no? Era joven y, a partir de aquel momento, no estaría perpetuamente angustiada por la falta de dinero. Cuando volvió a encontrarse con ella estaba limpiando oficinas y el estrés de la situación se notaba en su demacrado rostro, pero había engordado un poco desde entonces y estaba más guapa que nunca.

¿Por qué no iba a querer pasarlo bien? Él lo había pasado bien durante esos cinco años. ¿Por qué no iba Sarah a salir de fiesta con sus amigos? ¿Por qué no iba a llevar la vida que llevaba la gente de su edad a pesar de tener un hijo?

La situación debería haber sido perfecta para él. Raoul nunca había cambiado de opinión sobre el matrimonio a pesar de su infancia... o tal vez precisamente por ella. La realidad era que no creía en los finales felices. Solo creía en la libertad y, aunque ahora debía tomar en consideración a otra persona, no pensaba hacer algo que pudiese lamentar más tarde.

Si uno vivía para sí mismo, nadie podía decepcionarte. Era un credo en el que creía por completo.

Pero seguía sintiéndose atraído por Sarah y no se había dado tantas duchas frías en muchos años. Y sí, también Sarah se sentía atraída por él, quisiera admitirlo o no, pero eso no era suficiente para justificar la indignación que sentía al imaginarla saliendo con otros hombres.

Él era una persona práctica y llevar esa atracción un paso adelante sería una complicación que no deseaba. De hecho, debería urgirla a que saliera y conociese a alguien. Debería decirle que eso era lo que necesitaba.

En los próximos días, Oliver sabría que era su padre y la burbuja doméstica que habían construido para los tres ya no sería necesaria. Poco a poco, el niño aceptaría la custodia compartida. No era la situación ideal, pero en la vida no había situaciones ideales.

Aunque le costaba aceptar eso.

El cielo se había cubierto de nubes cuando guardaron las cosas en la cesta y, durante el viaje de vuelta, Oliver, agotado, se quedó dormido.

Para evitar que Sarah siguiera contándole lo que pensaba hacer con su tiempo libre, Raoul encendió la radio.

Veinte minutos después, Sarah empezó a charlar nerviosamente; cualquier cosa para romper el silencio. El día había empezado maravillosamente bien, pero había terminado mal y era culpa suya.

Saber que, poco a poco, de manera inevitable, volvía a sentir por Raoul lo que había sentido cinco años antes había despertado todas las alarmas. Jamás hubiera creído posible que eso pudiera pasar, pero Raoul Sinclair siempre había sido capaz de robarle el corazón, de modo que intentó concentrarse en cosas prácticas.

Tendría muchas cosas que hacer en la casa en cuanto se mudasen. Quería algo alegre en las paredes, de modo que se oyó a sí misma hablando de papel pintado mientras Oliver seguía durmiendo en el asiento de atrás y Raoul miraba fijamente la carretera, respondiendo con monosílabos.

–Muy bien –dijo por fin, aburrida de escuchar su propia voz–. Sé que piensas que te he estropeado el día.

–¿He dicho yo eso?

–No, no lo has dicho, pero está claro que lo piensas. ¿Se puede saber qué te pasa?

–Estás hablando de papel pintado y colores para las paredes... no pretenderás que finja interés por eso, ¿verdad? Ya te he dicho que podría contratar un decorador. Incluso contrataré a alguien para que compre obras de arte.

–Entonces no sería mi casa, sería la casa del decorador –protestó Sarah–. ¿Has visto tu apartamento?

–¿Qué quieres decir con eso?

–Tienes todo lo que el dinero puede comprar, pero sigue sin parecer un hogar. Es como una revista de decoración...

–¿Y qué tiene eso de malo?

–La cocina no parece haber sido usado nunca y los sofás tampoco. Nadie ha tirado una gota de agua en las alfombras y todos esos cuadros abstractos... seguro que no los has elegido tú.

Estar enfadada con él era algo que le resultaba familiar. El duro perfil que le ofrecía no tenía expresión alguna y eso la enfadó aún más. ¿Cómo podía estar tan tranquilo cuando él la afectaba tanto? No era justo.

–No me gusta el arte abstracto –siguió–. De hecho, lo odio. Me gustan la pintura clásica, las cosas que puedo reconocer: flores, paisajes. No me gusta ver manchas en una tela blanca y no se me ocurre nada más absurdo que pedirle a un extraño que compre cuadros para mí. Y tampoco me gustan los sofás de piel, son fríos en invierno y pegajosos en verano. Me gustan los colores cálidos y los sillones gruesos en los que te hundes durante el invierno para leer un buen libro.

–Muy bien, lo he entendido –dijo Raoul–. No quieres ayuda para decorar la casa y odias mi apartamento.

Sarah, que no solía ser grosera, se sintió avergonzada de sí misma. Jamás se le hubiera ocurrido criticar la casa de otra persona porque sabía que cada uno tenía sus gustos, pero la angustia de estar con Raoul, disfrutar de su compañía y ver lo que podría haber sido su vida si él la hubiese querido hacía que se sintiera amargada.

A pesar de su arrogancia, de su testarudez y su capacidad de no ver las cosas cuando no le daba la gana, seguía siendo un tipo estupendo y, por lo tanto, era más fácil volver a enamorarse.

–Y seguimos teniendo que hablar –insistió.

Si había esperado que discutiese, se llevó una decepción porque a Raoul parecía darle igual su opinión sobre él, su apartamento o cualquier otra cosa.

–Sí, es cierto.

Pensar en ella con otro hombre era insoportable, pero lo más irritante era no ser capaz de poner en orden sus pensamientos. Por primera vez en su vida, no era capaz de pensar con fría lógica y sentía una inquietud que no entendía y de la que no se podía librar.

Pero su enfado y sus críticas habían aclarado mucho la situación. Sarah no era como otras mujeres que conocía y no era solo porque fuera la madre de su hijo.

Siempre había sido fácil para él colocar a otras mujeres en una categoría determinada. Cada una cumplía con su papel y no había áreas oscuras.

Sin embargo, ella había entrado en su vida con una bomba en forma de niño y debía aceptar que el papel de Sarah Scott estaba lleno de zonas oscuras. No sabía por qué, tal vez porque representaba otro momento de su vida, antes de llegar a la cima, cuando podía hacer lo que quisiera. O tal vez porque era tan abierta, tan sincera y vibrante. Porque exigía que se comprometiese más de lo que él estaba acostumbrado a hacerlo.

Sarah no iba de puntillas con él y tampoco intentaba complacerlo. Las mujeres con las que había salido en el pasado siempre habían lanzado exclamaciones de admiración al ver su ostentoso ático, pero tenía la impresión de que la mujer que iba sentada a su lado podría escribir un libro sobre todo lo que odiaba de ese apartamento que, además, le regalaría por su cumpleaños.

Aquella situación exigía un nivel de compromiso que iba más allá de la interacción a la que él estaba acostumbrado con otras mujeres. ¿Meriendas? ¿Comidas caseras? ¿Juegos de mesa? ¿Ver dibujos animados en televisión?

Raoul detuvo el coche frente a su casa, donde por

una vez había un sitio libre. Oliver estaba despertando en ese momento, frotándose los ojos mientras Sarah lo tomaba en brazos.

Inseguro, Raoul le dio un beso en el pelo y, a cambio, recibió una sonrisa adormilada.

–Está agotado –dijo Sarah–. No está acostumbrado a comer tan tarde.

–Pero lo ha pasado bien.

–Sí, claro. Voy a darle un baño rápido y luego lo meteré en la cama. ¿Por qué no te sirves una copa de vino? –sugirió ella, como para compensar las críticas a su apartamento–. Y cuando baje, hablaremos de... en fin, del acuerdo.

Raoul notó que los dos primeros botones de su blusa de cuadros estaban desabrochados... aunque ella no se había dado cuenta.

–Buena idea –murmuró, con una expresión indescifrable que la dejó preguntándose qué estaría pensando.

Desde luego que tenían que hablar, pensaba Raoul, aunque tal vez no de lo que ella quería. Le gustaba tener una explicación para todo y, por fin, la tenía. Sarah seguía obsesionándolo porque era un asunto por terminar. Lo único que debía hacer era atar esos cabos y seguir adelante.

Él sonrió de una forma que la hizo temblar de pies a cabeza.

–Serviré dos copas de vino –le dijo, sus ojos oscuros clavados en la fina estructura ósea de su rostro, en los enormes ojos verdes, en los generosos labios–. Y luego podremos empezar a hacer planes...

Capítulo 5

SARAH tardó más tiempo del que había planeado en meter a Oliver en la cama porque el niño exigió jugar un rato con sus cochecitos y darle las buenas noches a Raoul. Por ese orden.

Pero, como ella necesitaba estar un rato a solas, le dijo que Raoul estaba muy ocupado y luego se vio forzada a compensar su ausencia fingiendo divertirse mientras empujaban los cochecitos alrededor de la cama.

Cuarenta minutos después, cuando por fin logró que Oliver se durmiese, decidió darse una ducha para ordenar sus pensamientos.

Primero: charlaría con él de una manera civilizada y adulta sobre la necesidad de explicarle al niño quién era.

Segundo: anunciaría su decisión de darle la noticia a sus padres y le aseguraría que no había necesidad de que él los conociese.

Tercero: le recordaría que ellos ya no tenían una relación, aunque eran amigos por Oliver. Dos adultos con algo en común que habían conseguido ponerse de acuerdo sobre la custodia de su hijo sin la interferencia de abogados.

E insistiría en lo importante que era que hiciesen cosas juntos por el niño.

Cuando entró en el cuarto de estar, Sarah vio que Raoul tenía dos copas de vino en la mano. Desde que volvió a aparecer en su vida, su nevera estaba llena de cosas que no había habido antes, incluyendo vinos de buena calidad. Y sus vasos baratos habían sido reemplazados por caras copas de cristal que ella jamás hubiese comprado por miedo a romperlas.

Raoul dio un golpecito en el sofá, a su lado. No era la mejor opción, en opinión de Sarah, pero sentarse en el sillón al lado de la ventana arruinaría la charla madura que pretendía mantener, de modo que se sentó a su lado y aceptó la copa de vino.

—Creo que podemos decir que ha sido un día bien empleado –empezó a decir él–. A pesar de tus críticas a mi apartamento.

—Lo siento, no debería haber dicho eso –murmuró Sarah.

Raoul se encogió de hombros.

–¿Por qué no? Es lo que piensas.

—Sí, pero ha sido una grosería –admitió ella–. Supongo que no hay mucha gente que se atreva a criticarte...

—No sabía que estuvieras criticándome a mí personalmente. Pensé que estabas criticando mi apartamento.

—Eso es lo que quería decir.

—Porque debes admitir que he hecho todo lo posible para establecer un lazo con Oliver.

—Desde luego que sí –asintió Sarah–. ¿Lo has pasado bien? Imagino que todo esto debe de ser muy extraño para ti.

—Desde luego.

Eso era algo de lo que no habían hablado. Raoul aceptaba la situación, pero cinco años antes había dejado bien claro que lo último que quería era casarse y tener hijos.

—Sé que habías planeado tu vida al detalle. Cuando nos conocimos solo tenías unos años más que los demás, pero eras el único que parecía saber exactamente lo que quería de la vida y cómo conseguirlo.

—¿Noto cierto tono de crítica en esa frase?

—No, no.

Raoul decidió no seguir por ese camino, que no los llevaría a ningún sitio.

—Me alegro. Y, volviendo a la pregunta original, tener a Oliver me ha abierto los ojos. Nunca había tenido que acomodar mi vida a nadie...

¿Y la había disfrutado? Nunca se había hecho esa pregunta, pero pensándolo en aquel momento... sí, había disfrutado de lo impredecible, de las pequeñas recompensas cuando empezaba a hacerse un sitio en el mundo. Las primeras sonrisas de aceptación habían hecho que todos sus esfuerzos mereciesen la pena...

—Si hubiera sido cualquier otro niño, habría sido una tarea insoportable, pero con Oliver... —Raoul se encogió de hombros, dejando que el silencio explicase sus palabras—. Y sí, mi vida ha tomado un rumbo inesperado, pero a veces las cosas no van como uno piensa.

—¿De verdad? Pensé que eso solo le pasaba a otras personas —bromeó Sarah, recordando los planes que había hecho cinco años antes, ninguno de los cuales la incluía a ella—. ¿Qué otras cosas no han ido según tus planes? En tu vida adulta quiero decir.

—¿A qué te refieres?

–Las cosas no salen exactamente como uno quiere cuando dejas que otras personas entren en tu vida, y tú nunca has dejado que nadie entrase en la tuya.

No debería haber hecho una pregunta tan personal, pero el resentimiento que sentía después de semanas viendo cómo Raoul tomaba el control de su vida hacía que su boca pareciese tener vida propia, diciendo cosas que ella no quería decir.

–Tú sabes por qué no quiero tener una relación con nadie –dijo Raoul.

–Pero es una vida estéril. En tu apartamento no hay fotografías, nada personal...

–No has visto todo el apartamento –la interrumpió él–. A menos que hayas explorado el dormitorio sin que yo me diese cuenta...

–No, claro que no.

–Entonces, no deberías generalizar.

–Estoy hablando en serio, Raoul.

–Y yo también –dijo él–. La verdad es que disfruto estando con Oliver. Es mi hijo y todo lo que hace me parece fascinante.

–Me alegro porque eso me lleva a lo que quería decir –Sarah se aclaró la garganta, deseando que no la mirase con esos penetrantes ojos oscuros–. Oliver se está encariñando contigo y empieza a confiar en ti. Al principio, pensé que sería muy difícil entablar una relación. Él no había tenido un padre hasta ahora y tú no tenías experiencia con niños...

–No me estás contando nada que no sepa ya.

Sarah frunció el ceño. Había preparado la conversación en su cabeza, pero no era tan fácil cuando lo tenía delante.

–Me alegro de que no lo veas como una pesada tarea.

–Si esperas congraciarte conmigo, te advierto que no lo estás haciendo bien. Criticas mi apartamento, insinúas que no tengo paciencia con los niños... ¿quieres añadir algo más?

Su tono burlón la molestó.

–Creo que deberíamos sentarnos con Oliver para contarle la verdad. No sé cómo se lo tomará, pero es un niño muy inteligente y creo que se alegrará. La verdad, espera tus visitas con mucha ilusión... claro que siempre podría contárselo yo sola.

–No, me gusta la idea de que lo hagamos juntos.

–Muy bien. Entonces, deberíamos buscar una fecha.

–¿Buscar una fecha? –Raoul soltó una carcajada–. ¿Tenemos que ser tan formales?

–Sé que estás muy ocupado. Solo digo que busques una fecha.

–Mañana.

–Muy bien –asintió ella, sorprendida–. Y después de hablar con Oliver, me gustaría hablar con mis padres. Yo no les he dicho nada, pero el niño te ha mencionado en un par de ocasiones.

No había visitado a sus padres en todo el mes, pero hablaban a menudo por teléfono. No había querido ir a Devon porque sabía que su madre le sacaría la verdad y no estaba preparada para escuchar un sermón.

–¿Y eso es un problema?

–No, no es ningún problema. No tienes por qué conocerlos, Raoul. Yo les explicaré la situación... les diré que nos encontramos por casualidad y se alegrarán porque siempre les ha preocupado saber que estabas por ahí, sin saber que tenías un hijo. Tendré que explicarles que no les había dicho nada hasta ahora porque estaba esperando que conocieras a Oliver y creo que lo entenderán.

–¿Y por qué no voy a conocerlos?

Sarah lo miró, sorprendida.

–Vas a estar involucrado en la vida de Oliver, no en la mía. Y de eso precisamente es de lo que quería hablar, de los derechos de visita. No creo que tengamos que contratar a un abogado para solucionarlo, ¿verdad? Podemos llegar a un acuerdo. Yo soy flexible.

Aunque sería lo más conveniente para él, a Raoul no le gustaba la idea. Sí, había tenido que olvidarse del trabajo en muchas ocasiones durante aquel mes. De hecho, su rutina incluía trabajar hasta la madrugada y el deseo de Sarah de llegar a un compromiso debería ser un alivio para él. Y, sin embargo, no iba a contentarse con ver al niño una vez a la semana y algún fin de semana ocasional.

–Derechos de visita –repitió.

–Ya sabes, un fin de semana al mes y un día a la semana, cuando te venga bien. Deberíamos elegir un día en concreto, aunque imagino que con tu estilo de vida no será fácil...

De repente, Sarah se preguntó cuándo retomaría su «estilo de vida». ¿Debería repetirle que no le gustaría que Oliver conociese a sus novias? ¿O sería Raoul lo bastante sensato como para entenderlo sin que ella tuviese que decirlo en voz alta?

Estaba muy bien establecer las reglas con voz supuestamente firme, pero nada podía disimular los latidos de su corazón. Pensar que tendría que decirle adiós a Oliver mientras subía al coche de su padre para ir a sitios a los que ella no podría ir, para vivir cosas sin ella...

Se había acostumbrado a que estuvieran los tres juntos y tuvo que tragar saliva para seguir sonriendo.

–¿No vas a decir nada?

–A ver si lo entiendo... –empezó a decir Raoul–. Elegiremos un día para que esté unas horas con Oliver y, aparte de eso, no habrá ninguna relación entre nosotros...

–Yo preferiría que no lo llamases «relación» –lo interrumpió Sarah.

–¿Cómo te gustaría que lo llamase?

–Yo quiero pensar que somos amigos. Jamás pensé que pudiéramos serlo, pero me alegra que sea así.

–Amigos –repitió él.

–Sí, bueno... hemos trabajado juntos en este proyecto y no nos ha ido mal.

Sarah bajó la mirada, notando que se había tomado la copa de vino sin darse cuenta. La proximidad de Raoul era tan poderosa que tuvo que hacer un esfuerzo para no apartarse.

–¿Y eso es todo lo que quieres?

Desconcertada, ella levantó la mirada y, de inmediato, tuvo que tragar saliva. Sus rodillas se rozaban y los últimos rayos de sol habían desaparecido, dejándolos casi en la penumbra.

–Sí, claro –se oyó responder a sí misma.

–Dos amigos intercambiando unas palabras amables.

–Creo que es así como se hacen estas cosas.

–No es lo que yo quiero y tú lo sabes.

En la mente de Sarah aparecieron imágenes de las cosas que habían hecho en las últimas semanas; cosas que habían anulado la confianza en su habilidad de mantener una respetable distancia con Raoul. Y allí estaba, diciendo justo lo que ella no quería que dijese.

–Raoul...

Él vio ese momento de vacilación como un triunfo. Le había sorprendido saber cuánto seguía deseándola hasta que inventó la teoría del «algo por terminar». Con esa explicación en su cabeza, podía entender por qué le costaba tanto concentrarse en el trabajo y por qué no dejaba de pensar en ella.

–Me gusta cuando pronuncias mi nombre –murmuró, pasando un brazo por el respaldo del sofá para acariciar su cuello.

Sarah intentó recordar que Raoul Sinclair era un hombre que estaba programado para conseguir exactamente lo que quería... aunque no entendía por qué la quería a ella. Pero, mientras intentaba poner orden en sus pensamientos, su cuerpo la traicionó y sus ojos se clavaron en los de él; la conexión tan fuerte como un lazo de acero.

–Quiero besarte –murmuró Raoul, tan inseguro como ella.

–No, no es verdad. No puede ser.

–No vas a convencerme...

Sarah sabía que iba a besarla y sabía también que

debería apartarse, pero no podía moverse. Estaba inmóvil como una estatua, aunque por dentro sentía un torrente de emociones que amenazaban con hacerle perder la cabeza.

El roce de sus labios fue embriagador y echó la cabeza hacia atrás, el deseo haciendo que cerrase los ojos. Raoul se inclinó hacia delante... o tal vez había sido ella, no lo sabía, tan desconcertada estaba por un deseo que había intentado contener durante semanas. Dejó escapar un gemido cuando Raoul metió una mano bajo su blusa, provocando una serie de escalofríos por todo su cuerpo.

La mano que había apoyado en su torso para empujarlo se cerró en un inútil puño y se abrió después para tirar del cuello de su camisa.

Estaba ardiendo, sus pechos hinchados, sus pezones temblando de anticipación. Intentó contener un gemido de placer cuando él acarició sus costados, subiendo la mano para desabrochar su sujetador...

El sofá no era el más lujoso del mundo, pero Raoul estaba seguro de que no tendrían tiempo de subir a la habitación, de modo que tiró de la blusa, llevándose el sujetador en el proceso, y luego se detuvo para admirarla, medio desnuda, con los ojos cerrados y la perfecta boca abierta mientras sus pechos subían y bajaban agitadamente.

No podía creer cuánto la deseaba, tanto que era incapaz de formar un pensamiento coherente. Si la casa hubiera recibido el impacto de una bomba, no se habría dado cuenta.

Y, mientras se quitaba la ropa, se maravilló al pensar que era como si no hubiera pasado el tiempo.

Como si los recuerdos de Sarah nunca hubiesen estado enterrados como él había creído. Estaban intactos y eso demostraba que era la única mujer en su vida a la que nunca había podido olvidar. No la había olvidado porque lo que compartieron se rompió bruscamente. No había tenido tiempo de cansarse de ella.

Sarah vio que tiraba la ropa al suelo. Para ser un corredor de bolsa tenía el cuerpo de un atleta: anchos hombros, estómago plano, abdominales marcados y más abajo...

No podía apartar la mirada de la impresionante erección.

–Sigue gustándote mirarme –Raoul esbozó una sonrisa–. Y a mí me gusta mirarte.

El roce de la mano femenina en su miembro lo hizo temblar y enredó los dedos en su pelo al sentir la caricia de su delicada lengua donde antes había estado su mano.

Sarah sabía que debería apartarse, decirle que habían pasado cinco años, que aquello no podía ser. Pero siempre había sido débil con Raoul y eso no había cambiado.

Su sabor la transportaba al pasado y descubrió que no podía pensar. Todo los había llevado a ese momento y su cuerpo, que había pasado los últimos cinco años en la nevera, despertó a la vida. Y ella no podía hacer nada al respecto.

Mientras se quitaba el resto de la ropa, apenas se dio cuenta de que Raoul se apartaba para cerrar la puerta y después tiraba los cojines del sofá en el suelo. Pero sí lo oyó murmurar que el sofá no valía para hacer el amor a menos que uno midiese un metro.

–Esto es mucho mejor –anunció, tumbándola sobre los cojines y metiendo las manos bajo sus nalgas para levantarla hacia él–. Un sofá de un metro no puede acomodar a alguien que mide metro ochenta y siete.

–No recuerdo que hace cinco años fueras tan exigente –dijo Sarah, sin aliento. Había tanto de él que quería tocar, tanto que había echado de menos.

–Tendrás que decírmelo si he perdido el sentido de la aventura –murmuró él, viendo cómo se enrojecían sus mejillas cuando apretaba sus pezones entre el índice y el pulgar mientras ella acariciaba su erección.

Era un juego en el que dos personas que se sentían cómodas la una con la otra se daban satisfacción mutuamente, como los pasos de un baile bien ensayado.

Raoul se inclinó para besar su cuello, unos besos suaves y tiernos que la hacían suspirar. Y luego, aprovechando que sus pechos estaban levantados, empezó a chupar sus rosadas crestas, tirando de uno con los labios hasta que Sarah gritó de placer.

Era increíble pensar que el cuerpo que estaba acariciando había llevado una vez a su hijo y, de repente, Raoul sintió una punzada de amargura.

No habría sido el mejor momento para él y las circunstancias hubieran sido desastrosas. Sin embargo, y aunque nunca había pensado tener hijos, habría estado a su lado desde el principio y no se habría perdido los primeros años de vida de Oliver. Pero la amargura no era una emoción a la que Raoul estuviese acostumbrado y sabía que no valía de nada lamentarse.

De modo que, en lugar de hacerlo, inclinó la cabeza para besar el estómago de Sarah, tal vez no tan firme como cinco años atrás, pero sin estrías.

Cuando introdujo la lengua en su punto más sensible y la oyó gemir de placer, fue el momento más erótico de su vida...

Sarah movía la cabeza de lado a lado mientras Raoul la acariciaba, llevándola al borde del abismo. Tenía que hacer uso de toda su fuerza de voluntad para contenerse, pero lo quería dentro de ella y estaba desesperada por sentir ese momento en el que, con una embestida final, Raoul perdía el control y se derramaba dentro de ella.

—¿Tomas la píldora?

Esas tres palabras intentaban penetrar la niebla de su cerebro, pero Sarah tardó unos segundos en registrarlas.

—¿Eh?

—Yo no llevo preservativos —dijo Raoul, frustrado—. Y tú no tomas la píldora, lo veo en tu cara.

—No, no la tomo —asintió ella, dejando escapar un suspiro de pesar. Porque había aprendido la lección cinco años antes y no iba a ser tan tonta como para cometer otro error.

—Pero hay otras maneras de darnos placer...

—No, no puedo. Lo siento, no sé qué me ha pasado...

Avergonzada, se puso la blusa y las bragas a toda prisa mientras Raoul se apoyaba en un codo para mirarla.

—No me digas que de repente has tenido un ataque de escrúpulos.

–Esto es un error –Sarah se refugió en el sofá, levantando las piernas y abrazándose las rodillas mientras apartaba la mirada del cuerpo desnudo de Raoul.

No debía olvidar lo fácil que había sido para él dejarla cinco años antes, prefiriendo sus grandes planes.

Unas semanas antes, Raoul Sinclair era el mayor error de su vida. Encontrarse con él había sido una sorpresa, pero intentaba ver su reaparición como algo bueno para Oliver.

Sí, seguía afectándola y seguía sintiéndose atraída por él, pero estaba dispuesta a luchar porque sabía que debía protegerse.

Pero él se la había ganado con la misma tranquilidad con la que había aceptado algo que cambiaría su vida para siempre. Había controlado su ego y su orgullo para hacerse responsable de un niño de cuatro años al que no había visto nunca y cuya paternidad ni siquiera había cuestionado... bueno, al menos después de conocerlo.

Contra su voluntad y su sentido común había sucumbido a su buen humor, a su paciencia con Oliver, a su determinación de ganarse la confianza del niño...

¿Cuántos hombres habrían hecho eso?

Sarah sospechaba que muchos le habrían dado la espalda o habrían aceptado contribuir económicamente, sin involucrarse en la vida del niño.

De modo que, haciéndose responsable, Raoul le había recordado todas las razones por las que se había enamorado de él cinco años antes.

Y le daban ganas de ponerse a llorar al descubrir que, en lo fundamental, no había cambiado. Quería su cuerpo, pero no estaba interesado en sus sueños, en las esperanzas románticas que no la habían abandonado nunca porque eran parte de sí misma.

–Pues claro que no es un error –Raoul se pasó una mano por el pelo mientras la miraba. Parecía tan joven sentada en el sofá, abrazándose las piernas.

¿Había supuesto demasiado? No, claro que no. Las señales de que lo deseaba estaban bien claras. Le había dado luz verde y no entendía por qué de repente se echaba atrás. Las últimas semanas habían llevado inexorablemente a aquel momento; al menos, así era como él lo veía.

No era solo que siguiera afectándolo como siempre, que el brillo de sus ojos verdes lo hiciera sudar. No, habían conectado de una manera mucho más profunda y sabía que ella sentía lo mismo.

–De hecho, es lo más natural del mundo –añadió, con voz ronca.

–¿Por qué dices eso?

–Tú eres la madre de mi hijo y creo que está muy bien que sigamos sintiéndonos atraídos el uno por el otro –Raoul se sentó en el sofá, a su lado.

–Pues yo no estoy de acuerdo. Creo que eso lo complica todo.

–¿Por qué lo complica todo?

–Yo no quiero mantener una relación contigo –dijo Sarah–. Ah, un momento, se me olvidaba que no te gusta la palabra «relación», que te parece amenazadora.

–Quiero que admitas lo que es evidente, Sarah. No puedes negar que sigue habiendo química entre nosotros. Y más fuerte que hace cinco años.

A ella la aterrorizaba pero era cierto. No era un truco de su imaginación. En África eran dos chicos jóvenes, sin responsabilidades, a punto de dar sus primeros pasos en la vida. Vivían en una burbuja, apartados de la vida real. Pero allí no había burbuja y eso hacía que la atracción que sentía por Raoul fuese más perturbadora.

–No –protestó débilmente.

–¿Estás diciendo que, si yo no me hubiese apartado, lo habrías hecho tú?

Sarah se ruborizó, pero no dijo nada.

–Quieres apartarte, pero no puedes.

–No me digas lo que puedo o no puedo hacer.

–Muy bien, pero al menos deja que te diga una cosa: las últimas semanas han sido una revelación para mí. ¿Quién hubiera imaginado que lo pasaría tan bien en una cocina... especialmente en una cocina como la tuya? ¿O sentado frente a la televisión viendo dibujos animados? No esperaba volver a verte, pero en cuanto nos vimos supe que lo que sentía por ti hace cinco años no ha desaparecido del todo. Sigo deseándote y no estoy orgulloso de admitirlo.

–Desear a alguien no es suficiente –replicó Sarah, aunque sus palabras carecían de convicción.

–Es mejor que negar la verdad –dijo Raoul–. Los mártires son virtuosos, pero la virtud es un atributo dudoso cuando provoca infelicidad.

–¿Estás diciendo que voy a ser infeliz si dejo pasar la maravillosa oportunidad de acostarme contigo?

–Vas a ser infeliz si dejas pasar la oportunidad de hacer lo que quieres. Te lo niegas a ti misma, pero lo deseas.

A Sarah le gustaría negarlo, pero ¿cómo iba a hacerlo si tenía razón?

–No me gusta imaginarte saliendo con otros hombres –le confesó Raoul entonces.

–¿Por qué? ¿Estás celoso?

–¿Cómo voy a sentir celos de algo que aún no ha ocurrido? Además, yo no soy celoso –replicó él–. Pero sigo deseándote...

–En la vida hay cosas más importantes que el deseo físico.

–Digamos que en eso no estamos de acuerdo. Y como vamos a acabar en la cama tarde o temprano, yo propongo que no esperemos más. Hemos dejado algo por terminar, Sarah...

–¿Qué quieres decir?

Raoul tomó sus dedos para jugar con ellos, sin dejar de mirarla a los ojos.

–Hace cinco años hice lo que me pareció mejor para los dos, pero si hubiera podido quedarme en Mozambique... no sé si lo nuestro habría terminado.

–Habría terminado porque tú no estás interesado en relaciones sentimentales. Nos habríamos separado unos meses después, cuando te cansaras de mí.

–Pero, si me hubiera quedado, habríamos descubierto que estabas embarazada –señaló Raoul.

–¿Y eso habría cambiado las cosas? Tú me habrías ayudado con Oliver porque eres una persona responsable, pero nada más. ¿Por qué no admites que no habríamos terminado juntos?

–¿Y cómo voy a saber lo que habría pasado? ¿Tengo una bola de cristal?

–No necesitas una bola de cristal, Raoul. Solo tienes que ser sincero contigo mismo –respondió ella–. Nos habríamos separado tarde o temprano porque tú no quieres comprometerte con nadie –Sarah sacudió la cabeza, pensativa–. Sé que a veces soy débil contigo. Eres un hombre muy atractivo y, además, el padre de mi hijo, pero eso no significa que sea buena idea acostarnos juntos hasta que te canses de mí.

–¿No crees que podría ser al revés?

–No, no lo creo. Además, sería egoísta por nuestra parte convertirnos en amantes.

–¿Por qué?

–No quiero que Oliver se acostumbre a verte todos los días y, sobre todo, no quiero que piense que somos una pareja. Lo siento, pero lo mejor es que sigamos siendo... amigos.

Capítulo 6

SARAH se preguntó cómo había podido dejarse llevar por sus emociones hasta que estuvo a punto de terminar en la cama con Raoul. Eso de que «habían dejado algo por terminar» conjuraba visiones de algo desechable, de usar y tirar.

¿Había creído Raoul que se echaría en sus brazos para terminar lo que habían dejado a medias? ¿Había pensado que aceptaría eso de que seguía deseándola como si fuera un maravilloso cumplido?

Raoul no quería que saliera con otros hombres, pero no porque quisiera mantener una relación con ella, sino porque la quería en su cama hasta que consiguiera librarse de su recuerdo. Como si fuera un virus.

Era un arrogante y un egoísta y ella una tonta por pensar otra cosa.

Afortunadamente, Raoul le había dado un par de días de descanso porque había tenido que salir de viaje y, aunque la llamó los dos días que estuvo fuera, se limitaron a intercambiar un par de frases antes de pasarle a Oliver.

–He pensado que deberíamos contárselo este fin de semana –le dijo–. Pero no tienes que venir en cuanto llegues a Londres, Oliver estará dormido.

Al otro lado de la línea, Raoul frunció el ceño. No

debería haberla dejado pensar en lo que había dicho. Debería haberla besado hasta que olvidase sus dudas.

Claro que Sarah se habría apartado de todas formas. Lo que para él estaba tan claro, era un dilema para ella. Se decía a sí mismo que había otros peces en el mar, pero cuando abrió su agenda y empezó a mirar los nombres de otras mujeres hermosas, todas ellas encantadas de salir con él, descubrió que no sentía el menor entusiasmo.

Aunque antes se había sentido cómodo yendo a casa de Sarah a cualquier hora, Raoul se encontraba en aquel momento teniendo que cumplir un horario, de modo que llegó a las cinco y encontró a Oliver impecablemente vestido con unos vaqueros y un jersey mientras Sarah llevaba una camiseta vieja, el pelo mojado de la ducha y el pelo sujeto en una coleta.

—He pensado que deberíamos sentarnos para contarle la verdad –dijo Sarah–. Y luego puedes llevarlo a comer algo... una hamburguesa, una pizza o algo así. Sería buena idea que estuvierais solos un rato. También he hablado con mis padres y se han alegrado de que... en fin, de que vayas a hacerte responsable de la situación.

Raoul entendió «la situación» enseguida. Estaba dejando claro que, a partir de aquel momento, se comunicarían como si fueran extraños. Se mostraba seria con él y sus ojos verdes solo se iluminaron mientras le contaban la verdad al niño.

Por fin, Oliver sabía que era su padre y, como Sarah había pronosticado, su hijo se lo tomó muy bien.

Aceptó la noticia con expresión solemne y luego fue como si nada hubiese cambiado. Raoul le había llevado una caja de acuarelas que fue recibida con entusiasmo y Oliver le contó lo que había hecho por la mañana.

–Haz un par de fotografías cuando empiece a pintar en tu salón –se burló Sarah–. Me encantaría ver cómo reaccionan tus sofás de piel a las acuarelas.

–¿Es así como va a ser a partir de ahora? ¿Vas a tratarme como si no nos conociéramos?

–No, no, era una broma –dijo ella, inclinándose para colocar la mochila del niño–. Vas a ser bueno, ¿verdad, Oliver?

–Sí –respondió el niño.

–¿A qué hora lo traerás de vuelta? Porque voy a salir un rato.

–¿Dónde vas?

–No creo que sea asunto tuyo.

Raoul la miró de arriba abajo: ropa vieja, pelo mojado. Estaba esperando que se fueran para arreglarse.

–¿Y si no estuvieras en casa cuando volvamos?

–Tienes el número de mi móvil.

–¿Con quién vas a salir?

Sabía que era una pregunta absurda y que no tenía derecho a hacerla, ¿pero iba a salir con alguien la primera vez que él estaba solo con Oliver?

¿Sería un hombre? ¿Qué hombre? Le había dicho que no había nadie en su vida, que estaba demasiado ocupada trabajando y cuidando de Oliver como para salir con nadie, pero eso no significaba que no hubiera algún hombre esperando, dispuesto a lanzarse sobre ella en cuanto encontrase una oportunidad.

Cuanto más lo pensaba, más convencido estaba de que había quedado con un hombre. Uno de esos tipos sensibles y divertido que tanto le gustaban. ¿Se habría puesto esa ropa vieja para disimular?

Él era la persona menos fantasiosa del mundo y, sin embargo, no podía dejar de imaginar cosas... y sentía la tentación de quedarse hasta que respondiera a sus preguntas.

Sarah rio, incrédula.

—No puedo creer que hayas preguntado eso.

—¿Por qué?

—Porque no es asunto tuyo —respondió ella—. Venga, Oliver empieza a impacientarse. Nos veremos en un par de horas... y tú sabes cómo ponerte en contacto conmigo si lo necesitas.

Que Raoul se creyera con derecho a interrogarla sobre lo que hacía o dejaba de hacer indicaba que estaban en terreno peligroso, pensó Sarah. No eran amantes, pero lo habían sido una vez... o habían estado a punto de serlo.

Iba a salir con una amiga a tomar una pizza, pero no pensaba decírselo. Estaría fuera una hora y media como máximo y, aunque sabía que no debería importarle que él lo supiera, le importaba.

De modo que en lugar de ponerse vaqueros se puso una minifalda y, en lugar de zapatillas de deporte, unos zapatos de tacón alto. No sabía bien qué estaba intentando demostrar y se encontró incómoda en la pizzería, donde todo el mundo iba vestido de manera informal, pero dos horas después, cuando abrió la puerta, sintió una perversa satisfacción al ver la expresión de Raoul.

Oliver iba considerablemente menos limpio que cuando salió de casa. De hecho, podía adivinar qué habían comido por las manchas en su ropa.

–¿Qué tal ha ido?

Él tuvo que hacer un esfuerzo para dejar de mirar la minifalda y los tacones.

–Muy bien... –Raoul se oyó a sí mismo contándole lo que habían hecho, pero sin concentrarse en ello. Mientras cenaban, Oliver había sacado sus ceras de la mochila para pintar familias. No había que ser psicólogo para descifrar lo que significaban las dos figuras altas con un niño en el centro.

–Estupendo. Me alegro mucho –dijo Sarah.

Raoul frunció el ceño cuando empezó a cerrar la puerta.

–Tenemos que discutir los detalles del acuerdo y la mudanza. Todo está firmado, pero tienes que decirme qué quieres llevarte de aquí.

–¿Ya está todo listo?

–El tiempo vuela, ¿verdad? –murmuró Raoul, entrando en el cuarto de estar.

–Voy a meter a Oliver en la cama, volveré enseguida –dijo ella, suspirando.

Estuvo a punto de quitarse la minifalda, pero decidió no hacerlo. La conversación no duraría mucho, aunque le sorprendía que todo estuviera solucionado tan pronto. La casa necesitaba reformas y, aunque le había dicho a Raoul qué clase de muebles le gustaría, no habían vuelto a hablar del tema y pensó que tardarían meses en tenerla lista.

–No puedo creer que la casa esté terminada –le dijo cuando bajó de nuevo al cuarto de estar.

–Es asombroso lo que puede hacer el dinero –replicó él, sentado en un sillón.

–Tengo que hacer las maletas, pero casi nada de lo que hay aquí es mío...

–Afortunadamente –Raoul la observó mientras se sentaba frente a él, tirando de la indecente minifalda.

Y la parte de arriba no era mejor, un chaleco que apenas le tapaba el ombligo y que abrazaba sus pechos de una forma que llamaba la atención.

–Oliver está muy emocionado.

¿Para quién se habría puesto la minifalda y los tacones?

–Está deseando jugar en el jardín, sobre todo por el columpio que le prometí. ¿Lo has pasado bien?

Sarah, que estaba pensando en las cosas que tenía que llevarse, lo miró con cara de desconcierto.

–¿Perdona?

–Vas vestida como para ir a una discoteca y no me gusta.

Ella se agarró a los brazos del sillón, airada.

–Siento mucho que no te guste, pero no es asunto tuyo.

–La primera vez que tienes un rato para salir sola te pones una minifalda... imagino que habrás ido a ver cómo está el panorama para una mujer soltera.

–No tengo por qué responder a eso.

No, era cierto. Y su gesto enfadado le decía que no iba a darle ninguna explicación.

Raoul tuvo que reconocer que cuando se trataba de Sarah era posesivo y quería exclusividad. No quería que conociese a otro hombre y tampoco quería que se vistiera así para nadie más. Si iba a ponerse minifaldas y escotes, quería que lo hiciera solo para él.

Pero nunca había sido posesivo en toda su vida. ¿Era porque Sarah era mucho más que una mujer para él? ¿Porque era la madre de su hijo? ¿Se habría convertido en un dinosaurio sin darse cuenta?

No sabía cuál era la razón, pero pensar que Sarah pudiese ir a bailar vestida así lo hacía sentir escalofríos.

La idea de sentar la cabeza con una mujer nunca lo había interesado, pero la vida no era algo estático, sino cambiante. Las reglas del día anterior podían no tener validez al día siguiente. ¿Y no era la flexibilidad la prueba de una mente creativa?

Se preguntó entonces por qué había pensado que Sarah aceptaría lo que le había propuesto: acostarse juntos hasta que se cansaran el uno del otro. Sarah nunca aceptaría nada menos que una relación. Era cierto que la química sexual entre ellos era electrizante, pero para ella no sería suficiente.

–Hablemos de cosas prácticas –siguió Sarah–. Aún no he hablado con mi casero y tengo que darle un mes de aviso...

–Yo me encargo de eso.

–Y supongo que deberíamos discutir qué días te viene bien estar con Oliver. ¿O deberíamos esperar a que nos hayamos mudado? Ahora vivimos lejos del centro y el transporte público no es siempre fiable... bueno, nada, olvidaba que tú no viajas en transporte público.

Raoul se preguntó si estaría intentando poner en orden su agenda para saber con antelación cuándo debía incluirlo en su nueva y excitante vida.

¿Qué demonios le estaba pasando? ¡Estaba celoso!

Nervioso, se levantó y Sarah hizo lo propio.

—La casa estará lista a mediados de semana.

—¿Y mis cosas?

—Haré que las lleven allí. Si los muebles no son tuyos, imagino que solo tendrás que llevarte la ropa y los juguetes del niño.

—Sí, bueno...

—Será muy sencillo, no te preocupes. La casa estará a tu nombre y no tendrás miedo de que el casero te eche. En realidad, solo será un cambio de dirección.

—Mis padres están encantados con la idea. Esta casa no les gustaba nada.

—Y eso me lleva a algo que no hemos discutido: tus padres.

—¿Qué pasa con ellos?

—Quiero conocerlos.

—¿Para qué? —exclamó Sarah.

En realidad, sospechaba que no la habían creído cuando les dijo que se había encontrado con Raoul, pero que todo iba bien porque no sentía absolutamente nada por él.

—Porque Oliver es mi hijo y ellos son sus abuelos —respondió Raoul—. Imagino que vendrán a verlo a Londres y el niño irá a verlos a Devon...

—Sí, claro, pero...

—Y tampoco quiero pasar el resto de mi vida dejando que tus padres tengan una idea equivocada de mí.

—No tienen una idea equivocada de ti. Les he contado el tiempo que pasas con Oliver y que nos has comprado una casa.

–De todas formas, me gustaría conocerlos.

–Tal vez la próxima vez que vengan a Londres.

–No, quiero conocerlos en los próximos quince días.

Con la nueva casa y una fecha en la agenda para visitar a sus padres en Devon, Sarah se sentía como en una montaña rusa, agarrándose por los pelos.

Sus posesiones cabían en unas cuantas cajas, lo cual parecía decir poco del tiempo que había pasado allí. Aunque, con la mano en el corazón, no podría decir que fuese a echar de menos muchas cosas. Los vecinos eran agradables, aunque solo los conocía de vista, pero había pasado tantas noches en vela debido a sus dificultades económicas que, cuando el chófer que Raoul había enviado a buscarlos el miércoles por la mañana arrancó, Sarah no se molestó en mirar atrás.

Oliver apenas podía contener su emoción. El asiento del Range Rover estaba lleno de juguetes y el chófer, que debía de saber quién era porque desde el principio Raoul le había dicho que le importaba un bledo lo que pensasen lo demás, lo miraba sin poder disimular su curiosidad.

No se preguntó si vería el parecido entre Oliver y Raoul porque era evidente, pero debía de sorprenderlo que un niño tratase el caro coche de su jefe con tal falta de respeto.

Poco después llegaron a su nuevo barrio y Sarah se quedó encantada al ver la calle flanqueada por árboles. Era como estar a muchos kilómetros de una gran ciudad, aunque estaban prácticamente en el centro de Londres. Aquella preciosa residencia no tenía nada que ver con la casucha en la que habían estado viviendo hasta ese momento...

Aunque tuviese sus dudas, no podía negar que Raoul los había rescatado de una vida miserable. Y, al pensar que eran amigos, se le hizo un nudo en la garganta. Se había sentido tan ofendida cuando sugirió que se hicieran amantes sencillamente porque se sentían atraídos el uno por el otro. Y tan dolida de que solo la quisiera en su cama como una forma de exorcizar los fantasmas del pasado...

Había hecho lo que debía al decirle lo que podía hacer con una proposición tan arrogante y egoísta.

¿O no?

¿Se habría apresurado al reaccionar así?

Sarah intentó olvidarse de ello mientras guardaba los juguetes de Oliver en una bolsa.

Raoul estaba esperando en la puerta de la casa.

—Debería haber ido a buscaros, pero tenía una reunión.

—No importa —Sarah entró en el vestíbulo y se quedó boquiabierta porque no se parecía nada a la casa que había visto unas semanas antes.

La madera del suelo estaba recién barnizada y fue de habitación en habitación, admirando los muebles. Era exactamente como ella la hubiera decorado... desde las cortinas del cuarto de estar a los restaurados ladrillos victorianos alrededor de la chimenea.

Raoul le mostró la cocina de leña con la que había soñado siempre y la antigua cómoda en su dormitorio, que había sacado de una revista de decoración.

–Habías doblado la página y pensé que era la clase de mueble que te gustaba.

Oliver estaba en la puerta del jardín y miraba el columpio con los ojos como platos.

–Muy bien –dijo Sarah, riendo–. Vamos a echar un vistazo al jardín.

Oliver corrió al columpio sin esperar más.

–¿Te gusta? –le preguntó Raoul.

–Claro que me gusta. Pero cuando vine a ver la casa, el jardín no estaba plantado –respondió ella, mirando los arbustos y las flores que había por todas partes. Incluso había una mesa y sillas en el patio.

–Se lo encargué a unos diseñadores de jardines, pero puedes cambiar lo que quieras.

–No, no quiero cambiar nada.

–¿Por qué no subimos a la segunda planta? Voy a decirle al chófer que vigile a Oliver. Si intentamos bajarlo del columpio, creo que podríamos tener una pelea entre las manos.

Raoul había contratado a un carísimo decorador, pero en lugar de darle un cheque para que hiciese lo que quisiera, como había hecho en su ático, le había dicho claramente lo que quería. Sabía que Sarah odiaba la decoración moderna y minimalista, de modo que nada de acero o cromo sino muebles de madera y sofás amplios y cómodos. No había comprado ningún cuadro, aunque había estado a punto de adquirir unos paisajes que hubieran sido una buena inversión, se había esforzado por hacer realidad el sueño de Sarah.

–No puedo creer que esta sea nuestra nueva casa –murmuró ella, acariciando la chimenea de su dormitorio. Una maravillosa cama con dosel ocupaba el centro de la habitación y las ventanas daban al jardín. Desde allí podía ver a Oliver en el columpio, empujado por el chófer de Raoul–. ¿Tú has elegido los muebles?

Raoul se puso colorado. No era muy masculino elegir muebles para una casa... especialmente cuando tenía un millón de cosas reclamando su atención en la oficina. Pero le había molestado el rechazo de Sarah y se había dado cuenta de que, a pesar de que a él le parecía lo mas lógico, con ella no podía dar nada por sentado.

–Creo que sé lo que te gusta –murmuró.

Ella tuvo que contener el deseo de abrazarlo. Cuando hacía cosas así, era lógico que perdiese la fuerza de voluntad. No había esperado encontrar una casa amueblada y decorada... y todo era perfecto, además. Desde las cortinas de terciopelo gris claro en el cuarto de estar al elegante papel pintado del dormitorio principal.

Y la habitación de Oliver, al lado de la suya, era todo lo que un niño de cuatro años podía desear, con una cama en forma de coche y papel pintado con personajes de sus dibujos favoritos.

Sin embargo, debía recordarse a sí misma que había hecho bien en rechazar su proposición de ser amantes. Raoul era encantador y se estaba portando muy bien con ellos, pero seguía siendo un hombre que no quería compromisos y siempre sería así. Para él, comprometerse con una mujer era equivalente a una cadena perpetua.

Y convertirse en su amante sería la muerte para cualquier tipo de amistad porque, al final, ella acabaría sufriendo. Sabía que, si se acostaba con él, sería imposible guardarse nada de sí misma.

Pero que se hubiera esforzado tanto para que la casa fuera de su gusto la conmovía.

–Tendremos que hablar de los derechos de visita –le dijo, intentado ser amable y práctica al mismo tiempo.

Raoul la miró, perplejo. Había esperado una reacción más favorable dado el tiempo y el esfuerzo que había puesto en la casa...

¿Desde cuándo el *quid pro quo* hacía un papel en las relaciones humanas?, se preguntó, molesto consigo mismo. ¿Era ese el legado que había recibido de su dura infancia?

–No quiero visitas semanales –le dijo, cruzándose de brazos.

–Puedes venir a ver a Oliver cuando quieras, pero me gustaría saber cuándo para que el niño no te espere todos los días. Sé que tu trabajo es impredecible...

–¿Ha sido impredecible hasta ahora?

–No, pero...

–He ido a ver a Oliver cada vez que te he dicho que iría.

–Sí, es verdad.

–Yo entiendo lo importante que es ser predecible cuando se trata de un niño, Sarah. No olvides que tengo experiencia. He visto a muchos niños esperando frente a las ventanas a unos padres que no aparecían nunca.

–Sí, claro.

–Yo sé el daño que hace eso.

–¿Entonces qué sugieres? Oliver empieza el colegio en septiembre y tal vez deberías verlo los fines de semana hasta que se acostumbre a su nueva rutina.

Los niños están agotados y de mal humor cuando empiezan el colegio.

–No me gusta la idea de ser padre a tiempo parcial.

–No lo serás.

–¿Cómo voy a estar seguro de que la situación seguirá como hasta ahora?

–No te entiendo.

–¿Cuánto tiempo tardarás en encontrar a otro hombre?

Raoul pensaba en ella vestida para matar, yendo de discoteca en discoteca...

Sarah lo miró, incrédula. Y luego soltó una carcajada.

–Ah, ya veo, como el otro día llevaba minifalda crees que salí con algún hombre. Crees que me puse los tacones y me dediqué a coquetear con todo el que encontré a mi paso.

Raoul tuvo la decencia de enrojecer ligeramente, pero no dejó de mirarla a los ojos.

–¿Crees que soy el tipo de persona que vive discretamente durante cuatro años criando a su hijo y luego, de repente, en cuanto tiene un par de horas libres se lanza a la aventura?

–No es tan difícil de creer. Tú misma dijiste que estabas deseando tener tiempo libre para encontrar a tu caballero andante... si eso existe todavía.

–Yo no he dicho nada de eso –replicó ella–. Solo dije que tendría un poco de tiempo para mí misma. Además, el sábado salí a tomar una pizza con una amiga. ¿Satisfecho?

–¿Qué amiga?

–Una amiga de Devon –respondió Sarah–. Aunque no es asunto tuyo.

–¿Por qué no me lo contaste el sábado?

–No tengo por qué darte explicaciones, Raoul.

–¿No te gustó ni un poquito ponerme celoso?

Era la primera vez que expresaba una emoción así. Raoul le había dicho muchas veces que no era una persona celosa y su admisión hizo que Sarah se ruborizase. De repente, consciente de su proximidad, notó que respiraba agitadamente.

–¿Estás diciendo que te pusiste celoso?

Después de haber dicho más de lo que pretendía, Raoul se negaba a seguir hablando de ello.

–Solo digo que no me gustó cómo ibas vestida. Tienes un niño de cuatro años...

–No tienes que recordármelo, lo sé perfectamente –lo interrumpió Sarah–. No pensarás que vas a decirme cómo debo vestir, ¿verdad, Raoul? Además, ahora mismo tengo demasiadas cosas en la cabeza como para pensar en conocer a un hombre.

–Y yo no estoy preparado para que llegue ese momento –dijo Raoul–. No quiero contentarme con pasar dos tardes a la semana con Oliver y tú no puedes decir que no es mejor para un niño vivir con su padre y con su madre.

–Cuando su padre y su madre son una pareja, desde luego –replicó Sarah.

–Aunque no lo sean –insistió él.

–¿Qué estás diciendo?

–¿Quieres un compromiso? Pues muy bien, por Oliver, estoy dispuesto a casarme contigo.

Capítulo 7

DURANTE unos segundos, Sarah se preguntó si había oído bien. Y luego, durante unos segundos más, disfrutó de la felicidad que le daba esa proposición.

Al escuchar a Raoul pronunciado esas palabras se dio cuenta de que eso era exactamente lo que había querido cinco años antes.

Sus maletas estaban hechas y ella esperaba que sellase la relación, pero entonces su repuesta había sido dejarla plantada.

–¿Me estás pidiendo que me case contigo?

–Es lo más lógico.

–¿Por qué ahora?

–No sé si te entiendo.

–Imagino que la única razón por la que quieres casarte conmigo es porque no te gusta la idea de sentirte desplazado si aparece otro hombre.

–Oliver es mi hijo y, naturalmente, no me gusta la idea de que otro hombre entre en su vida y haga el papel de padre.

¿Le habría pedido que se casara con él de no haberla visto con esa minifalda?, se preguntó Sarah entonces. Empezaba a pensar que Raoul había sacado conclusiones precipitadas.

No le había pedido que se casara con él al principio, cuando le contó que tenían un hijo, seguramente porque seguía pensando que era suya, que podía tenerla cuando quisiera porque seguía siendo la misma chica ingenua, locamente enamorada de él. Hasta que pensó que tal vez hablaba en serio al decir que cuando compartiesen la custodia de Oliver tendría una nueva vida.

A Raoul le gustaba llevar el control de todo lo que había a su alrededor. Cuando vivían juntos en el campamento de Mozambique siempre era él quien tomaba las decisiones...

¿El temor de que pudiera escapar de sus garras habría despertado tal proposición?

—No sabía que quisieras casarte —dijo Sarah, mirando hacia la ventana para ver a Oliver meciéndose en el columpio.

—Y yo no pensé que tendría hijos, pero la vida es así.

—Siento mucho que Oliver haya interrumpido tus grandes planes.

—No digas eso. Puede que yo no hubiera planeado tener hijos, pero ahora que lo tengo no desearía que fuese de otra manera.

—Sí, lo sé. Pero que tú y yo nos casáramos sería un desastre.

—No veo por qué.

—¿Qué ha cambiado desde que supiste de la existencia de Oliver?

—¿Te haces la dura porque crees que debería haberte pedido en matrimonio en cuanto descubrí que tenía un hijo?

–No, claro que no. Y no estoy «haciéndome la dura», sé que esto no es un juego. Tú no quieres casarte conmigo, Raoul, solo quieres que no conozca a otro hombre porque temes que eso ponga en peligro tu relación con el niño. Y la única manera de conseguirlo es poniéndome una alianza en el dedo.

Sarah se dio la vuelta para salir de la habitación, pero antes de que pudiese hacerlo él la tomó del brazo.

–¡No vas a dejarme con la palabra en la boca!

–No quiero seguir hablando de esto.

Raoul la miró, incrédulo.

–No puedo creerlo. Te pido que te cases conmigo y actúas como si te hubiera insultado.

–Quieres que te esté agradecida y no lo estoy. Cuando soñaba con casarme no imaginaba una proposición hecha con desgana por parte de un hombre que tiene un motivo oculto para hacerlo.

–Esto es ridículo. Estás sacando las cosas de quicio, Sarah.

–¿Tú crees?

–Oliver necesita una familia y nosotros nos llevamos bien –insistió Raoul. Aunque no podía negar que la posibilidad de que Sarah saliera con otros hombres había generado esa decisión. ¿Lo convertía eso en un obseso del control? No.

–En otras palabras, y tomando todo en cuenta, ¿por qué no vamos a probar? ¿Es así, Raoul?

Los dos se quedaron en silencio hasta que Sarah notó que una gota de sudor corría por su espalda. ¿Por qué era tan difícil hacer lo que era correcto? ¿Y por qué le resultaba tan difícil mantener una actitud fría y práctica con Raoul? ¿No merecía ella algo más que ser una esposa de conveniencia, aunque estuviese enamorada de él? ¿Qué clase de futuro esperaba a dos personas que se unían por la razón equivocada?

–Mira, sé que la situación ideal para un niño es tener a su padre y a su madre, pero sería un error sacrificar nuestras vidas por Oliver.

–¿Por qué tienes que ponerte tan dramática? Estoy intentando ser práctico...

–Hay cosas con las que no se puede ser práctico.

–Para mí no sería un sacrificio –se apresuró a decir él–. ¿No nos hemos llevado bien durante estas semanas?

–Sí, nos hemos llevado bien... –asintió Sarah.

Demasiado bien. Tanto que había sido peligrosamente fácil enamorarse de nuevo y sabía que tendría que pagar un precio por ello. Un matrimonio de conveniencia habría sido mucho más aceptable que aquella relación sin emociones. Entonces podría verlo como una transacción conveniente para los dos.

–Y sé que no te gusta escuchar esto –siguió Raoul–, pero tú y yo nos llevamos bien en todos los sentidos.

–¿Por qué todo tiene que ver con el sexo para ti? –murmuró Sarah, cruzando los brazos–. ¿Es porque crees que es mi debilidad?

–¿No lo es?

De repente, estaba sofocantemente cerca. Incapaz de mirarlo a la cara, clavó los ojos en su torso, pero los dos primeros botones de su camisa estaban desabrochados y podía ver el fino vello oscuro que asomaba por el cuello...

–No hay nada malo en eso –murmuró Raoul, con una voz de terciopelo que le puso la piel de gallina–. De hecho, me gusta. Si nos casáramos, Oliver tendría un hogar estable y nosotros disfrutaríamos el uno del otro. No tendríamos que seguir torturándonos con preguntas, ni me darías más charlas sobre que no debemos tocarnos mientras me miras con esos ojos ardientes...

Aunque no estaba tocándola, Sarah sentía como si así fuera porque su cuerpo ardía escuchando esas palabras.

–Yo no te veo... de ese modo.

–Tú sabes que sí. Y es mutuo. Cada vez que te veo tengo que darme una ducha fría –Raoul inclinó a un lado la cabeza–. Solo te pido que lo hagamos legal.

Oliver la llamó desde el jardín en ese momento y Sarah salió del trance dando un paso atrás.

–No, imposible.

–No puedo llevarte pataleando a la iglesia –siguió Raoul, mientras ella se volvía para salir de la habitación–, pero piensa en lo que he dicho y en las consecuencias si tu respuesta es que no.

–¿Es una amenaza?

–Yo no suelo amenazar a la gente. Nunca he tenido que hacerlo. Pero en lugar de pensar solo en ti misma, intenta pensar en Oliver y en mí.

–¿Estás diciendo que soy una egoísta?

–Si eso es lo que crees...

–No soy tan cínica como tú, Raoul. Pero eso no me convierte en egoísta.

Él no entendía por qué se negaba y sacudió la cabeza, frustrado.

–¿Qué tiene de cínico querer lo mejor para nuestro hijo? Tienes que pensar en mi proposición, Sarah –le dijo–. Si a mí no me gusta la idea de que otro hombre aparezca en tu vida, ¿qué pensarías tú si otra mujer ocupase tu sitio?

Dejar esa pregunta colgando en el aire era una amenaza, en opinión de Sarah. Además, durante el resto del día la trató con fría formalidad y se preguntó si esa era su manera de hacerle ver cómo podría ser la vida si le decía que no.

Y no le gustaba nada que le hubiera dado un ultimátum. Oliver necesitaba a su padre y a su madre, como cualquier niño, era cierto. Se llevaban bien, seguía habiendo esa química sexual entre ellos. ¿La solución para Raoul? Casarse. Porque ella había rechazado su oferta inicial: ser amantes hasta que se aburriera.

El matrimonio resolvería el problema de que otro hombre apareciese en su vida y también satisfaría su deseo físico. Tenía tanto sentido para él que cualquier objeción por su parte solo podía ser interpretada como egoísmo.

Era absolutamente ridículo.

Sarah no pudo dejar de pensar en ello durante los días siguientes, pero no era capaz de tomar una decisión.

Raoul iba a buscar a Oliver los días que habían establecido y lo llevaba al cine, al parque o a cenar. Le había pedido opinión sobre las actividades y se había reído cuando le advirtió que cualquier restaurante con manteles blancos debía ser evitado a toda costa, pero en sus conversaciones había una pátina de formalidad que le parecía muy irritante.

Claro que tal vez estaba imaginándolo. La proposición de matrimonio seguía dando vueltas en su cabeza y tal vez eso la había hecho hipersensible.

Había intentado sacar el tema dos veces para explicarle su punto de vista de una forma que no la hiciera sentir como si *ella* fuese la culpable, pero en ambas ocasiones su respuesta había sido repetir que debía pensarlo cuidadosamente.

–Espera a ver cómo funciona esto antes de tomar una decisión que podrías lamentar.

En unas pocas palabras había conseguido hacerla parecer irresponsable, insensata e incapaz de tomar decisiones correctas.

Sarah intentó insistir de nuevo, pero él había cambiado de tema, dejándola airada.

Y, en el fondo de su mente, estaba la incómoda idea de que Raoul pudiese encontrar a otra mujer. Después de haber aceptado por fin la idea de casarse, ¿podría tener una relación seria con otra mujer? Tenía una aversión casi congénita a atarse a otra persona, pero entonces había aparecido Oliver, tirando la fortaleza que había construido a su alrededor...

Por supuesto, le había pedido que se casara con él por las razones equivocadas, pero había tenido que saltar un obstáculo enorme para hacerlo. Aunque él lo considerase el paso más lógico.

¿Y si después de haber saltado ese obstáculo se permitía a sí mismo abrirse a la realidad y casarse con otra mujer?

Cuando pensaba eso, sentía pánico. Podía darle

largos discursos morales sobre la importancia de no casarse simplemente por un niño. Podía rechazar la idea de forjar una unión tan íntima como el matrimonio sin bases sólidas porque temía no poder sobrevivir a esa intimidad sin querer demasiado.

Pero ¿qué sentiría si Raoul decidiera casarse con otra mujer?

Podría ocurrir. Tener un hijo parecía haber alterado su forma de pensar, aunque él no quisiera reconocerlo todavía, y Sarah se preguntaba si habría cambiado tanto como para considerar las ventajas de tener una mujer en su vida de forma permanente, alguien que pudiera ser una madre sustituta...

Y Sarah se ponía enferma al pensar que Oliver pudiera tener una madrastra.

Claro que para Raoul, que era un hombre responsable, no sería fácil seguir saliendo con mujeres a partir de aquel momento...

¿Querría que su hijo lo viera como un mujeriego? No, claro que no.

Si había aprendido algo, era que Raoul Sinclair era capaz de hacer sacrificios cuando se trataba de Oliver y que no querría dar un mal ejemplo.

Sarah se encontró pensando en ello a menudo mientras se instalaban en la casa.

No había nada que hacer en temas de decoración porque todo estaba hecho ya, pero sí colocó fotografías familiares y detalles personales. La nevera, por ejemplo, se convirtió en el marco para los dibujos de Oliver y las mantas que su madre había tejido reposaban sobre el respaldo del sofá del cuarto de estar, donde el niño solía ver la televisión.

Todo estaba como debería estar... de hecho, aquella casa era un sueño. Pero por las noches apenas pegaba ojo y perdía la concentración pensando en Raoul cuando estaba haciendo algo.

Él seguía portándose como un caballero y Sarah se encontró preguntándose en más de una ocasión a qué se dedicaría los días que no estaba con Oliver.

No se había dado cuenta de lo acostumbrada que estaba a verlo casi todos los días y cuando intentó que le contase algo, Raoul se limitó a enarcar una ceja, diciendo que no era asunto suyo.

Dos días antes de ir a Devon a visitar a sus padres, Raoul volvió con Oliver a casa después de ir al cine y, en lugar de despedirse, le dijo tranquilamente que tenía tiempo para charlar un rato.

–Tengo que bañar a Oliver...

–Te espero en la cocina.

Le había dado dos semanas y dos semanas era tiempo suficiente. Él no estaba acostumbrado a esperar a que alguien le diese una respuesta, especialmente cuando el asunto en cuestión no debería exigir tanta deliberación, pero había decidido darle tiempo.

Aunque se sentía atraída por él, y estaba seguro de ello, se había negado a ser su amante y no creía que lo hubiera hecho porque buscase algo mejor. La verdad era que Sarah ya no era su fan número uno. Le había hecho mucho daño cinco años antes y eso, combinado con las dificultades de ser madre soltera y sin dinero, la había endurecido.

Raoul sabía que no podía presionarla para que se casara con él; en ese aspecto, no tenía el menor control. Pero esperar lo volvía loco, sobre todo al recordar lo fáciles que habían sido las cosas antes.

Sarah volvió a la cocina media hora después. Se había puesto unos vaqueros gastados que colgaban de sus delgadas caderas y una camiseta que dejaba al descubierto su ombligo cuando alargó una mano para sacar dos tazas del armario.

—Bueno... —empezó a decir, cuando los dos estaban sentados frente a una taza de café. Aquella cocina, al contrario que la anterior, era lo bastante grande como para tener una mesa con seis sillas y, deliberadamente, Sarah se sentó lo más lejos posible de él—. ¿Querías hablar conmigo?

—Sí.

—Ya sé que te lo he dicho cien veces, pero esta casa es perfecta. Y hay tantas cosas que hacer por aquí... he encontrado un parque a la vuelta de la esquina y hay muchos niños de la edad de Oliver.

Raoul la observaba en silencio, esperando que terminase.

—Hace dos semanas te hice una pregunta.

Como no había pensado en otra cosa, ella asintió con la cabeza.

—No voy a esperar para siempre, Sarah. Te he dado tiempo para que te instalases y ahora... ¿cuál es tu respuesta?

—¿Puedo pensarlo unos días más? El matrimonio es un paso muy importante.

—Tan importante como tener un hijo.

—Sí, pero...

—¿Vamos a volver a la monótona ruta del sacrificio?

–No –dijo Sarah, molesta por su tono burlón.

–¿Entonces cuál es tu respuesta? –insistió Raoul. Por su expresión, cualquiera diría que estaba condenándola a veinte años de cárcel. Y, sin embargo, cinco años antes habría saltado de alegría–. Si me dices que no, me iré.

–¿Qué quieres decir con eso? ¿Estás diciendo que vas a abandonar a Oliver?

–¡Pues claro que no! ¿Cuándo vas a dejar de verme como un monstruo? Yo nunca abandonaría a mi hijo.

–¿Entonces qué estás diciendo?

–Que me pondré en contacto con un abogado y él se encargará de legalizar los derechos de visita. Me verás solo cuando sea absolutamente necesario y solo cuando tenga algo que ver con Oliver. Naturalmente, no tendré control alguno sobre tu vida privada y podrás salir con quien quieras, pero será lo mismo para mí. ¿Lo entiendes?

Sarah se había puesto pálida. Lo perdería para siempre, pensó. Raoul conocería a otra mujer... sería solo una cuestión de tiempo y el asunto del amor no tendría nada que ver. Y ella se quedaría fuera, mirando.

Y no dejaría convenientemente de amarlo solo porque él se hubiera alejado.

Tal vez no la amaba, pero sería un padre maravilloso y se ahorraría la pena de no volver a verlo.

¿Quién había dicho que uno podía tenerlo todo?

Se daba cuenta de que iba a aceptar migajas y le gustaría preguntarle qué pasaría cuando se aburriese de ella. ¿Tendría una doble vida? Esa era una pregunta para la que no quería respuesta.

Siempre había pensado que un matrimonio sin amor estaba destinado al fracaso y jamás había imaginado que se casaría con un hombre que no la quería y que solo estaba a su lado porque se había encontrado en esa situación. El deber y la responsabilidad eran cosas maravillosas, pero nunca le habían parecido suficiente. Raoul, por otro lado, parecía aceptar lo inevitable y ella tendría que aceptarlo también porque la alternativa era insoportable. Aunque se odiaba a sí misma por su debilidad.

—Me casaré contigo —dijo por fin.

Raoul sonrió, aunque había sentido un momento de pánico al pensar que iba a rechazarlo. Y él nunca sentía pánico. Ni siquiera cuando tuvo que enfrentarse con un hijo del que no sabía nada. Cuando supo que su vida iba a cambiar irrevocablemente había estudiado la situación y lidiado con ella. Pero mientras esperaba que Sarah le diese una respuesta había sentido una sofocante presión en el pecho, como si estuviera al borde de un precipicio, a punto de saltar.

Raoul se levantó, pensando que lo más sensato sería formalizar el acuerdo antes de que ella pudiese reconsiderar su respuesta.

—He pensado que lo mejor sería hacerlo lo antes posible, en cuanto tengamos los papeles. A mí me gustaría que fuese una ceremonia sencilla... —Raoul se detuvo para mirarla. El pelo caía sobre sus hombros y le gustaría enredar los dedos en los suaves mechones, pero sabía que no debía hacerlo—. Pero eres tú quien siempre ha soñado con casarse, de modo que puedes decir qué clase de ceremonia quieres. Podemos tener mil invitados en la catedral de San Pablo o...

Sarah abrió la boca para decir que le daba igual porque no sería un matrimonio de verdad. Sí, habían sido amantes una vez, pero se había equivocado al pensar que Raoul la quería tanto como lo quería ella.

Entonces él no había querido casarse y tampoco quería hacerlo ahora. El matrimonio para Raoul era la única forma de asegurarse que sería algo permanente en la vida de su hijo.

–Prefiero una ceremonia sencilla –dijo por fin.

–Y tradicional –añadió él–. Imagino que eso es lo que querrás, por tus padres. Recuerdo que me contaste algo sobre una pulsera que tu abuela le había dejado a tu madre y que ella guardaba para cuando tú te casaras. Dijiste que significaba mucho para ti.

–¿Cómo es posible que te acuerdes de eso?

–Ya te dije que me acordaba de muchas cosas.

–Sí, bueno, creo que la ha perdido.

–¿La ha perdido?

–En el jardín. Se la quitó para plantar unas semillas y debió de mezclarse con la tierra y las hojas... –Sarah se encogió de hombros–. Así que la pulsera ya no existe.

–Es una pena.

–¿Entonces nos casaremos y viviremos aquí?

–En esta casa, sí.

–¿Y qué harás con tu apartamento?

Raoul se encogió de hombros. Su apartamento no tenía ya el menor interés para él. La decoración fría y moderna, los cuadros abstractos que había comprado como inversión, los caros electrodomésticos de la cocina, los muebles de diseño, la imponente televisión de plasma en el salón, todo ello parecía pertenecer a una persona a la que no reconocía.

–Supongo que lo conservaré. No necesito venderlo o alquilarlo.

–¿Para qué vas a conservarlo?

–No lo sé. ¿Qué más da?

–Solo lo pregunto por curiosidad.

Iban a casarse. No sería un matrimonio ideal y Sarah sabía que su naturaleza recelosa torpedearía cualquier posibilidad de que fuera un éxito. En cuanto Raoul le dijo que conservaría el apartamento había imaginado que un apartamento vacío sería muy conveniente cuando quisiera apartarse de ella.

Pero intentó hacer lo posible por no pensar así porque eso no la llevaría a ningún sitio.

–Supongo que lo conservas por razones sentimentales.

Raoul negó con la cabeza.

–No tengo ninguna razón sentimental para conservarlo. Es un sitio que compré cuando gané mi primer millón, pero últimamente me aburre. Creo que me he acostumbrado a un poco más de caos –respondió, absolutamente relajado después de haberse salido con la suya.

De repente, pensar que viviría con él hizo que Sarah sintiese cierta aprensión. ¿Deberían marcar algunos parámetros para su matrimonio? No sería un matrimonio normal, de modo que debía haberlos y eso era algo de lo que deberían hablar. Había cosas que debían dejar bien claras antes de casarse.

–Deberíamos hablar...

–¿Sobre qué?

–¿Cuáles son tus expectativas?

Raoul frunció el ceño.

–¿Quieres que te haga una lista?

–No por escrito, eso sería una bobada. Pero esta no es una situación sencilla.

–Es tan sencilla o tan difícil como nosotros queramos, Sarah.

–Yo no creo que sea sencilla en absoluto y estoy intentando ser práctica. Para empezar, imagino que querrás que firme un acuerdo de separación de bienes.

Se le había ocurrido en el último momento, como que establecer unas reglas podría darle cierta protección, al menos psicológica. La mente era capaz de cualquier cosa y tal vez, solo tal vez, podría entrenar a la suya para que fuese menos emocional. Al menos, de cara a Raoul.

Además, él se sentiría aliviado. Aunque era imposible saberlo cuando la miraba con esa expresión indescifrable.

–¿Eso es lo que quieres? –le preguntó Raoul.

¿Por qué tenía que ser solo él quien viera aquel matrimonio con distancia? ¿Era malo que ella intentase hacerlo también? Raoul no sabía que la razón por la que había aceptado casarse era que estaba enamorada de él, pero ¿por qué tenía que importar eso? Raoul Sinclair no tenía el monopolio de la sensatez, que era la patética razón para aquel matrimonio.

–Yo creo que sería buena idea –respondió, intentando ser justa–. Así no habrá problemas con el dinero. Además, creo que los dos deberíamos reconocer que lo máximo que podemos conseguir es una buena amistad.

Se le encogió el corazón al decirlo, pero sabía que debía disimular el amor que sentía por él. Por un lado, si Raoul supiera lo que sentía, el equilibrio de la relación se vería comprometido. Por otro, y eso sería casi peor, sentiría compasión por ella. Incluso podría decirle que en ningún caso el deseo que sentían el uno por el otro iba a convertirse en algo más.

Pero, si fingía que veía aquel matrimonio con la misma frialdad que él, al menos podría evitar el desastre.

Ese pensamiento le dio fuerzas para mantener una sonrisa.

—Si crees que vamos a embarcarnos en un matrimonio sin sexo... —Raoul hizo una mueca.

Sarah levantó una mano.

—No estoy diciendo eso. No vamos a privarnos de lo único que tenemos en común —le dijo, poniendo una mano en su torso.

—¿Entonces por qué no aceptaste ser mi amante? —le preguntó él, tomando su mano para jugar con los dedos—. Es lo mismo, ¿no?

—No, no lo es —respondió Sarah—. No me gustaba la idea de ser tu amante hasta que te cansaras de mí. ¿Quieres reconsiderar tu propuesta?

—No, no —Raoul esbozó una sonrisa—. Esto es exactamente lo que quiero.

Capítulo 8

UNA SEMANA después, Raoul no estaba seguro de haber conseguido lo que quería, aunque no podría decir por qué.

Sarah había dejado de vacilar entre desearlo y darle la espalda. Había dejado de darle vueltas a lo bueno y malo de acostarse juntos. De hecho, todo parecía ir según sus planes.

Oliver y ella se habían mudado a la casa unos días antes y, por fin, después de un caos de operarios que entraban y salían, habían instalado la conexión de banda ancha más rápida posible y todos los aparatos electrónicos necesarios para trabajar desde la agradable biblioteca, que había sido convertida en un estudio para Raoul, con un escritorio, una televisión de pantalla plana, monitores para controlar los mercados del mundo y dos líneas telefónicas independientes.

Por la ventana podía ver el precioso jardín, con sus manzanos gemelos y sus rosales... era una vista que lo inspiraba mucho más que la que tenía desde su apartamento y Raoul había descubierto que le gustaba.

La boda tendría lugar en un mes.

–Me da igual cuándo nos casemos –había dicho Sarah–. Pero mi madre insiste en que sea algo más que una boda civil y yo no quiero darle un disgusto.

Esa actitud parecía caracterizar el intangible cambio que Raoul había notado en ella desde que aceptó su proposición de matrimonio.

Desde entonces eran amantes y, entre las sábanas, todo era como debía ser. Mejor. Raoul la tocaba y Sarah respondía con desinhibida urgencia. Se derretía entre sus brazos con la luz de la luna entrando por la ventana y hacían el amor con el ansia de la verdadera pasión.

Pensar en ello era suficiente para que se excitase al recordar el placer que sentía solo con tocarla...

Pero fuera del dormitorio, Sarah se mostraba poco más que amistosa. Cada vez que volvía a casa por la tarde, a las siete, un considerable sacrificio para él, acostumbrado a trabajar hasta las nueve, ella le preguntaba qué tal el día y casi siempre tenía la cena lista y una sonrisa en los labios mientras lo veía jugar con Oliver en el jardín. Pero era como si hubiera colocado una pantalla invisible entre los dos.

−¿Lo tienes todo?

Estaban a punto de irse a Devon a visitar a sus padres, llevando más maletas para dos días de las que él hubiera llevado para tres semanas de vacaciones. Aparte de la ropa, estaban los juguetes favoritos de Oliver, incluyendo el enorme coche por control remoto, que se había convertido en el favorito de su hijo, una nevera con comida y zumos porque Sarah le había asegurado que los niños no tenían sentido del tiempo cuando iban en coche y varias películas y CDs de cuentos y canciones. Ella le había informado, riendo, que no quedaría más remedio que escucharlos.

Sarah había hecho una lista, que estaba recitando en ese momento con el ceño fruncido.

–Creo que sí.

–¿Siempre tienes que llevar todo esto cuando vas a ver a tus padres? –le preguntó Raoul cuando por fin subieron al Range Rover.

–Esto no es nada –respondió Sarah, mirando por la ventanilla–. Antes teníamos que tomar el tren y no te puedes imaginar la que organizábamos.

Siempre se sentía incómoda cuando estaba atrapada con él en el coche, seguramente porque no podía escapar. Lo único bueno era que había conseguido levantar una barrera entre los dos.

Se mostraba fríamente amable con él, aunque bajo esa fachada su corazón se encogía por la distancia que ella misma estaba creando. Pero no podía permitirse el lujo de ponerlo todo en esa relación porque sabía que, si lo hiciera, pronto empezaría a pensar que su matrimonio era real en todos los sentidos... ¿y qué protección iba a tener cuando Raoul perdiese el interés por ella?

Raoul no la amaba y cuando los fuegos artificiales en el dormitorio terminasen, no quedaría nada en esa relación.

Todos los días se decía a sí misma que era importante entablar una sólida amistad porque eso sería lo que los mantuviese unidos, pero en el fondo de su corazón confiaba en que, con el tiempo, la amistad pudiera convertirse en algo más. Tal vez Raoul se acostumbraría a una relación creada por las circunstancias. Le había propuesto matrimonio como una solución y la respetaría más si trataba esa solución siendo tan práctica como él.

Estaba decidida a controlar su obsesión por Raoul, de modo que hacía lo posible por contener sus emociones. La única ocasión en la que se sentía liberada era cuando hacían el amor. Entonces, cuando Raoul no podía ver sus ojos, era libre de mirarlo con todo el amor que guardaba en su corazón.

Una vez, despertó de madrugada para ir al baño y aprovechó la oportunidad para mirarlo. Cuando estaba dormido, los orgullosos ángulos de su rostro se suavizaban y lo que veía no era una persona que tenía el poder de hacerle daño, sino al hombre del que estaba enamorada, al padre de su hijo.

Y casi podía creer que todo era perfecto...

Mientras salían de Londres y tomaban la autopista que llevaba a Devon, Oliver empezó a emocionarse al ver los campos, llenos de vacas y ovejas, pero después de una hora, agotado, se quedó dormido.

—Imagino que te preocupa un poco conocer a mis padres —dijo Sarah.

Lo había dicho con ese frío tono de voz que usaba cuando estaban solos y Raoul apretó los dientes.

—¿Debería estar preocupado?

—Yo lo estaría —respondió ella.

—¿Por qué?

—No sé qué esperan. Nunca les he hablado bien de ti. De hecho, cuando descubrí que estaba embarazada... en fin, debían de pitarte los oídos.

—Imagino que eso es historia ahora que he aceptado mi responsabilidad como padre de Oliver.

—Pero recordarán la cosas que dije —insistió Sarah—. Descubrir que estaba embarazada cuando volví de Mozambique fue la gota que colmó el vaso. Estaba angustiada, embarazada, sola. Dije todo lo que pensaba de ti y dudo que mi madre lo haya olvidado.

–Entonces, tendré que arriesgarme. Pero tu preocupación me emociona –Raoul esbozó una burlona sonrisa.

–No hace falta que te pongas sarcástico.

–¿No? Bueno, yo no quería tener esta conversación, pero ya que estás dispuesta a que seamos sinceros... me voy a la cama con una amante ardiente y generosa y despierto cada mañana con una extraña.

–¿Qué?

–Sinceramente, no creo que te preocupe demasiado la reacción de tus padres.

«Una amante ardiente y generosa».

Si él supiera que esas palabras podrían aplicársele de día y de noche.

–No creo que me porte como una extraña –protestó, sin embargo–. Los extraños no...

–¿Hacen el amor durante horas? ¿No se tocan por todas partes? ¿No experimentan cosas que harían ruborizarse a mucha gente? No te preocupes –dijo Raoul cuando Sarah señaló a Oliver con gesto preocupado–. No estamos gritando y el niño sigue dormido. Lo veo por el retrovisor.

Ella sentía que le ardían las mejillas.

¿Qué es lo que quieres?, le habría gustado preguntar. ¿Que fuese un esposa ardiente y cariñosa sabiendo que estaba atrapada? ¿Sabiendo que él no la quería?

–¿No te alegra haber tenido razón? No puedo negar que te encuentro atractivo, siempre ha sido así.

–Llámame loco, pero estoy seguro de que hay un pero en el camino.

–No hay ningún pero –replicó Sarah–. Y no sé por qué me acusas de portarme como una extraña. ¿No cenamos juntos todas las noches?

–Sí, es cierto. Y tu habilidad en la cocina sigue asombrándome. Lo que me entusiasma menos es la rutina de esposa robot.

–¿Cómo?

–Dices lo que tienes que decir, sonríes cuando debes hacerlo y me preguntas cómo ha ido el día. ¿Qué ha sido de la mujer dramática y espontánea que conocí hace semanas? ¿La mujer a la que conocí hace cinco años?

–Como tú mismo has dicho muchas veces, estamos haciendo lo que debemos hacer. He aceptado casarme contigo y no entiendo por qué quieres discutir.

–Yo creo que a veces es sano discutir.

–No nos lleva a ningún sitio y no hay nada que discutir. De hecho, me sorprende que no hayan enviado a alguien con una camisa de fuerza para llevarte al hospital, convencidos de que has perdido la cabeza...

–¿Por qué?

–Sales de la oficina temprano y llegas tarde todas las mañanas.

–Estoy ajustando mi reloj biológico al del resto de los mortales.

–¿Y cuánto durará eso? –se oyó preguntar a sí misma.

–Si tuviera una bola de cristal, podría responder a esa pregunta. Mientras tanto, no.

Sarah intentó contener las lágrimas. Decían que la sinceridad era lo mejor, pero ella no estaba de acuerdo.

–Tal vez salgo antes de la oficina porque ahora

tengo un sitio al que ir, un sitio donde me esperan –siguió Raoul.

Oliver.

La responsabilidad paternal había conseguido lo que no había logrado ninguna mujer. Diplomáticamente, Sarah decidió no decir nada porque sabía que llevaría a otra discusión.

–Es cierto, pero no sé si mis padres entenderán que hayamos decidido casarnos de repente.

–¿Qué les has contado? –preguntó Raoul.

–En realidad, nada.

–¿Qué significa eso?

–Puede que haya mencionado que estamos lidiando con la situación como dos adultos y que hemos llegado a la conclusión de que es lo mejor para Oliver. Les he explicado lo importante que es para ti tener una relación con tu hijo y que no te gustaba la idea de que otro hombre ocupase tu puesto.

–Imagino que eso los llenará de alegría –dijo Raoul, irónico–. Su única hija casándose para satisfacer mi deseo de estar con mi hijo. Si tu madre no hubiera perdido la pulsera, seguramente la enterraría en el jardín para ahorrarse la hipocresía de entregarla por un matrimonio falso.

–No es un matrimonio falso.

Sarah se dio cuenta de que no estaba explicándose bien. Una cosa era mostrarse fríamente amistosa, otra dar la impresión de que iba diciendo por ahí que su matrimonio era una farsa. Además, no lo había hecho. No había tenido corazón para decirle nada a sus padres. Ellos creían que el amor de su vida había vuelto y que el anillo que pronto estaría en su dedo era la prueba de que existían los finales felices.

–De hecho, este matrimonio tiene más sentido que muchos otros –añadió–. Solo estoy diciendo que no hay razón para fingir delante de mis padres.

–No te entiendo –Raoul parecía enfadado y, por un momento, Sarah lamentó haberlo puesto de mal humor.

Afortunadamente, Oliver había empezado a despertarse y necesitaba ir al baño a toda prisa, de modo que la incómoda conversación se vio reemplazada por una rápida carrera para encontrar una zona de descanso en la autopista.

Revitalizado después de su siesta, el niño estaba listo para seguir pasándolo bien y, cuando le pusieron su CD de canciones infantiles, procedió a dar patadas en el asiento al ritmo de la música.

Raoul y Sarah no podían seguir discutiendo, pero mientras el veloz coche se comía los kilómetros, ella iba repitiendo la conversación en su cabeza.

Se preguntaba si debería haberle contado la verdad a sus padres y, sobre todo, por qué se sentía tan fortalecida cuando estaban discutiendo. ¿Había hecho lo correcto al aceptar ese matrimonio con Raoul? Sí, se respondió a sí misma. Aunque lo había hecho porque no podría soportar verlo con otra mujer.

¿Pero y si la buscaba de todas formas? ¿Y si se aburría del matrimonio? Por mucho que se dijera a sí misma que era lo bastante civilizada como para soportarlo, sencillamente no podría hacerlo.

¿Deberían añadir más reglas a algo que se complicaba por segundos?

Estuvo a punto de suspirar de frustración.

–Me duele la cabeza –murmuró, pasándose los dedos por las sienes.

Raoul giró la cabeza para mirarla.

–Te entiendo, las canciones infantiles pueden provocar cualquier cosa.

Sarah esbozó una sonrisa. Se alegraba de que hubiera vuelto el buen ambiente entre ellos porque, curiosamente, aunque su objetivo era mantener las distancias, le daba miedo que Raoul se alejase de ella.

–Llegaremos antes de que el dolor de cabeza se convierta en una jaqueca... espero.

Veinte minutos después, Sarah empezó a reconocer los pueblos por los que pasaban. Oliver iba comentando las cosas que le interesaban, incluyendo una antigua tienda de caramelos, y ella le habló de los sitios que recordaba de su época de adolescente.

Raoul escuchaba asintiendo con la cabeza, pero solo estaba medianamente interesado en el paisaje. Los pueblos pequeños no le gustaban demasiado; de hecho, no le gustaban nada porque él sabía lo cerrada que podía ser la gente que vivía en el campo. Crecer en una casa de acogida en un pueblecito como aquel había sido igual a ser sentenciado sin un juicio justo.

Pero, sobre todo, intentaba aceptar la revelación de que a los padres de Sarah no iba a caerles bien.

Estaba malhumorado cuando por fin llegaron a una agradable casita a las afueras de un pintoresco pueblo; un pueblo que seguramente Sarah habría encontrado aburridísimo a medida que se hacía mayor.

–No esperes nada elegante –le advirtió ella cuando detuvo el coche en el camino de gravilla.

–Después de saber lo que le has contado a tus padres sobre mí te aseguro que no espero nada.

Sarah hizo una mueca.

–Te he hecho un favor –susurró–. Así no tendrás que fingir.

–A veces me pregunto qué es lo que te pasa.

–¿A mí?

–Sí, a ti.

Raoul abrió el maletero para sacar la multitud de maletas y bolsas y lo cerró de golpe mientras Oliver corría por el camino para abrazar a sus abuelos. Sarah fue tras el niño y Raoul los observó con los ojos guiñados mientras se dirigían a la casa.

Su padre era un hombre corpulento de pelo blanco y su madre una versión mayor de Sarah, con el mismo pelo rubio sujeto en un moño del que escapaban algunos rizos, una falda de flores, una camiseta y un cárdigan rosa. Era delgada y tenía la misma sonrisa que Sarah, amable y atrayente.

De modo que aquellas eran las personas a las que tendrían que desengañar, pensó. Unos padres que probablemente se habrían pasado la vida esperando el día en el que su querida hija se casara y formase una familia... solo para descubrir que no era la clase de matrimonio que ellos esperaban.

Raoul se acercó a ellos con una sonrisa en los labios que no traicionaba sus pensamientos.

–Encantado de conoceros –les dijo, pasando un brazo sobre los hombros de Sarah y acariciando deliberadamente su nuca con los dedos–. Sarah me ha hablado tanto de vosotros... ¿verdad que sí, cariño?

¿A qué estaba jugando? Fuera lo que fuera, estaba consiguiendo hacerla perder la compostura.

Y los gestos de afecto no habían terminado en la puerta.

Sí, había habido algún momento de descanso durante la tarde, cuando Oliver exigía su atención o cuando fue a la cocina a preparar la cena con su madre, pero el resto del tiempo...

Raoul se sentó en el sofá, a su lado, con un brazo sobre sus hombros para acariciar su cuello mientras hacía el papel de yerno perfecto, charlando con sus padres sobre temas que sabía les interesarían.

Sarah se dio cuenta entonces de la cantidad de cosas que sabía sobre ella. Raoul, utilizando toda esa información, les hizo preguntas sobre su infancia y recordó anécdotas que ella le había contado, como un mago sacando un conejo de la chistera.

Incluso recordaba algo que había dicho de pasada sobre el interés de su padre en la apicultura y, mientras cenaban, hablaron de los pros y los contras de tal actividad, sobre la que parecía increíblemente informado.

Aunque les hubiese contado la verdad sobre su relación, sus padres no lo habrían creído porque él hacía que pareciesen la pareja perfecta.

Cada vez que Sarah intentaba apartarse, él la involucraba de nuevo en la conversación, normalmente diciendo:

–¿Te acuerdas, cariño?

Habló mucho sobre sus recuerdos de África y les contó lo que ella había averiguado por casualidad, que aportaba dinero al proyecto. Luego hizo una lista de todas las mejoras y le contó que había contratado a alguien para que gestionase el campamento.

–Fueron los meses más interesantes de mi vida –admitió.

Y Sarah sabía que era verdad.

El complejo, tridimensional y maravilloso hombre del que se había enamorado estaba fuera de la caja en la que había intentado encerrarlo. Intentar contener el efecto que Raoul Sinclair ejercía en ella era como intentar contener un dique roto con un palillo de dientes.

Y la habitación en la que iban a dormir, su antiguo dormitorio, con todos los recuerdos de su niñez, no sirvió para reparar sus frágiles nervios.

Estaba tan nerviosa como un gato sobre un tejado de cinc cuando poco después de las diez subieron al piso de arriba porque, según sus padres, debían de estar agotados después del viaje.

–Y no se te ocurra levantarte por Oliver –le advirtió su madre–. Tu padre y yo queremos pasar todo el tiempo posible con él, así que vosotros dormid hasta la hora que queráis.

Sarah se entretuvo asomando la cabeza en la habitación de Oliver, pero después no le quedó más remedio que entrar en la habitación y encontró a Raoul recién duchado y esperándola en la cama con unos calzoncillos oscuros. De inmediato, cualquier pensamiento voló de su cabeza y su cuerpo reaccionó como lo hacía siempre: derritiéndose y anticipando el roce de sus manos.

Agitada, le dijo que iba a darse una ducha.

–Estaré esperando –respondió Raoul, siguiéndola con la mirada cuando desapareció en el cuarto de baño.

Reapareció veinte minutos después, desnuda, y cuando la vio acercarse a la cama y apartar el edredón, Raoul se apartó un poco. Porque un hombre podía perder la cabeza al ver tan glorioso cuerpo y lo que necesitaba en ese momento era mantener la cabeza fría.

Sarah se metió bajo las sábanas y se volvió hacia él, poniendo una pierna sobre sus muslos y una mano sobre su torso.

Darse una ducha la había relajado un poco, pero se colocó sobre él sin poder disimular el deseo que sentía, notando la dura erección contra su abdomen. Un gemido escapó de su garganta cuando el sensible capullo de su clítoris rozó el rígido miembro...

Raoul tuvo que luchar contra el irresistible impulso de tumbarla de espaldas y saciar su frustración enterrándose en ella.

–No... –murmuró.

–No lo dirás en serio.

Sarah cubrió su boca con la suya y sintió que gemía mientras le devolvía el beso. Luego, como a pesar de sí mismo, Raoul la tumbó de espaldas y se colocó sobre ella para poder seguir besándola.

Sarah se arqueó, sus pechos hinchados y sensibles. Quería sentir su húmeda boca en los pezones, quería que los chupara y la hiciese perder la cabeza. Necesitaba desesperadamente sentir su boca explorando entre sus piernas hasta que no pudiese esperar más para tenerlo dentro. En resumen, quería restaurar el frágil equilibrio de su relación porque sin él se sentía perdida.

–No, Sarah... –Raoul saltó de la cama y se puso el

pantalón antes de acercarse a la ventana, haciendo un esfuerzo sobrehumano para controlarse–. Tápate, por favor.

Ella se sentó en la cama, cubriéndose con la sábana y levantando las rodillas mientras él seguía al otro lado de la habitación, en la oscuridad, mirándola como un dios vengador.

¿Cómo podía haber pensado que sería capaz de separar su cuerpo y su alma?, se preguntó. ¿Cómo podía haber pensado que podría olvidarse de las emociones y dejar intacto el deseo bajo la cobertura de la oscuridad? Ella no era así y se sentía avergonzada por haberlo creído. Pero no podía decírselo.

–Esto no funciona –dijo Raoul.

–No sé de qué estás hablando.

–¡Sabes muy bien de qué estoy hablando! –exclamó él, pasándose una mano por el pelo.

–No, no lo sé. Pensé que todo había ido bien, mejor que bien. A mis padres les gustas...

–Contra todo lo esperado –la interrumpió Raoul, irónico.

–No les he contado nada malo de ti, solo que me dejaste –le explicó Sarah–. No les hablé de nuestra relación. Por supuesto, saben que rompimos hace cinco años, pero no les he contado que ahora solo estamos juntos por Oliver. No podía decirles la verdad...

–¿Y por qué no lo has hecho?

–¿Qué más da que ellos lo sepan? Es cierto, ¿no? Un encuentro casual y nuestras vidas cambian para siempre. ¿Qué es lo que dicen sobre el efecto mariposa? Media hora después habría terminado de limpiar esa oficina... media hora y no nos habríamos visto. Tú te habrías ido sin saber que yo estaba allí, a unos metros, en otra parte del edificio.

–Prefiero no pensar en eso porque no es así como ocurrió.

Sarah miró sus manos. La reaparición de Raoul en su vida había puesto su mundo patas arriba, pero había sido lo mejor, por Oliver.

–La pulsera...

Ella levantó la mirada.

–¿Qué pasa con la pulsera?

–¿Es una cadena de oro con una inscripción?

–Sí.

–Tu madre la llevaba puesta esta noche, de modo que ha debido de encontrarla.

–Tal vez me equivocase...

–No –la interrumpió Raoul–. Tal vez yo me equivoqué. Pensé que estabas dispuesta a darle una oportunidad a nuestro matrimonio, pero parece que no es así.

Su serenidad era aterradora.

–Estoy intentándolo, Raoul.

–¿En serio? ¿Porque te acuestas conmigo?

Sarah empezaba a enfadarse; el enfado abriéndose paso entre el pánico y la confusión. ¿De repente no le parecía importante que se acostasen juntos? Qué noble por su parte. Cualquiera habría pensado que hacer el amor no tenía importancia para él cuando era lo único que a lo que daba valor.

¿Cómo se atrevía a portarse como si fuera el director de un colegio echándole una bronca a una alumna rebelde porque no estaba satisfecho con su comportamiento?

–¿No fuiste tú quien insistió en la importancia de que nos sintiéramos atraídos el uno por el otro? ¿No eras tú quien no dejaba de hablar sobre la química sexual que había entre los dos? –le espetó–. ¿No me dijiste que había algo por terminar entre nosotros y que la única manera de solucionarlo era acostándonos juntos?

–No es solo eso...

–Tienes una memoria muy selectiva cuando se trata de cosas que no quieres recordar, Raoul.

–¿Vas a castigarme para siempre por ser sincero cuando volvimos a encontrarnos?

–¿Vas a castigarme tú por ser sincera ahora? –replicó ella–. Tú has dejado bien claro desde el principio qué clase de matrimonio sería el nuestro, ¿no?

A pesar de todo, seguía habiendo una ridícula esperanza dentro de ella y quería darle la oportunidad de decir algo, de decirle que estaba equivocada, que no era solo que tuvieran un hijo juntos.

Su silencio le rompió el corazón.

–Estoy jugando con tus reglas, Raoul, y me parece bien. De hecho, creo que tenías razón. Acostarnos juntos está empezando a hacer que me acostumbre a ti y ya sabes lo que dicen de la costumbre...

En cuanto terminó la frase deseó retirarla, pero las palabras habían salido de su boca sin que pudiera evitarlo. Y no sabía cómo entender el silencio de Raoul. Intentaba seguir enfadada, pero la furia había desaparecido, dejando paso al remordimiento.

–De modo que el sexo es lo único que te importa, ¿es eso lo que estás diciendo?

–Sí, claro... igual que a ti. Vamos a casarnos porque somos dos personas responsables, naturalmente. Estamos haciendo esto porque para un niño lo mejor es vivir con su padre y con su madre. Estamos siendo sensatos, prácticos.

–¿Qué vas a contarle a tu madre cuando tengas que pedirle la pulsera?

–¿Qué?

–Estoy completamente de acuerdo contigo –dijo Raoul–. Un recuerdo de familia que pasa de madres a hijas tiene que ser entregado en una boda de verdad y la nuestra no lo será.

–No eres justo.

–Estoy siendo justo. Había pensado que entre nosotros había algo más que una atracción física, pero parece que me he equivocado –Raoul se dirigió a la puerta–. Y lo he entendido perfectamente, no te preocupes. Siempre es mejor tener las cosas claras.

Capítulo 9

SARAH se quedó inmóvil durante unos segundos. Intentaba recordar todo lo que Raoul había dicho para intentar darle sentido, pero sus pensamientos eran un caos y su corazón latía con tal furia que apenas era capaz de respirar.

Su desnudez era un cruel recordatorio de cómo había intentado ahogar su tristeza haciendo el amor con Raoul...

Podía enfadarse al pensar que estaba utilizándola, pero se daba cuenta de que ella había hecho lo mismo. ¿No era sexo lo que Raoul había querido desde el principio? ¿Y no lo deseaba ella también?

¿Y dónde había ido tan airado?

El autocontrol era una parte fundamental de la personalidad de Raoul y ver que lo perdía la había sorprendido más que nada...

Dejando escapar un gemido de pánico, Sarah saltó de la cama y se puso un pantalón y una camiseta de manga larga que encontró en el armario, un recordatorio de sus años adolescentes, cuando estaba en el equipo de hockey del colegio.

La casa estaba a oscuras y fue de puntillas por el pasillo. Sus padres no solían acostarse tarde y estarían profundamente dormidos...

La puerta de la habitación de Oliver estaba entreabierta y, por costumbre, asomó la cabeza. Su hijo estaba dormido, con el edredón a los pies de la cama, roncando ligeramente.

Por si acaso, no encendió las luces y tuvo que bajar al primer piso tocando la pared hasta que sus ojos se acostumbraron a la oscuridad. Luego, cuando pudo moverse con más rapidez, miró primero en la cocina y luego en el cuarto de estar.

Pero Raoul no estaba allí.

No era una casa grande, de modo que había un limitado número de habitaciones en las que buscar y su ansiedad aumentaba con cada segundo. Cinco minutos después, tuvo que reconocer que Raoul no estaba en la casa.

La temperatura había bajado y se abrazó a sí misma mientras salía a la puerta. Al menos, su coche seguía allí.

Nerviosa, salió al camino y miró en ambas direcciones... pero tampoco lo encontró.

Volvía a la casa cuando un ruido la llevó a la parte trasera.

El jardín no era grande, pero daba a los campos de maíz del vecino y parecía interminable. A un lado estaba el huerto de su madre y al otro, pasando bajo una pérgola cubierta de glicinias, había un cenador. El cobertizo de las herramientas estaba al fondo, árboles y arbustos marcando el perímetro del jardín.

Cuando pasó bajo la pérgola vio a Raoul en el cenador, con la cabeza entre las manos.

Sarah se detuvo un momento y luego se acercó silenciosamente, notando que se ponía tenso cuando escuchó sus pasos.

–Lo siento mucho –se disculpó.

Cuando pensaba que no iba a responder, Raoul levantó la cabeza y se encogió de hombros.

–¿Qué es lo que sientes? Estabas siendo sincera.

–Estoy intentando portarme como una adulta...

Raoul giró la cabeza para mirar hacia el otro lado del jardín y en la orgullosa postura de su espalda podía ver al niño que había crecido en una casa de acogida, aprendiendo desde muy joven a esconderse y a construir una fortaleza alrededor de su corazón para protegerse de los demás.

Sarah apoyó una mano en su brazo y sintió que daba un respingo, pero no se apartó y, por alguna razón, le pareció buena señal.

–Te he dado lo que querías –dijo Raoul por fin, sin mirarla–. Al menos, te he dado lo que creí que querías. ¿No te gusta la casa?

–Me encanta y tú lo sabes. Te lo he dicho un millón de veces.

–Nunca había hecho algo así. Nunca había pensado tanto en el bienestar de otra persona.

–Querías que Oliver tuviese lo mejor.

–Dudo mucho que a Oliver le interesen las cocinas de leña.

El corazón de Sarah dio un vuelco.

–¿Qué quieres decir?

–Pensé que era evidente –Raoul la miró a los ojos y ella tragó saliva–. Yo quería casarme conmigo. Tal vez al principio pensé que no era necesario... tal vez seguía agarrándome a la idea de que era un hombre libre e independiente que, de repente, se había encontrado con un hijo inesperado. He tardado algún tiempo en darme cuenta de que la libertad que me he pasado la vida intentando conseguir no era lo que quería en realidad.

–Yo no quiero atarte –dijo Sarah–. Una vez sí quise hacerlo, en Mozambique. Entonces pensaba que eras el hombre más maravilloso que había conocido nunca y me hice todo tipo de ilusiones. Pero tú me dejaste y el mundo se abrió bajo mis pies.

–Hice lo que me pareció mejor en ese momento.

–Y lo entiendo.

–¿En serio? Te he visto con tu familia y... entiendo cuánto debió de dolerte que rompiéramos. Tú creciste en una familia normal, sabiendo cuál era tu sitio en el mundo. Yo crecí sin nada de eso. Jamás he querido encariñarme con nadie e incluso cuando volvimos a vernos, incluso después de descubrir que teníamos un hijo, seguía agarrándome a eso. Con Oliver es diferente porque es mi hijo, alguien de mi sangre, pero seguía pensando que no iba a dejar que nadie más se metiera en mi corazón.

–Lo sé –dijo ella–. ¿Por qué crees que ha sido tan difícil para mí, Raoul? No tienes idea de lo duro que ha sido estar a tu lado, preguntándome si algún día podría atravesar ese muro que llevas toda la vida construyendo a tu alrededor –Sarah suspiró, apartando los ojos de él para mirar la luna en un cielo sin nubes–. Tú no eres el único que tiene miedo de sufrir.

Raoul abrió la boca para decir que él no tenía miedo a nada, pero la cerró porque no era cierto.

–Sé que no quieres pensar que alguien puede hacerte daño –siguió Sarah.

Él asintió con la cabeza.

–Es increíble lo bien que me conoces.

Hablaba en serio, no era un sarcasmo, y Sarah decidió seguir adelante:

–Estuve muchos años pensando en ti como el hombre que me rompió el corazón y cuando volvimos a vernos seguía queriendo pensar en ti de ese modo. En cuanto te vi en esa oficina supe que tenía que hablarte de Oliver, pero era importante mantener las distancias. Y, sin embargo, cada vez que te miraba me daba cuenta de que seguía deseándote...

–Pero no eras capaz de admitirlo –la interrumpió Raoul–. Y me estabas volviendo loco. Quería acostarme contigo y sabía que tú también querías, pero te negabas a hacerlo. Cada vez que te miraba era como si estos cinco años no hubieran pasado...

–Lo sé, a mí me ocurre lo mismo.

–Entonces no lo sabía, pero te dejé entrar en mi corazón hace cinco años y no te has ido nunca –Raoul tomó su mano para enredar los dedos con los suyos–. Pedirte que te casaras conmigo fue algo muy importante para mí, Sarah.

–Dijiste que yo era algo que habías dejado sin terminar...

–Si solo fueras eso para mí, jamás te habría pedido que te casaras conmigo porque no me habría importado que tarde o temprano encontrases a otro hombre.

–Te preocupaba perder a Oliver.

–Creo que, en el fondo, sabía que eso no iba a pasar. Sabía que tú me dejarías ver a Oliver cuando quisiera y... seamos sinceros, los hijos de padres divorciados no se olvidan de sus progenitores, sea cual sea la situación. No, te pedí que te casaras conmigo porque te quería en mi vida. Porque no podía imaginar mi vida sin ti.

–Raoul... –los ojos de Sarah se habían llenado de lágrimas, pero esbozó una sonrisa de pura felicidad.

–Te quiero, Sarah. Por eso te pedí que te casaras conmigo. Como un tonto, solo ahora soy capaz de admitirlo, pero te quise hace cinco años y nunca he dejado de quererte.

–Raoul...

–Te quiero y te necesito. Y cuando tú te encerrabas en ese caparazón tuyo y solo salías por la noche, cuando hacíamos el amor, era como si el mundo se abriera bajo mis pies.

Sarah le echó los brazos al cuello, casi haciendo que los dos cayeran al suelo, y enterró la cara en su pecho.

–¿Eso significa que tú también me quieres? –bromeó Raoul.

Sarah notó que su voz sonaba entrecortada y supo que bajo esa impresión de total confianza en sí mismo había una terrible inseguridad, el legado de su infancia que aún no había podido dejar atrás.

–Pues claro que te quiero –respondió, besando su cara, sus ojos, su nariz–. Me daba tanto miedo volver a sufrir como sufrí hace cinco años –admitió luego, con voz ronca–. Pensé que sería capaz de lidiar con esta relación sin involucrar mis emociones... al menos, eso era lo que pretendía hacer.

–Pero no lo has hecho.

–No he podido hacerlo, era imposible. Cuando volví a verte me quedé sorprendida, pero me dije a mí misma que había madurado y había aprendido la lección. Creía haberme librado del amor que sentía por ti, que nunca he dejado de sentir a pesar de todo... —Sarah pensó entonces en esas primeras semanas, cuando Raoul se infiltró en su vida casi sin que se diera cuenta—. Cuando conociste a Oliver y el niño... en fin, no se acostumbraba a ti.

—¿Cuando Oliver no quería saber nada de mí? —la corrigió Raoul—. Ahora me parece un recuerdo muy lejano.

—Sí, a mí también.

—Pero no fue fácil.

—No, es verdad —asintió ella—. Me di cuenta de que tendríais que aprender a relacionaros el uno con el otro y decidí que la única manera de hacerlo sería interviniendo. No tomé en cuenta lo devastador que sería tenerte de vuelta en mi vida todo el tiempo... los dos éramos mayores, con más experiencia, y me parecía estar viendo al auténtico Raoul Sinclair, así que volví a enamorarme de ti. No pude evitarlo.

—¿Es por eso por lo que me rompiste el corazón apartándome de tu lado?

—Yo no te rompí el corazón. Y tampoco te aparté de mi lado.

—Sí lo hiciste —protestó Raoul—. Me rompiste el corazón en mil pedazos. Yo estaba dispuesto a dártelo todo. No iba a conformarme con que fueras solo mi mujer de noche y una persona a la que apenas reconocía de día.

—Y pensabas que estaba rechazándote...

—Que solo me quisieras por mi cuerpo no me parecía bien —Raoul esbozó una sonrisa—. No puedo creer que haya dicho eso.

Sarah soltó una carcajada.

–Desearte por tu cuerpo no es algo tan terrible... especialmente ahora que sabes que te quiero por muchas más razones.

Se casaron un mes más tarde, en la iglesia del pueblo. Fue una ceremonia sencilla, con algunos amigos y parientes cercanos mezclándose alegremente.

Sarah jamás se había sentido más feliz que cuando Raoul le puso la alianza en el dedo, susurrando cuánto la quería.

Luego, después del banquete, sus padres se quedaron con Oliver durante diez días mientras ellos empezaban una maravillosa luna de miel en Kenia. Pero durante los tres últimos días volvieron al campamento de Mozambique donde se habían conocido para ver en persona los cambios que habían tenido lugar en los últimos años. Y había muchos cambios gracias a la generosa contribución de Raoul, aunque la casa de cemento con sus escalones en la puerta seguía allí; la casa que habían compartido con el resto de los estudiantes, el recordatorio de dónde había empezado todo.

Incluso el tronco que usaban como banco seguía allí, el mismo tronco en el que Sarah se había sentado, angustiada y desesperada al saber que Raoul iba a dejarla. Pero ese tronco, como ellos, había sobrevivido a las inclemencias del tiempo.

Los estudiantes que estaban en el campamento en ese momento eran tan jóvenes como lo habían sido ellos entonces y seguramente también habría alguna historia de amor...

Por fin, volvieron a Londres y lo primero que dijo Raoul mientras entraban en la casa fue que necesitaban una propiedad en el campo.

–¿En serio?

–Jamás pensé que volvería a vivir fuera de Londres –le confesó él, en la cama, unas horas después–. Pero estoy empezando a pensar que hay algo muy interesante en todos esos espacios abiertos...

Mientras hablaba, acariciaba suavemente su pelo y Sarah le sonreía con tal ternura, con tal amor que Raoul se sintió el más feliz de los mortales.

–Podríamos comprar una casa cerca de Devon para ir fines de semana... ¿qué te parece?

–Podría ser buena idea –respondió Sarah–. Sería estupendo ver a mis padres más a menudo, especialmente ahora que has convencido a mi padre para que se dedique a la apicultura. Y a los niños les gustaría mucho.

–¿Los niños? ¿Ya estás planeando que ampliemos la familia? –Raoul sonrió mientras metía una mano bajo la camisola de encaje.

Habían hecho el amor una hora antes, pero sentir que los pezones se levantaban bajo sus dedos fue suficiente para provocar una inmediata erección y levantó la camisola para lamer el valle entre sus pechos, inclinándose luego para chupar las rosadas crestas.

–Pensé que estábamos hablando –protestó ella, sin poder evitar una risita.

–Cuéntame. Soy todo oídos.

–No puedo hablar cuando... –Sarah se rindió, arqueándose para recibir su boca mientras chupaba y acariciaba sus pechos y luego seguía hacia abajo, atormentando el pequeño capullo hinchado de anticipación.

El roce de su lengua destrozó cualquier esperanza de proseguir con la conversación y pasó mucho tiempo antes de que pudiera susurrar, adormilada:

–No es que esté planeando ampliar la familia, es que podríamos tener un hijo en unos meses...

Raoul se apoyó en un codo para mirarla a los ojos.

–¿Estás embarazada?

–Iba a decírtelo en cuanto me hubiese hecho la prueba pero sí, creo que sí. Reconozco las señales...

Y estaba embarazada.

Sarah Scott casi había dejado de creer en los finales felices, pero tenía que revisar esa opinión.

¿Quién había dicho que los cuentos de hadas no se hacían realidad?

BIANCA

CATHY WILLIAMS

UN HOMBRE IMPOSIBLE

El atractivo magnate neoyorquino, Matt Strickland, buscaba a la niñera ideal para su hija y Tess Kelly no cumplía ninguno de los requisitos del anuncio. La sensatez, la severidad y las cualificaciones académicas no eran precisamente sus puntos fuertes, pero estaba dispuesta a enseñar a su jefe a divertirse. Un desafío que pondría a prueba su relación…

EL HEREDERO ESCONDIDO

Sarah Scott no había querido enamorarse de un mujeriego incapaz de comprometerse, pero la experta seducción de Raoul la dejó indefensa. Sin embargo, cuando él desapareció de su vida, el legado de Raoul siguió vivo… Sarah estaba embarazada del heredero Sinclair. Cinco años después, Sarah tenía que esforzarse para llegar a fin de mes trabajando como limpiadora en una oficina.

N.º 499

Estaba fregando el suelo cuando sus ojos se encontraron con los de su nuevo y elegante jefe, el hombre al que nunca había podido olvidar y el padre de su hijo: Raoul Sinclair.

¡YA EN TU PUNTO DE VENTA!

DESEO

EMILY McKAY
BUSCO MARIDO

Wendy Leland necesitaba un marido rico y con éxito para man
tener la custodia de su sobrina, y lo necesitaba ya. Sin embargo
cuando su jefe, rico, exitoso y atractivo le ofreció convertirse e
su marido temporal, ella se mostró reacia. Jonathon Bagdon
le gustaba demasiado y sabía que resistirse a la tentación
resultaría difícil.

MICHELLE CELMER
CHISPAS DE PASIÓN

Cuando Sierra Evans dio a sus gemelas en adopción, no esperaba que la
tragedia las dejara a cargo de su tío,
un millonario *playboy*. Ahora quería
proteger a sus hijas… aunque eso
significara hacerse pasar por la niñera perfecta con un gran secreto.
Coop Landon sabía cuándo alguien
mentía. Y estaba más que dispuesto
a descubrir lo que Sierra se proponía,
especialmente cuando la seducción
era la estrategia perfecta.

N.º 56

CHARLENE SANDS
EL ORGULLO DEL VAQUERO

Clayton Worth estaba dispuesto a rehacer su vida casándose
con una mujer que pudiese darle un heredero. Sin embargo
un año de separación no había matado el deseo que sentía
por Trish, que pronto sería su exmujer.
Trish había vuelto al rancho como madre de un bebé, a pesa
de que su negativa a darle hijos era lo que los había separado
Creían que todo había terminado entre ellos... pero sus corazones tenían otras ideas.

DESEO
ANNE OLIVER

ASUNTOS DE DORMITORIO

Abby Seymour llegó a la Costa Dorada de Australia con la intención de abrir un negocio, pero pronto descubrió que la habían estafado. La habían dejado sin dinero y necesitaba ayuda urgentemente.

El adusto empresario Zak Forrester, intrigado por la bella Abby, le ofreció un sitio en el que alojarse, pero viviendo juntos resultaba imposible controlar la atracción que había entre ellos.

Zak estaba dispuesto a compartir cama con Abby, pero insistía en que ella nunca podría ser su esposa…

RECUERDO DE UN BESO

Descubrir que su vida había sido una mentira fue el golpe más duro para

N.º 564

Anneliese Duffield. Ahora debía reconstruir su historia y encontrar a su verdadera familia… pero un hombre se interpuso en su camino.

El guapísimo empresario Steve Anderson se sentía obligado a proteger a la mejor amiga de su hermana, aunque ella hubiera levantado una barrera entre los dos.

Siempre había habido una gran tensión sexual entre ellos aunque él había dejado claro que no tenía intención de sentar la cabeza. Pero Annelise acababa de descubrir que estaba embarazada.

JULIET LANDON
Una noche en el paraíso

Aunque la corte de la reina Isabel I en Richmond era famosa po[r] ser el escenario de numerosas relaciones ilícitas y corazones r[o]tos, la bella Adorna Pickering conservaba su inocencia. Solo u[n] hombre tenía el poder de derribar la barrera de su timidez... s[u] Nicholas Rayne. Con su oscura reputación, Nicholas representa[a]ba todo lo que Adorna sabía que debía evitar. Pero ¿cómo podrí[a] quedarse indiferente si con solo rozarla la volvía loca de deseo?

ANNE HERRIES
Una institutriz muy especial

La heredera Sarah Hardcastle había ideado un plan para escap[ar] de las indeseadas atenciones de cierto cazafortunas. Oculta en l[a]

campiña inglesa, y provista de un[a] nueva identidad como la recatad[a] institutriz señorita Goodrum, esp[e]raba llevar una vida tranquila.

Pero su bien planeada farsa pel[i]gró cuando conoció al tutor de s[u] alumno, lord Rupert Myers. Se[-]ductor incorregible, Rupert poseí[a] el atractivo y encanto necesario[s] para hacerla sonrojarse hasta e[l] nacimiento de su severo escote.. ¡y la determinación de descubrir l[o] que ocultaba debajo! Sarah iba [a] necesitar de todo su ingenio par[a] resistir sus pícaras mañas y guar[-]dar intacto su secreto...

No. 86

¡YA EN TU PUNTO DE VENTA!

JULIA™

ALLY BLAKE
CITA PARA UNA BODA

Hannah estaba deseando volver a casa para la boda de su hermana, pero apenas podía considerarlo unas vacaciones porque para investigar un nuevo programa de televisión…, ¡su jefe había decidido ir con ella!

Hannah no quería que el pícaro Bradley Knight fuera su acompañante en la boda. Y más aún cuando descubrió que él había reservado la suite del ático para que la compartieran…

N.º 480

STACY CONNELLY
LAS REGLAS DE LA PASIÓN

Allison Warner trabajaba para Zach Wilder como ayudante temporal, pero no había esperado que su jefe fuera irresistible. No tenía la menor duda de que Zach la deseaba, pero después de un desengaño amoroso no sabía si podía arriesgar su corazón con un hombre que no estaba interesado en una relación seria. Zach no tenía intención de cambiar su forma de pensar; el trabajo lo era todo para él y un romance sería un obstáculo que lo alejaría de su objetivo. Sin embargo, ¿por qué iba a negarse a sí mismo una pequeña diversión después de la jornada laboral? Hasta que las reglas cambiaron de repente…

¡YA EN TU PUNTO DE VENTA!

DESEO

Sabía que no era recomendable sentirse atraída por su jefe, lo que no sabía era cómo evitarlo

DOCE NOCHES
DE TENTACIÓN

BARBARA
DUNLOP

N.º 236

La única mujer que le interesaba a Matt Emerson era la mecánica de barcos que trabajaba en sus yates. Incluso cubierta de grasa, Tasha Lowell lo excitaba. Aunque una aventura con su jefe no formaba parte de sus aspiraciones profesionales, cuando un saboteador puso en su punto de mira la empresa de alquiler de yates de Matt, Tasha accedió a acompañarlo a una fiesta para intentar averiguar de quién se trataba. Tasha era hermosa sin arreglarse, pero al verla vestida para la fiesta, Matt se quedó sin aliento. De repente, ya no seguía siendo posible mantener su relación en un plano puramente profesional.

¡YA EN TU PUNTO DE VENTA!